本书为广东外语外贸大学所承担省“211 工程”三期重点学科建设项目“人文学中心建设——比较文化视野的文学通化研究”系列成果之一

本书得到广东省高等学校人文社会科学研究课题（08JDXM75001）立项资助

人文学丛书

人文学丛书

主编 栾栋

有根的文学

文化视野下的中国现当代文学取样

刘小平 著

暨南大学出版社
JINAN UNIVERSITY PRESS

中国·广州

图书在版编目（CIP）数据

有根的文学：文化视野下的中国现当代文学取样/刘小平著. —广州：暨南大学出版社，2011. 12
（人文学丛书 · 第一辑）
ISBN 978 - 7 - 5668 - 0020 - 6

Ⅰ. ①有… Ⅱ. ①刘… Ⅲ. ①中国文学：现代文学—文学研究②中国文学：当代文学—文学研究 Ⅳ. ①I206. 6②I206. 7

中国版本图书馆 CIP 数据核字（2011）第 214412 号

出版发行：暨南大学出版社

地　址：中国广州暨南大学
电　话：总编室（8620）85221601
营销部（8620）85225284　85228291　85228292（邮购）
传　真：（8620）85221583（办公室）　85223774（营销部）
邮　编：510630
网　址：http：//www. jnupress. com　http：//press. jnu. edu. cn

排　版：广州市天河星辰文化发展部照排中心
印　刷：佛山市浩文彩色印刷有限公司

开　本：787mm × 960mm　1/16
印　张：16. 875
字　数：281 千
版　次：2011 年 12 月第 1 版
印　次：2011 年 12 月第 1 次

定　价：33. 00 元

总序

栾 栋

克服“单面人”生产和突破“块垒式”教学，探索宽基础、大口径、深层次培养通识通才的途径，是世界所有高校的重大难题，也是广东省建设文教大省不可回避的关隘之一。近几年我们以省重点扶持学科比较文学为依托，进行了集约性融通的尝试，一系列成果聚焦于“人文学中心建设——比较文化视野的文学通化研究”。2008年底，我们以此为题，获省“211工程”三期重点学科建设工程立项，一个融通人文学科的核心实践在广东外语外贸大学拉开序幕。

何谓人文学？从学科脉络上讲，她是研究文史哲互根的学问；从学术本质上看，她是求索中西学融会的艺术；从学理辐射而论，她是探讨教科文贯通的方略。我们将之作为文学化感通变的“核心加速器”，从“比较文化视野”多向度运作，以推动中外语言文学的通化性研究。这是我们创新团队数十年的精心设计，是我校长期师资建设和学术积累的集成绽放，是我校比较文学在本科、硕士、博士、博士后授权点配套后的新拓展，尤其是我校作为省属涉外型重点大学对“明德尚行，学贯中西”校训的认真践履。

“人文学中心”是广东省文科基地重点项目建设的一个工作站。本中心面向海内外招聘学术带头人和教研骨干，大力推动国内外同行间的多向交流。旨在打破近代以来人文领域分科治学人为分界的局限，同时坚守合理的规则，以具有长远规划、长期积累和趋向性影响的重大项目实施，带动人文主干学科多面建设。

从省文科基地已经完成的“人文学研究”成果和全校人文力量的整合情况来看，以“人文学中心建设——比较文化视野的文学通化研究”为题，全面推进省“211工程”三期重点学科建设项目的效率日益加强。广东外语外贸大学的人文人为学校、全省和全国高教界践履这一历史使命的努力正在稳步付诸实施。

本团队积极进行中外语言文学的教研改革，力求在人文学探索上有较大的突破，把中心建成教学科研、学术交流和资料信息的综合平台，努力实现省内领先、国内出色的目标，扩大在国际学术界的知名度。增强实力，协调运作，承担对本学科发展具有中长期导向作用的重大课题，使中心成为国内外有一定影响力的人文学高层次人才培养基地和文史哲通化研究的资料中心。

“人文学丛书”是“人文学中心”建设的一个信息窗口，她将本项目的水平标高展现给社会。“人文学丛书”也是“文学通化研究”的一个交流平台，她把本团队融贯文史哲和勾兑中西学的成败利钝呈现出来，与学界同仁共同品鉴。这套丛书包含三个方面的内容，其一是人文学原理与方法探要，其二是中外文史通义问题求索，其三是中外文学通化现象研究。毋庸讳言，这样一套丛书的编著，连同上述“人文学中心”建设的重大任务，都属于既“吃螃蟹”也“尝蜘蛛”的艰险行为。但是全球化的历史潮流迫使我们斗胆进取，面对国际教科文演变的一道难题，中国的人文学者总得交出自己的答卷。

“人文学丛书”第一辑收入十部著作，其一是陈桐生教授的《七十子后学散文研究》。在中外文学研究中诗文是大板块。源头探索亟待突破，上游研究尤需透解。我在《诗语思通释》讲稿中谈过自己的浅见，原语见原诗，散字出散文，散语是酵母，神话是前身。中国散文的源头在散语，其风气之先当属神话。神话是散语，散语是散文的前奏。散文在三代发轫，春秋跃如，战国辉煌，几近诸体大备。春秋至战国间散文如何变化？春秋散文与战国散文如何衔接？学界较多地描述了显见文本，但是对内在的深层关联发掘不够，因而对二者之间的起承转合缺乏吃紧处的勾连。陈教授学富五车，满腹经纶，已有十多部关于先秦两汉文史思想的学术著作问世。此次推出的《七十子后学散文研究》是其先秦文学研究的又一重要成果，正好填补了这个空白。“七十子后学散文”的概念是陈教授首揭首倡，从中传达出的人文学术变迁理论发人深思。在散文学源头最能看到散文乃至广义文科演进的关键性转折。《七十子后学散文研究》可谓既观衢路又照隅隙的力作。

按著作内容的时代顺序排列，第二本是孙雪霞副教授的《比较视野中的〈庄子〉神话研究》。作者对神话的界说耐人寻味。她称“神话是一种成就某些深远意义的让信众们信以为真并产生期许或向往的叙事”。“神话在《庄子》中‘不成体系’，以‘交界线’与‘块茎’的样态在场。”“神人之神采、畸人之神奇、异人之神秘，共同构成了《庄子》生气盎然之神话世界。具体而言，有于喁相随、六合祥和、以无观有、物我启蔽、始源浑然等几个向度。”作者在世界神话史的大背景中审度《庄子》神话的价值，将之视作原始文化与文明文化并存的最鲜活的例子。同时也以《庄子》神话反观西方神话，语涉中外，笔走龙蛇，多向比较，新见风发，其眼光、才气和胆魄都有超乎惯常思维之处，为人文学研究系列增加了一个新品种。

何国平教授的《山水诗前史——从〈古诗十九首〉到玄言诗审美经验的变迁》，李祥伟副教授的《走向“经典”之路——〈古诗十九首〉阐释史研究》，何光顺副教授的《玄响寻踪——魏晋玄言诗研究》，是一组颇见功力的学术成果。“古诗十九首”如何成为经典？玄言缘何富于诗意？“山水诗前史”给我们提供了什么样的审美经验？三位作者从不同视角探幽览胜，为这些问题找出了很有深意的答案。这三部专著都涉及两汉魏晋的思想文化、历史、逻辑、诗歌、玄思，纵横交织，五彩错杂，这些形同万花筒一般的变化，经三位作者的苦心经营，擘画出了文史发展的大脉络，让读者享受到情在词外、状溢目前的生动诗学解读。

路成文教授的《咏物文学与时代精神之关系研究——以唐宋牡丹审美文化与文学为个案》是以唐宋牡丹玩赏及相关文学艺术活动为研究对象的学术专著。人爱花，花解语，“物色之动，心亦摇矣”。路教授于诗词研究有年，文史造诣不菲，熟谙咏物，雅人深致，目往还，心吐纳，情有赠，兴如答，展现给读者的是一幅“情感七始，化动八风”的优美画卷。进而言之，他通过人与牡丹的审美关系，发掘出了中国牡丹文化的花情结，阐明了社会、文史、自然（花卉）之间的美意识，时代风俗从花前月下流衍，人文大旨因姹紫嫣红增色。

刘小平教授的《有根的文学——文化视野下的中国现当代文学取样》是探索中国现当代文学元素的学术专著。徐真华和张弛主编的《20 世纪法国小说的“存在”观照》，是对百年来法国小说的哲理性解读。“有根的”中国现当代文学与“存在”的 20 世纪法国小说，都让人领略到世界的开放和文学的交汇，都让人明了地球村的鸡犬之声相闻，都让人感悟到人文学的形之上下互动。小说，以及广义的文化，都进入了盘根错节的新时代，都遇到了新的文史通义的挑战。

马利红副教授的《法国副文学学派研究》，是人文学丛书的一个亮点。她为本丛书提供了文学及其理论研究的另一种视角。La paralittérature 被法中两国学界通解为副文学，马利红根据栾栋教授关于辟文辟学辟思的新文学理论，不仅对这个学派作了深入的解析和全新的界定，而且给予了多方面的阐扬和跨文化的救助。具体而言，哀其局限，救其弊端，解其困惑，助其超越。可以说，作者给进退维谷的副文学学派打开了四通八达的衢路，副文学及其学派从此有了辟文学的前途和可通化的期盼。

张静博士的《借光诗学——马利坦诗学研究》是对法国哲学家和神学理论家马利坦诗学的专题研究。在现代社会各种理论气势磅礴而传统宗教江河日下的大背景下，信仰危机非常尖锐地摆在人类面前。马利坦是西方为数不多的大神学家，他在坚守天主教信仰的同时，也在深刻地思索社会的变化和人类的未来。其神化诗学集中体现了这样的神学宗旨。我国对马利坦的研究还处于评介阶段，擘肌入理的研讨尚不多见。张静博士在这方面用功甚勤，不论是资料收集，还是学术解析，都做出了相当的成绩。她非宗教信徒，读者可以从其客观的评述中感受到马利坦及其研究者的人文深衷。

上述十种论著从不同角度阐发了人文学的一些大方面。表面上看，这些著作云行雨施，各有所专，与建设人文学中心的主旨若即若离，实际上它们都很贴近人文学思想的大主题，每部专著都从治学理路上体现了“文史哲互根”的思想，从学术格局上追求“中西学融通”的大端。细心的读者可以从每本书的字里行间看到历史与人文的磨砺，看到思想和逻辑的扭结，看到学问与学科的切磋。这些都预示着人文学在起根发苗。

这套丛书的主编是广东外语外贸大学外国文学文化研究中心主任栾栋教授，他是广东省“211 工程”三期重点学科建设项目“人文学中心建设——比较文化视野的文学通化研究”的首席科学家。该丛书的总策划是暨南大学出版社总编辑史小军教授。

人文学丛书的出版刚开了一个头，人文学中心建设的四个创新团队在夜以继日地工作。第二辑（十部书稿）的撰写正在有条不紊地进行。与此同时，我们还在准备另一个系列——“人文学译丛”的出版工作。此外，人文学术走出去的思路也在酝酿中。对于广东外语外贸大学的人文学者而言，人文学中心建设是一个持之以恒的学术追求，人文学研究未有穷期。

2010年10月19日

于广州白云山麓

目　录

上　编

中　编

下　编

上 编

第一章

中国现当代文学对儒家文化寻根及其张力

在中国现代文化的建构过程中，儒家文化遭遇到前所未有的生存危机，主要表现在三个方面：一是普遍王权的瓦解动摇了儒家文化的正统地位；二是儒家重义理轻功利、重和谐轻竞争的价值观念与国民逐渐接受的现代思想观念相抵牾；三是一些政客伪儒借儒学招牌欺世盗名，败坏了儒家的声誉。这些危机均源于中国社会内部，它们与来自西方的政治、经济、文化、军事上的强大压力相结合，最终撼动了儒家文化在中国社会意识形态的统治地位。然而，在漫长的历史发展过程中，儒家文化已经深入到中国人生活的方方面面，甚至成为中华民族的集体无意识，因而这个“幽灵”并不会寿终正寝，而是或隐或显地参与到中国现代文化的建构中。在中国现当代文学中，情况也不例外。

一、对儒家文化的寻根脉络

对儒家文化的寻根贯穿于中国现当代文学中，其中在五四时期及20世纪20年代、三四十年代和八九十年代更为突出，且呈现出不同的话语面貌，有时着重批判儒家文化的负面因素，有时则侧重寻找儒家文化的正面价值。

在五四时期及20年代，对儒家文化的寻根突出地体现在“乡土文学”中。在鲁迅“改造国民性”思想的启迪下，一批乡土作家如许杰、王鲁彦、王任叔、许钦文等人带着对故乡和童年的回忆，用隐含乡愁的笔调将“乡间的死生，泥土的气息，移在纸上”①。他们通过对乡村社会或边远地区的生活状况、风俗人情、奇异情调的描绘来寻求民族文化心理之根，展现民族文化心理结构。他们的兴趣不只是展现乡村生活、风俗的奇特景观和美学价值，还在于揭示中国文化的本根所在和主要特征。由于受到五四启蒙思想的教育和熏陶，他们对儒家文化并不褒扬，而是揭露它的封建性和落后性。小说试图告诉人们：几千年的封建文化犹如细胞一样，遍布于农民的思想、生活和习俗之中，是造成农民愚昧、麻木、保守、迷信、奴性等精神特质的重要原因，是导致国民劣根性的重要根由，以致他们只能

---

① 鲁迅：《中国新文学大系·小说二集导言》，《鲁迅全集》（第6卷），人民文学出版社1981版，第255页。

在“吃人”与“被吃”的社会里苟且地活着。要疗救农民的精神创伤，改变国民的精神面貌，就必须从根本上铲除整个封建文化体系，深入开展反封建的思想革命，而这正是乡土作家们创作的基本目标。在这些作家看来，所谓“封建文化”很大程度上就是指儒家文化及统治阶级对它的利用。儒家文化在汉代以后与封建政治紧密地结合在一起，兴衰荣辱与共，五四时期以后，文化层面的反封建就是指反儒家文化，也包括反道家文化，启蒙主义者正是从切身的经历和体验出发揭批儒家文化的负面因素。

在三四十年代，国内局势动荡不安，抗日战争更是促成了中华民族大动员、大抗争，也使部分作家对中国传统文化的态度发生了转变。一些作家对儒家文化的寻根开始侧重表现它对于国人生活的正面价值和积极作用，有些作家甚至用儒家文化来构建理想的人生形式，京派作家是比较突出的代表。这样就形成了两种不同特征的乡土文学：一是以沈从文为代表的，以崇尚原始生态、歌颂民间生活、美化自然风光为特征的田园浪漫主义的乡土文学；一是以鲁迅为代表的，以知识分子探索和改造国民性为特征的启蒙主义的乡土文学，两种乡土文学在对待儒家文化的态度上截然不同。沈从文在谈及《边城》的创作动机时说，他要表现的是一种“优美，健康，自然而又不悖乎人性的人生形式”①。这种用人情美和人性美来构建民族品德的理想，实际上就是对中国传统文化的改造和吸收，很大程度上受到了儒家文化的影响，同时融汇了道家文化精神。儒家部分，包含着孔子的仁爱思想、孟子的性本善思想以及儒家历来倡导的重义轻利的价值取向。京派小说本身还体现出从容节制的古典式审美倾向，这与儒家的中庸思想也是一脉相承的。沈从文写的大多是“乡下人”，他们热情、勇敢、忠诚、正直、善良，德行品性纯洁、高尚，又合乎自然，这正是儒家和道家正面价值的合璧。除了京派作家之外，在老舍的《骆驼祥子》、《四世同堂》，路翎的《财主底儿女们》等一批作品中，我们同样能看到作家对儒家文化的正面叙述。

八九十年代，对儒家文化的寻根开始于“寻根文学”。寻根作家对中国传统文化持有双重认识和态度：一种是继承鲁迅“改造国民性”的五四

---

① 沈从文：《从文小说习作选·代序》，《沈从文文集》（第11卷），花城出版社1984年版，第45页。

文学传统，挖掘和批判传统文化中的劣质之根和民族精神中的惰性因素；另一种则是寻找中华民族得以延续和发展的文化优根，即发现民族传统文化中有助于当代文化建设的思想精神质素，后一种寻根对当代中国文化和国民精神的建设来说，逐渐显示出其重要性和迫切性。寻根文学包含着对儒家文化的寻根，有些寻根是对儒家文化进行批判，甚至摒弃，如李杭育欣赏的是"非规范文化"，因而对儒家文化大加鞭挞，认为"儒家的哲学浅薄、平庸，却非常实用。孔孟之学不外政治和伦理，一心治国安邦，教化世风，便无暇顾及本质上是浪漫的文学艺术"①。这种批判是出于对五四启蒙思想的认同，具有一定的合理性，然而历史的车轮转过了六十多年，我们在新的历史阶段应该以更加冷静的心态对待儒家文化，全面而客观地认识它，努力发掘民族文化传统得以延续数千年的精神力量所在。这项工作在20世纪90年代得以开展，人们对民族传统文化的研究逐步深入，并努力把儒家文化从它与封建政治制度的复杂关系中剥离出来。

《白鹿原》对儒家文化的寻根就是其中一个典型，它在社会上和文学界都引起了广泛的关注，可以看作是八九十年代文学对儒家文化寻根的集大成者。陈忠实对儒家文化的感情更多地倾向于肯定，小说人物白嘉轩为了坚守儒家文化的正统观念，承受了精神痛苦和肉体痛苦也不改变初衷，而关中大儒朱先生更是体现了儒家人格精神的巨大魅力。白鹿村人为什么能经受住历史的折腾而顽强地生存下来，秘密就在于儒家文化对中华民族性格的塑造以及它在20世纪中国历史过程中的现代转换。其他如王安忆的《小鲍庄》写了一个以儒家文化为基本精神的村落，仁义是村民们共同的生活准则。郑义的《远村》、《老井》则通过对中国农民的生活形态和心灵形态的探究，表现了困苦农民身上的顽强生命力。郑万隆的"异乡异闻系列"（如《老棒子酒馆》等）则表达了对英雄人性和侠肠义骨的肯定。贾平凹的"商州系列小说"则多方展现了好德尚义、淳朴善良的古老民风，以及自然美与人情美的结合。这些作品一方面表现了儒家优良传统对中国人的精神、心理的塑形和影响；另一方面也写出了儒家文化与现代社会的各种冲突，作家们对儒家文化现代转换的焦虑心态。

---

① 李杭育：《理一理我们的"根"》，《作家》1985年第9期。

二、反叛与认同

在20世纪的中国，由于各种文化之间存在着差异、矛盾并相互碰撞，加上作家们的文化立场和文学主张也不尽相同，对儒家文化的寻根也就难免形成张力。张力主要表现为两种：一是儒家文化在遭到反叛的同时，也被潜在或公开地认同和赞赏；二是儒家文化与源于西方的现代文化基本上处于冲突状态，但它有时也会被现代改造或话语转换。

先看第一种张力。五四新文化运动是中国新旧文化、新旧文学的分水岭，新文学正是以反对儒家文化、反对由儒道佛孕育出来的古典文学为正式起点的。一切儒家的伦理道德此时均被判定为罪恶深重、落后腐朽的历史包袱，应该被彻底地反叛和抛弃。在文学领域，就《呐喊》和《彷徨》的精神内涵而言，可以看出其价值趋向是批判性的，而批判的矛头直指儒家文化。"《呐喊》和《彷徨》的基本主题，是表现儒家文化与中国人的精神状况之间的关系，或者说表现了儒家文化对中国人的精神桎梏和毒害。"① 鲁迅笔下的农民、知识分子因为受到儒家文化的影响而变得压抑、麻木或精神分裂。鲁迅通过这样的人物形象系列表达了"改造国民性"的思想诉求，"狂人"从"写着仁义道德"的史书上看到的是满纸的"吃人"二字，这种观察视角和结论正是五四启蒙者们所共同拥有的。

那么，鲁迅对儒家文化是一味地反叛吗？他们之间没有相通点吗？非也。从鲁迅的一生可以看出，鲁迅在激烈地批判儒家文化的同时也接受了它的内在滋养。这不仅体现在他的伦理观念和道德选择上，体现在他的世界观的各个层面，也体现在他的精神至上主义的思维模式中。儒家的核心思想是"仁"，"仁者爱人"要求人们注重自身的心性修养，是儒家的道德规范，又可用作道德判断的标准。鲁迅十分注重个人修身，严于解剖自己，对别人"心以为然的，便只是'爱'"②；他对父母恪尽孝心，对弟弟周作人竭诚帮助和非凡忍让，对朋友始终抱着"敢卖自己而不卖朋友"的

---

① 罗成琰、阎真：《儒家文化与二十世纪中国文学》，《文学评论》2000年第1期。

② 鲁迅：《我们现在怎样做父亲》，《鲁迅全集》（第1卷），人民文学出版社1981年版，第133页。

信念，对广大民众毕生关怀并意欲唤醒他们沉睡的意识，所有这些行为选择不能不说是受到儒家道德的深刻影响。鲁迅毕生致力于国民性改造和国民精神救助，为思想启蒙运动呕心沥血，他追求的目标就是通过改造人的思想（心）来实现社会的变革和历史的进步，并且坚信人心是可以改变的。鲁迅信奉精神至上主义：一是强调人格的作用，其价值范畴是“修身”；二是强调思想的历史功能，其价值范畴是“心”的思想道德功能；三是强调“心”对“修身”的决定作用，人格、心性的可塑性以及人格塑造、心性养成的极端重要性。[①] 这一思维模式在本质上显然与儒家心学思想有着千丝万缕的联系，甚至是十分接近的。此外，鲁迅的忧患意识和使命感也和儒家的忧患意识和使命感十分接近。他的忧患对象不是西方人常忧患的那种地狱、人世和天堂的人生选择，而是对历史进程本身的忧患。它是一种以大同理想为前提的历史寻觅，以群体目标为最终的价值归宿，而不是西方那种立足于个体的人生忧患。鲁迅的使命感也是为了完成社会变革、历史进步和民族振兴，这正与儒家“以天下为己任”，“修齐治平”的济世情怀相一致。

鲁迅并不是唯一的个案，其他如老舍、路翎等一大批作家都在各自的作品中表现出对儒家文化的某种赞赏和认同。在儒家伦理中，“五常”指仁、义、礼、智、信五种最普遍的价值，它们不仅是人们日常遵行的道德价值规范，而且是人们常用的道德评价系统。诚如孟子说，“孔子成《春秋》而乱臣贼子惧”[②]，这就是儒家名教的作用，即道德评价的威力，这些普遍价值也因此能够深入到中国人的日常生活中。在老舍笔下，中国劳动人民勤劳朴实、正直善良，他们虽然地位卑下、生活艰辛，但都有着一副古道热肠，特别讲仁义、重孝悌、守信用、讲气节。《骆驼祥子》中的祥子等人身上就有着这种道德价值观的体现：祥子在堕落之前是一个本分正直、忠厚善良、勤劳朴实，并且讲究信用、负责任的劳动者。祥子起早贪黑地挣钱，生病连药也舍不得花钱买，但是当他遇到由于饥饿而虚脱的车夫老马时，却毫不犹豫地顶着寒风买回十个包子相赠。与祥子、虎妞同住

---

① 王确：《儒家传统与鲁迅的精神至上观》，《东北师范大学学报》（哲学社会科学版）1999 年第 2 期。

② 《孟子·滕文公下》。

一个大杂院的小福子，尽管平时受到虎妞的欺负，但当虎妞难产时依然真诚相助。长篇小说《四世同堂》描绘了在抗日战争特殊的环境中，一条小胡同中十几户普通家庭的生活。曾经是那么谦和、柔弱、中庸的国民文化性格，在民族危机的重压下，逐渐转变成一颗坚硬无比、熠熠生辉的钻石，从而捍卫了个人尊严和民族尊严。书中人物钱默吟是一个温文尔雅的老诗人，待人谦恭，与世无争，然而当日本侵略者把他投进监狱，把他的家投入血泊时，他终于惊醒，他思想中的忠君爱国、为民请命、舍生取义的一面被激发出来，终于由隐士一跃成为为信念而杀身成仁的志士。

路翎的长篇小说《财主底儿女们》也表现出对儒家文化的正面寻根。小说写的是一个大家族的衰败，但和同样写大家族衰败的巴金的"激流三部曲"（《家》、《春》、《秋》）大为不同。巴金对以儒家伦理为核心的封建制度大加控诉，揭露了它对人的心灵、生活的残害。而在路翎的笔下，儒家文化的正面价值逐渐显现出来：家长蒋捷三不再具有绝对的权威和专制性格，不再拥有造成下一代悲剧的能量。尤其值得一提的是蒋少祖的形象塑造和心理变迁：他早年在新文化运动的感召下攻击传统文化，但最终回到民族文化传统（儒家）上来，并把它作为自己的精神归宿。他坚信"中国底文化，必须是从中国发生出来的"，质疑"为什么要崇奉西欧底文化，西欧底知识阶级"，并认为"中国人民必须有自己底道路！爱好或尊敬孔子，……爱好孔子，因为他是中国底旷古的政治家和人道主义者，可以激发民族底自信心和自尊心，并不是说就要接受礼教！这就是批判地接受文化遗产这一命题底现实意义"①。可见，蒋少祖对待儒家文化的态度和五四启蒙主义者迥然不同，民族主义思想已经显露出来，而且文化态度也变得更加理性和客观，能够辩证地分析儒家文化的价值与缺陷。这与改革开放以来，特别是 20 世纪 90 年代以后中国学界的主流思潮非常接近。

三、冲突与改造

再看第二种张力：儒家文化与源于西方的现代文化虽然基本上处于冲突状态，但它有时也会被现代改造或话语转换。从 20 世纪 20 年代后期开

① 路翎：《财主底儿女们》（第二部第七章），人民文学出版社 1985 年版。

始，“革命文学”逐渐取代“文学革命”而成为中国现代文学的主潮。从表面上看，历史的不断裂变，特别是马克思主义的风行，似乎终结了儒家文化与孔孟学说的历史命脉，并清算了它们在人们心目中的正面形象。然而历史并不是如此简单，儒家文化与启蒙话语、革命话语进行了巧妙的对接，前者的精神内涵被后者进行了悄悄的改造和话语转换，并内化为后者的组成部分。

儒家文化有一套严整的“内圣外王”之道，注重个人道德修养和人格规范构建。孔子提出“圣人”、“君子”和“小人”的人格等级，其中，圣人是至善至高的理想人格；君子比圣人的人格目标要低，但常人只要经过严格的道德磨砺还是能够实现的；小人则是为儒家所鄙夷的。孔子对三种人格的设置实际上是对人的欲望流向的安排，从而把追求“善”叙述为人生的内在欲求。这样，人们既要把成为君子作为人生目标，还要不断修身、内省以实现这个目标。在中国现代文学中，知识分子不再具有古代“士”阶层之于一般民众的优越感，而是对照工农找到了自身精神上的差距，开始内心的反省和道德的修炼。在鲁迅的《一件小事》、艾青的《大堰河——我的保姆》等作品中，这种思想倾向表现得非常明显。在杨沫的《青春之歌》中，林道静由小资产阶级知识分子成长为革命战士，这个过程也是不断进行内心反省，通过克服思想精神上的弱点来适应革命需要的过程。这种道德磨砺正是儒家通过“修身”成为君子，并实现“齐家治国平天下”的人生模式。只不过，“君子”的具体内涵已经演化为“革命者”，“齐家治国平天下”的具体目标也演化为“无产阶级革命”、“实现共产主义社会”。

赵树理的文学创作曾经被树立为解放区革命文学的发展方向。他的创作动机主要是“劝人”和解决社会问题，有着比较鲜明的功利意识。但这种功利意识与商业社会以利益为目标的功利意识、个人主义的功利意识是截然不同的。这种功利以“义”为行为标准，以“善”为终极指归。这种功利意识的文学观显然与儒家的文学观相通。儒家对美的本质和文艺特性的认识有两种倾向：“一个是以孔子为代表的强调对人的个体人格的造就，它所理解的文学的社会功能常常带有追求人的价值实现的内在目的；另一种是以荀子为代表的强调文艺的政治功能，它常常从政治统治的角度来认识文艺的教化作用，有时甚至把文艺视为治理政治和人民的工具。”[①] 赵树理来自农村，是一位地地道道的农民作家，而农村和农民都是传统儒家文化最为深厚的载体，因而我们认为，赵树理在接受革命文学指导的同时也接受了儒家文化正面价值的深厚影响，并自觉或不自觉地对儒家文化进行了话语转换。赵树理说：“俗话常说：‘说书唱戏是劝人哩’，这话是对的。……凡写小说的，都想把自己认为好的人写得叫人同情，把他自己认为坏的人写得叫人反对。你说这不是劝人是干什么？说老实话：要不是为了劝人，我们的小说就可以不写。”[②] 这里，赵树理把自己的创作目的说得很清楚，就是“劝人”，劝人向善。“说书唱戏是劝人哩”，虽是俗话，却是对儒家文学观的发挥。儒家认为，文艺的本质是善的，而善的就是美的；文学的功能重在教化，重在个人“善”的道德品质的造就。赵树理上面的表白正和儒家的文学功能观本质上相一致，只不过他要把它改造为具有中国作风和中国气派的革命文学的组成部分。而且，他的“劝人”显然不是像“士”或知识分子那样去教育民众，知识分子这时已经失去教育别人的资格，取而代之的是政党的意识形态，这种意识形态便是与中国传统、中国实际相结合的马克思主义。

儒家讲求以“仁”为本的忠恕之道、博施济众的品德、安贫乐道的处世态度、矢志于道的追求精神以及重义轻利、舍生取义的勇气和胆识，这些思想价值在革命文学等中国现当代文学中经过巧妙的话语转换，都内化为革命者和正面人物的优秀品质。如十七年文学中，梁斌《红旗谱》中的朱老忠，为朋友两肋插刀，表现出患难与共、乐于助人的侠义精神。柳青《创业史》中的梁生宝，一心扑在集体上，显现出公而忘私、大公无私的美德。再如乡土文学作家刘绍棠的《蒲柳人家》，何大学问和一丈青大娘为搭救日莲，成全她与周擒的婚事，不顾家境贫寒，硬是拿出四亩地来帮助他们，表现出一种牺牲自己而成全他人的高尚品格。蒋子龙的《乔厂长上任记》等改革小说中的主人公都具有忧患意识，如乔光朴等改革者自觉地联系国家和民族的命运来看待自己眼前的工作。他们视野开阔，胸襟广

① 王确：《使命的自觉——儒家传统与中国现代文学的文化品格》，东北师范大学出版社 2000 年版，第 260 页。

② 赵树理：《随〈下乡集〉寄给农村读者》，《赵树理文集》（第 4 卷），工人出版社 1980 年版，第 1761 页。

大，有着强烈的责任感和使命感。贾平凹的“商州系列小说”对当地人的人性美德作了充分的发掘，如《天狗》中的天狗表现出淳朴、善良、勤奋、进取、助人为乐的美好品德，他不但在生活上与师傅、师娘一家人有着悲喜交集的感情牵连，而且在致富道路上与全村人形成了一种团结互助的人际关系。以上这些人物所表现出来的美好品德、高尚精神，其实都来自民族传统文化（主要是儒家文化）的滋养，是历史悠久的儒家文化的正面价值在现实中的影响和表现。在小说中，他们的生活、情感是与20世纪中国社会文化相伴随的，他们的思想行为因而被解释为现代社会的新风尚、新精神。但究其实，乃为儒家文化在现代社会的话语转换，是儒家文化与西方文化的有益成分相互碰撞的结果。

中国现当代文学对儒家文化的寻根及其张力，给了我们深刻的启示：对待儒家文化及其他传统文化，不能采取彻底否定和全然抛弃的做法，而应当与西方等外来文化相互阐发，从而以综合创制的方法来完成中国文化的现代建构，同时完成中国文学的现代转型。

第二章

儒家“善”与中国现当代文学的欲望叙述

儒家文化对于“善”有多种言说，而且有关“善”、“恶”的探讨常常与人性问题联系起来。孔子对人性善恶问题并没有论述得很具体，孟子则明确地提出“性善说”，认为人之所以不同于禽兽，就在于有自觉的道德观念，而且它是与生俱来的。再后，荀子又提出“性恶说”，认为人性天生是恶的，人的道德观念是后天习得的。孟子、荀子谈论“性善”和“性恶”，重要的并不是能否说出事物的真相，而是在于谈论本身，因为“谈论本身便包含着诊断策略，是一个话语/意识形态操作”①。也就是说，通过谈论来“对欲望叙述”，以引导人们去追求某些欲望，而压抑另一些欲望。孟子和荀子对人性善恶作出不同回答，由此导出不同的修善策略：孟子说“人皆可为尧舜”，就是要启发人的良知以使人为善，以至成为圣人；荀子则认为，只有努力学习，“积善而不息”，才可以成为像禹一样的圣人。

中国现当代文学是受西方现代文化、文学的强大影响而发展起来的，是抛弃传统性、追求现代性的文学。社会主流思潮对儒家文化持激烈的反叛态度，但并不能阻止后者对中国现当代文学的渗透和进入，我们不时发现中国文学借用儒家“善”的思想对“欲望”进行再叙述的情形。全面梳理百年欲望叙述史，将是一个浩大的工程，并非易事，因而我们选择周作人、王润滋、陈忠实三个典型作家来讨论，力图揭示他们如何利用儒家资源对“善”重新设置，以及如何对“欲望”进行话语转移。

一、中庸：“善”的设置方法

尽管五四时期的周作人是一个启蒙主义者，激烈地抨击中国传统文化，鼓吹西方现代文化，但不可否认，早年的生活经历、受教育经历以及传统文化环境的熏陶，也使得周作人接受了包括儒家在内的中国传统文化的深厚影响。传统文化在周作人那里，既是反叛的对象，也是接纳和改造的对象。特别是在五四退潮之后，接纳更加明显。

周作人接受儒家文化的影响，其中“中庸”思想尤显突出。周作人本人有一些直接论述，在《谈龙集》和《谈虎集》的序里就说出“我原是

① 程文超：《意义的诱惑》，时代文艺出版社 1993 年版，第 176 页。

一个中庸主义者”和“我的绅士气”的话。在谈生活艺术时，他说：“其实这生活的艺术在有礼节重中庸的中国本来不是什么新奇的事物，如《中庸》的开头说，‘天命之谓性，率性之谓道，修道之谓教’。照我的解说即是很明白的这种主张。”[①] 下面我们要探讨的问题是：“中庸”在周作人的思想构成上起到什么作用？他的“中庸”与传统儒家的“中庸”有什么区别？他如何运用“中庸”来对“善”重新设置？

在周作人那里，“中庸”起到了精神调节器的作用，是设置“善”的思维方法。周作人“喜欢弄一点过激的思想”，似乎并不是一味地中庸，但是等到火要烤到自己的时候，中庸就挺身而出，要他适可而止。他“笑着，闹着，披着猥亵的衣，出入于礼法之阵，终于没有损伤”[②]。周作人同时喜爱“绅士的态度”与“流氓的精神”，“希望这两个鬼能够立宪，不，希望他们能够结婚，倘若一个是女流氓，那么中间生下理想的王子来，给我们作任何种的元首”[③]。其实，周作人身上的矛盾有一大堆，如：利他/利己、汉奸/隐士、流氓鬼/绅士鬼、入世/出世、兼济天下/独善其身、十字街头/象牙塔、积极/消极、肉/灵、纵欲/禁欲、谈风说月/诋佛骂祖、文学有用/文学无用、载道/言志、浮躁凌厉/平和冲淡、师爷笔法/绅士风度、深刻/飘逸、豪华/青涩，等等。[④] 如何平衡与调和这些矛盾呢？周作人正是动用了“中庸”这一调节器和思维方法。

不过，周作人的“中庸”和传统儒家的“中庸”是有所不同的，这是我们要注意的地方。传统儒家“中庸”的核心意义是孔子所说的“中行”，孟子所说的“中道”。“不偏之谓中，不易之谓庸。中者，天下之正道，庸者天下之定理。”[⑤] 这里的“天下之正道”、“天下之定理”，就是指儒家宣扬的伦理思想和价值标准，内涵是君子和圣人之道，是孔子宣扬的核心思想“仁”、行为准则“礼”以及“忠孝信义”，也是孟子倡导的“仁、义、礼、智”四德。儒家“中庸”有两个方面不可忽视：一个是强调“中正”

① 周作人：《生活之艺术》，《雨天的书》，河北教育出版社2002年版。

② 周作人：《净观》，《雨天的书》，河北教育出版社2002年版。

③ 周作人：《两个鬼》，《谈虎集》，河北教育出版社2002年版。

④ 刘俊峰：《周作人文化思想的基本构架》，《安徽师范大学学报》（哲学社会科学版）1988年第4期。

⑤ 朱熹：《四书章句集注》，中华书局1983年版，第17页。

的价值尺度；还有一个就是指正反、上下的调和与互补的思维方法。

在周作人那里，“中庸”的价值尺度是“个人主义的人间本位主义”。五四时期，周作人对传统文化的批判侧重于两个方面：一是批判封建礼教对人性的扼杀，呼唤人性的觉醒；二是批判鬼神迷信对国民思想意识的支配以及人们深层意识中的“祖先崇拜”、“鬼神崇拜”观念，以呼唤人们自我意识的觉醒。他使用的批判武器就是“个人主义的人间本位主义”。同时，周作人更强调“中庸”的第二个方面，把它作为“善”的设置方法。

至于“善”的基本内涵，周作人对其进行了新的注入。在五四时期发表的论文《人的文学》里，自然人性论和人道主义是他的两大理论支柱。他提倡个人主义，强调人性的生物本能和个人的存在，把批判的矛头直指传统道德中扼杀人性的禁欲主义以及不平等的“三纲”伦理，把人道主义规定为“个人主义的人间本位主义”。当然，周作人的“善”不只是这些内容。他同样强调：“首先便是改良人类的关系，彼此都是人类，却又是人类的一个，所以须营一种利己而又利他，利他却是利己的生活。”这里，他用“中庸”来调节“利己”和“利他”之间的关系，二者的调和与互补才是他理解的“善”的生活。另外，周作人也认为：“关于道德的生活，应该以爱智信勇为基本道德，革除一切人道以下或人力以上的因袭的生活，使人人能享自由真实的幸福生活。”① 这是周作人提出的人类道德生活的理想，可以看出他对儒家“善”的内涵有所取舍，“虽然立足于个人，强调个人的独立价值，但这种强调明显存在着一个指归性前提，即有一个人类大同社会的预设”②。这种思维方法和价值取向体现了儒家“中庸”思想的影响。

概言之，周作人在部分吸收儒家伦理思想的同时，用“个人主义的人间本位主义”置换了儒家“善”的核心内涵，从而通过“中庸”这一思维方式完成了对于“善”的重新设置。有关“善”的话语就是“欲望”话语，周作人通过对“善”的重新设置，完成了对“欲望”的话语转移，这种新鲜的“欲望”话语在五四时期以及后来的中国社会文化发展中都产

---

① 周作人：《人的文学》，《新青年》1918 年第 5 卷第 6 号。

② 汪言：《早期周作人与儒家文化》，《安庆师范学院学报》（社会科学版）1998 年第 4 期。

生了积极而广泛的影响。

到了20世纪20年代中后期，随着新文化阵营的进一步分化，社会政治斗争的日益尖锐，周作人对于新文化的热情急剧减退，对于传统文化的热情却不断上升。他试图从儒家文化和近代资产阶级文化中寻找“中庸”调和的药方，“于是提出了中西文化综合论，主张以中国原始儒家文化为根本，以西欧近代上升时期的自由资产阶级文化和古希腊以及日本文化为参照系，重建现代中国文化的新形态”①。30年代，周作人对于儒家“中庸”思想则进一步由理论上的倡导发展为生活情趣上的追求。他非常羡慕儒家士大夫的生活情调，企望“‘忙里偷闲，苦中作乐’，在不完全的现世享乐一点美和和谐”②。此时的周作人离五四时期的周作人已经相去甚远了，他心目中的“善”更多地接近儒家以及庄禅，向往的是传统士大夫式的“善”。

二、良心：“善”的自律机制

与“善”紧密相关的是“良心”。儒家伦理价值曾经是中国社会的主导道德信念，从孔孟到陆王乃至今天的“新儒家”都一脉相承地着眼于“良心”，并以此说明“善”的由来、善行的标准和动力以及道德修养的途径。孟子首先阐发了“良心”观念，认为“良心”就是人性本有的“四端”，即“恻隐之心”、“善恶之心”、“恭敬之心”、“是非之心”，也就是“仁、义、礼、智”四德。在孔子那里，把握善行有两种方式：“己所不欲，勿施于人”③，“己欲立而立人，己欲达而达人”④，这里暗含了善行的前提，也就是孔子的仁义思想和后来孟子进一步阐发的“良心”。可以说，经过几千年的历史积淀，儒家道德的自律机制“良心”已经变为国人的一种欲望方式。

中国现当代文学中，儒家道德的“良心”传统遭遇了巨大挑战，代之

---

① 陈颖：《“周作人现象”的思考》，《福建师范大学学报》（哲学社会科学版）1991年第4期。

② 周作人：《喝茶》，《雨天的书》，河北教育出版社2002年版。

③ 《论语·颜渊》。

④ 《论语·雍也》。

而起的是受西方文化影响的现代道德价值。尽管如此，对“良心”的叙述并没有消失，“良心”主题不时出现在文学作品中，“王润滋现象”就是一个典型个案。在社会主流意识强调历史必然性的80年代，王润滋的作品表现了对儒家“良心”的道德思考和价值取向，当时很多人认为这是落后的。然而，王润滋本人却认为“道德问题应该是文学的永远主题”，他写的《鲁班的子孙》就是“一部劳动人民的‘良心策’”[①]。《鲁班的子孙》的主要人物是父子俩——老木匠黄志亮和小木匠黄秀川，他们的交锋是围绕“良心”和“私利”的矛盾而展开的。

有关“良心”的叙述是通过黄志亮这个人物来完成的。黄志亮一生信誓旦旦地恪守并实践着相传属于鲁班的教导：做一个好木匠，“一条是好手艺，一条是良心”，而且手艺的展示是受“良心”制约的。在黄秀川的个体木匠铺开张时，作为父亲的黄志亮感到由衷的喜悦，心里说道：“儿子成才了……咱凭劳动，凭良心，走到天边也说得过去”，老木匠暗暗设定了致富前提是凭“良心”。后来还劝告儿子说：“人哪，走到哪一步都得讲良心”，但小木匠的致富原则却与老木匠的全然相反。

黄秀川是一个复杂的人物，一方面，他勤劳肯干，精于算计，敢于挑战旧权威，大胆致富；另一方面，他寻求官僚的庇护，走后门，投机钻营，自私冷漠。他的致富原则是：“有饭吃就是理，有钱花就是好主义！这年头，谁先富起来谁就是好汉子。”在黄秀川这个人物身上，王润滋同时设置了“善”的欲望和“恶”的欲望，这与黄志亮“良心”（善）的欲望形成了对比。王润滋对“良心”无疑是看重的，但现实是复杂的，他表现的正是这种复杂的现实。他没有塑造几乎完美的改革英雄，而是描写一个渴求变革、重义轻利而又不敢前进的老木匠，描写一个充满变革活力而灵魂又被玷污的小木匠。这两个人物都不是完美的典型，但却是真实的。作者的思想倾向寄托在两个人身上，“寄希望于老木匠也寄希望于小木匠。两代木匠先后走过了他们各自不同的悲剧道路，还都要走向明天。但愿明天的故事不是悲剧”[②]。可以说，这两个人物的形象内涵正体现了王润滋

① 王润滋：《从〈鲁班的子孙〉谈起——在一次座谈会上的发言》，《山东文学》1984年第11期。

② 王润滋：《从〈鲁班的子孙〉谈起——在一次座谈会上的发言》，《山东文学》1984年第11期。

“对欲望叙述”的价值取向，老木匠的儒家“良心”与小木匠的改革活力，两者的有机融合就是作家对“欲望”话语转移的方向，是作家所要张扬的欲望方式。

《鲁班的子孙》发表之后引起了很大的争议，支持者认为，政治经济学可以不包括道德内容，但作家必须分析人生、辨别善恶。更有反对者的意见，认为宁愿不要古朴的美德，也要追求生活的现代化；有人还忠告作者防止用道德化的观点评论新生活和代替经济政策。批评家雷达分析《鲁班的子孙》说：“作者是否有着用道德和善恶来评价生活的弱点？换句话说，他是否存在着道德化的历史观点呢？我认为是存在的。”① 雷达反对对生活进行道德化评价，对历史的进程进行道德化评价。曾镇南也认为“《鲁班的子孙》存在着为了宣泄作者道德方面的主观义愤而牺牲了社会冲突孕含着的历史内容的缺点”②，也就是说，作者为了纯洁峻烈的道德感，在某些重要方面失去了历史感。

任何话语其实都是“对欲望叙述”，上面这些观点都是那个时代的人们对“欲望”的一种表达。历史与道德的关系，在这里表现为与“良心”的关系，历史的合理性和良心的合理性，哪一个更重要呢？在雷达和曾镇南那里，历史的必然性推导出了历史的合理性，这个客观真理已由马克思证明了，它是大家思考和评价历史的出发点，而作品中黄秀川追逐“私利”显然也是历史行为，因而是合理、正常的欲望，值得肯定的欲望。而在王润滋那里，揭示了现实生活与“良心”之间的矛盾，宣扬了“良心”的合理性，否定了历史发展过程中一些不合理的东西，却并没有全盘否定历史的合理性。从后来的历史发展来看，对传统道德的全然否定和对“良心”的漠视，对历史必然性的过分强调等原因，已经导致了我们这个时代的道德沦丧症。由此可见，作家结合“良心”对“欲望”进行话语转移，此种眼光是难能可贵的。

---

① 雷达：《鲁班的子孙的沉思》，《当代文坛》1984 年第 4 期。
② 曾镇南：《也谈〈鲁班的子孙〉》，《文艺报》1983 年第 11 期。

三、修身：通向“善”的人生选择

“修身”是儒家文化对善行的要求，是通向“善”、达到“善”、完成“善”的人生选择，是儒家提倡的一种欲望方式。孔子把“君子”作为“修身”的理想人格，并嵌入核心内容“仁”，认为“仁者安仁”①，君子要“求仁而得仁”②。孟子认为“修身”就是要培养“浩然之气”，“其为气也，至大至刚，以直养而无害，则塞于天地之间。其为气也，配义与道；无是，馁也”③。荀子则把“圣人”作为“修身”的极致，“圣也者，尽伦者也”④。儒家“修身”就是为了伦理纲常的落实、人伦关系的和谐，使社会成员成为道德高尚的人，但是它的目的并不仅仅在“人”本身，而是要为“齐家”、“治国”、“平天下”奠定基础。

儒家的“修身”传统在20世纪遭到了巨大挑战，但有关“修身”欲望的叙述在中国现当代文学中却时有出现，陈忠实的《白鹿原》就是其中的重要作品。这部气势恢弘的巨著通过对半个多世纪以来关中地区历史变迁的描述，浓缩了中华民族的近现代史，表达了对“民族命运的大命题的思考”⑤。作品写到三种文化政治思潮，即儒家文化、三民主义和共产主义，关中地区的文化主体是儒家文化，但在近现代又受到三民主义和共产主义的浸染和改造。三种文化都有其正面和负面的因素，以致作家“对故事的叙写，对人事的描状，无一不出自于这爱恨交织的二难情感中”⑥。三种思潮对中国问题的解释，对中国前途的设想以及为此而付出的种种努力，其实就是对近现代中国人的人生欲望的揭示和导引。作品中，儒家文化对欲望的揭示和导引，主要体现为对“修身”的张扬。

《白鹿原》有关“修身”欲望的叙述主要体现在四个人身上，即白嘉

---

① 《论语·里仁》。
② 《论语·述而》。
③ 《孟子·公孙丑上》。
④ 《荀子·性恶》。
⑤ 陈忠实：《〈白鹿原〉创作漫谈》，《当代作家评论》1993年第4期。
⑥ 张国俊：《中国文化之二难——〈白鹿原〉与关中文化》（下），《小说评论》1998年第6期。

轩、朱先生、黑娃和白孝文。这四个人的“修身”道路各不相同：白嘉轩是“修身”人生的坚定实践者；朱先生是“白鹿”的精魂，儒家精神的领袖，“修身”的倡导者；黑娃是由反儒家道德而后走上“修身”之路的；白孝文则由前期的儒家精神维护者而变成后来的反“修身”者。

白嘉轩并不是一开始就是坚定的“修身”实践者，他走上“修身”之路是在朱先生的引导下进行的，但是他一旦接受了以仁义为核心的儒家道德，就坚定地把“修身”作为一生的欲望选择。他的“修身”实践表现在三个方面：第一是重仁义，轻私利。如在与鹿三的主仆关系上，白嘉轩不亏欠鹿三的报酬，有时还有添加，他出钱让鹿三之子读书，并让他做自己女儿的干爸。在鹿三晚年的时候，白嘉轩把鹿三认作自家人，不让子女指使被唤为“三伯”的鹿三干活，更不准嫌弃他。他的重义此时已经彻底摆脱了功利目的，而有了道德完善的意味。白嘉轩还兴办学堂，实行乡约，反对苛政，禁止游手好闲与赌博，等等。第二是对“恕”的实践。如在与黑娃的关系上，他没有追究黑娃打断他腰的暴行，体现了儒家“恕”的宽大胸怀；不仅如此，在黑娃造反被捕时，白嘉轩还花钱营救他；在他“浪子回头”时隆重地接纳他。在与鹿子霖的关系上，虽然两家是敌手，鹿子霖设计害得白嘉轩的儿子白孝文身败名裂，还买拆了白家的房子，处处给白家抹黑，但在鹿子霖陷入监狱后，白嘉轩没有怀恨在心，依旧极力帮助他。另外，他还为那些曾经游斗他的农协成员求情，愿意承担受罚的责任。第三是重礼教。白嘉轩注重孝悌的家庭道德，坚持贞洁妇道的妇女观，自觉成为封建人伦关系的忠实维护者。由于对儒家“修身”传统的坚持，“白嘉轩始终是白嘉轩，人格不变，信念不变，生活态度不变，理想不变，甚至他德高望重的地位都无丝毫改变”①。

朱先生是作品中儒家“修身”传统的倡导者。“在乡人的心目中，他是神，在白嘉轩的眼里，他是‘圣人’，是在东方神秘文化的面纱下耸立于白鹿原的精神伟人。”② 朱先生一生严格地按照儒家的理想和精神生活着。他虽然是关中大儒，为达官贵人所看重，但他并不因此出来做官、图

① 畅广元、屈雅军、李凌泽：《负重的民族秘史——〈白鹿原〉对话》，《当代作家评论》1993 年第 4 期。

② 张恒学：《朱先生——传统文化的悲剧形象》，《北京广播电视大学学报》2000 年第 4 期。

名谋利，而是默默着力于有功于后代的文化事业，对于教书和编地方志乐而不疲。不过，一旦老百姓需要他，他就会毅然出来做事。如查禁烟苗，先从至亲开始；发放赈济，一丝不苟，一介不取；孤身平息战火，挽救生灵；为赴国难，决计投笔从戎；此外，还调解乡民纠纷，制定乡约，援救被捕的农民，等等。这些体现了朱先生“修身”与“齐家”、“治国”、“平天下”相统一的儒家情怀。正是由于儒家精神的指引，朱先生一生虽处乱世却丝毫不惊，仿佛超然于政治之外，但又游刃有余地出入于政治之中，既出世又入世，飘逸着儒者智慧、圣达、仁爱的灵光，体现着儒家“圣人”的理想人格。

白孝文和黑娃的“修身”经历表现为一组矛盾。白孝文从小是一个不会做坏事的好孩子，是未来族长的继承人，已经在白鹿原上塑造了履行儒家道德精神的光辉形象。然而，田小娥的引诱成了他堕落的契机，落得只好卖土地、卖房子、抽大烟、沿街乞讨，最后差点成了饿殍。后来在鹿子霖的点拨下参加了县保安团，很快升为营长，后又升为县长。他变得心狠手辣，不放弃任何争夺权力的机会，最后设计害死了同乡同学同族的黑娃。

黑娃的“修身”经历正好与白孝文相反。他从小就与腰板挺得直直的白嘉轩有强烈的距离感，在白嘉轩等人不让他和田小娥进祠堂后，他就更加仇视这个白族长。后来黑娃烧粮台，进农讲所，参加农协，砸祠堂，铡恶棍，斗田福贤，从没有丝毫迟疑。再后来，他参加过革命军队，当过土匪，又被国民党政府招安，在临近全国解放时听从鹿兆鹏的策划举兵起义。黑娃在被招安之后，开始对一生的行为反悔，踏上“修身”之路。他的转向表现在几个方面：向朱先生求教，开始读圣贤书，这是对早年厌恶读书的反悔；娶了与田小娥截然不同的懂诗书、守妇道的妻子，这是对早年的女性观念的反悔；整治自己的队伍，这是对土匪生活的反悔；回乡祭祖，跪下谢罪，这是对参加农协砸祠堂、砸乡约石碑做法的反悔。这时的黑娃整个是“浪子回头”的姿态，在白鹿原生活了那么久，他终于抵抗不住儒家文化的压力和感染力，他的转向体现了“修身”欲望的胜利。

“修身”作为欲望方式，既是一种通向善、达到善、完成善的人生选择，同时又要接受其他各种欲望的挑战。《白鹿原》的“修身”叙述正显示出这种复杂性：在白嘉轩和朱先生身上体现为儒家道德生活的光辉魅力，在黑娃身上则证明了儒家文化及其“修身”传统的力量不可抗拒，而在白孝文身上却显示出“修身”这种道德人生选择在历史进程中又可能是苍白无力的。

通过以上对周作人、王润滋、陈忠实三个典型作家的分析，我们可以看出，儒家文化在20世纪虽然遭遇巨大挑战，但并没有销声匿迹，而是借助各种途径展现出来。中国现当代文学借用儒家“善”的思想对“欲望”进行了重新叙述，运用“中庸”对“善”重新设置，并通过对“良心”和“修身”的叙述对“欲望”进行话语转移。这些作家的作品利用儒家资源“对欲望叙述”，实际上创造了一套与现代性有区别的价值和意义，目的在于对中国人的欲望选择产生影响。

第三章

中国现当代文学的闲适话语及其精神特质

中国现当代文学借助道家及受道家影响的文化资源对欲望进行重新叙述，建构了一种与传统相承而又有所区别的闲适欲望话语。尽管在20世纪中国文学是以启蒙话语、革命话语为主流话语的，但这并没有能够压制住闲适欲望话语的应时出现，可以说闲适依然是20世纪中国人追求的一种欲望方式。

一、闲适作为一种欲望方式

所谓闲适，一要闲，二要适。闲者，就是有空余时间；适者，就是能合乎自然，合乎人性。换句话说，闲适就是顺情适性，它强调的是一种自由自在的、契合自然人性的生活方式。在中国文化漫长的发展过程中，人们还赋予闲适更多的内涵：它可以指一种安静平和、追求优雅趣味和风格的文人精神；可以指一种边缘的、独立的、隐士式的生存体验；也可以指一种浪漫而不狂热，有诗意而无激情，有品位而又与人世保持距离的人生态度；还可以指一种文学思潮，等等。①

闲适观念主要起源于先秦道家文化。道家创始人老子把道、天、地、人同视为域中“四大”，认为它们都要以自然为法则，并提倡“见素抱朴”②，“复归于朴”③，“镇之以无名之朴”④。后继者庄子进一步阐明：人民都不用智巧，本性就不至于离失；大家都不贪欲，所以纯真朴实，便能保持人的本性了。老庄有关人性的思想是以自然主义为理论基础的，注重恢复或保持人的本性，强调人性应该是自然天放的，要去掉刀削斧凿的人为痕迹。由此我们可以说，老庄实际上提出了“性自然说”，它是一种与孟子的“性善说”、荀子的“性恶说”完全不同的人性论。

老庄的“性自然说”的核心内容是提倡顺情适性，这种人性论对后世产生了很大的影响，并逐渐形成闲适文化传统。在魏晋时代，社会动荡，政治黑暗，老庄学说及其自然主义人性论得到了士大夫们的认同。向秀和

---

① 张颐武：《闲适文化潮批判——从周作人到贾平凹》，《文艺争鸣》1993年第5期。

② 《老子·十九章》。

③ 《老子·二十八章》。

④ 《老子·三十七章》。

郭象在注解《庄子》时就表达了顺情适性的逍遥思想："物任其性，事称其能，名当其分，其逍遥一也。"[①] 张湛为《列子》作注时也认同顺情适性的思想，以求挣脱世间的拘束，忘却物我的分别，认为"役心智，未足以养性命，只足以焦形也"[②]。

文人骚客则用文学作品表达顺情适性的人性思想。陶渊明的一生在他人看来可谓穷困潦倒，然而"久在樊笼里，复得返自然"，清贫、平静的田园生活于是变成了"此中有真意，欲辨已忘言"的一种快乐。陶渊明是将闲适实践得早、实践得好，也表达得好的一个文人，他的思想行为给后世以巨大影响，仿效者众多。北宋时期的苏东坡就对陶渊明钦慕有加，他在两次贬谪期间尤其追求闲适之乐，期间的诗词表达了对山林清幽之景、翘首出尘之姿的向往，寄寓着淡泊功名欲念、亲近自然、保持率真淳朴的性情志趣。到了明清，陶渊明就几乎化身千百，名士派、隐士派文人几乎都以闲适为高尚的生活趣味了。

在这里，我们将把闲适作为一种欲望方式来看待。闲适欲望浸透着中国人对完满人性的理解和预设，体现了一种从容不迫的生活态度、修身养性的个人选择以及自我满足的人生状态。闲适欲望不仅在文人雅士中受青睐，一般民众对它也渐渐有了一定的喜好。我们认为，文化（包括文学）是对欲望进行叙述，每个时代的文化（包括文学）都对欲望进行重新叙述，以引导人们对欲望进行选择和追求，从而达到社会和谐、稳定和发展的目的。[③]

中国现当代文学对闲适欲望的叙述经历了三次高潮阶段，即10年代的鸳鸯蝴蝶派阶段、30年代的论语派阶段和90年代的闲适文学阶段。三个阶段共同描绘出闲适欲望话语的百年变迁轨迹，同时也形成各自不同的精神特质。

---

① 向秀、郭象:《庄子注·逍遥游》。

② 张湛:《列子注·黄帝》。

③ 程文超:《欲望的重新叙述》，《反叛之路》，中山大学出版社1999年版，第51~61页。

二、鸳鸯蝴蝶派：迎合市民思想趣味

在梁启超提倡“新小说”稍后的20世纪初，鸳鸯蝴蝶派的小说创作也日渐繁荣，从而形成中国现当代文学闲适欲望话语的第一次高潮。对于鸳鸯蝴蝶派小说的闲适价值取向，民初杂志《礼拜六》第1期表达得非常清楚：“买笑耗金钱，觅醉碍卫生，顾曲苦喧嚣，不若读小说之省俭而安乐也。……读小说则以小银元一枚，换得新奇小说数十篇，游倦归斋，挑灯展卷，或与良友抵掌评论，或伴爱妻并肩互读，意兴稍阑，则以其余留于明日读之。晴曦照窗，花香入坐，一编在手，万虑都忘，劳瘁一周，安闲此日，不亦快哉。”① 这段话指出了该杂志（鸳鸯蝴蝶派作品）与买笑、觅醉、顾曲具有同等的娱乐价值，能够提供一种闲适的生活方式，而且有其他优于前者的地方，如卫生、省俭。从这一流派的杂志名称中也能看出他们对闲适欲望的追求倾向，如《游戏杂志》、《香艳杂志》、《眉语》、《情杂志》、《销魂语》、《消闲钟》、《滑稽画报》、《笑报》、《爱丝》、《荒唐世界》、《快活林》等，这些杂志的休闲娱乐倾向一目了然，《礼拜六》甚至打出“宁可不娶小老嬷，不可不看《礼拜六》”这样的广告语。

鸳鸯蝴蝶派小说的闲适欲望话语形成了自己的精神特质，突出表现为对市民阶层的思想趣味的迎合和认同。鸳鸯蝴蝶派报刊众多，由于生存需要而展开激烈竞争，于是纷纷以迎合市民的欣赏习惯为出版宗旨。《礼拜六》周刊经常刊登一些读者写的“《礼拜六》是我的情人”、“《礼拜六》使我害了相思病”、“《礼拜六》是我的良伴”等捧场文章，对读者进行煽情和诱导。有些报刊为引起社会的关注，针对读者组织一些征集活动。如《红玫瑰》提出“向女子求婚时，用什么方法，是最能得到胜利的”这一类无聊的问题，让读者回答，并且“答案的性质，须趋向于滑稽的”。鸳鸯蝴蝶派提倡一种自我享受、自我陶醉的生活方式，追求心理的彻底放松，身心的极度和谐，生活的舒服闲散，它与紧张、压力、复杂和焦虑是相对立的。所以我们说，鸳鸯蝴蝶派对闲适欲望的叙述不仅是对市民阶层思想趣味的迎合和认同，同时也是对市民欲望的有意识的引导。

---

① 王钝根：《〈礼拜六〉出版赘言》，《礼拜六》1914年第1期。

鸳鸯蝴蝶派小说大都取材于都市社会中的病态现象，但其着眼点不是引起疗救的注意，而是注重题材的新闻性、秘闻性、传奇性和趣味性，这就使得他们的小说具有娱乐性和消遣性。从美学渊源上看，鸳鸯蝴蝶派小说的这种追求是受到中国传统小说的启发的。中国传统小说一向以"志怪"、"传奇"为主，所谓"怪"和"奇"，其实都不是"正经"的东西。虽然书中总脱不了一些"劝俗"的提示，但它还是先得使人们"惊奇"、"奇怪"，然后才能收到"劝俗"的效果。"奇"和"怪"就是供人们茶余饭后消遣的东西，具有新闻性、秘闻性、传奇性和趣味性，这正是市民的思想趣味所在。

鸳鸯蝴蝶派小说根据题材可分为言情小说、黑幕小说、侠义小说等，其中最能显示它们创作成就和风格的是言情小说。在思想艺术特征上，这些言情小说与中国古典言情小说相比，同中有异，以异为主。例如，在人物设置上与明清才子佳人小说有相同之处：男主人公常常是知识分子，虽然身份由状元变为才华横溢的作家或文人，其实仍然是才子的化身。女主人公则是深通诗书礼义的名门淑女或大家闺秀，外表总是"弱柳扶风"、"齿白唇红"，其实依然是传统"佳人"的翻版。但是，它们确实也有不同之处：小说所提倡的爱情基础已由才子佳人小说中的"郎才女貌"转变为"品行、容貌、性情、才情"，其中又以品行为最重要。鸳鸯蝴蝶派小说还对中国传统文学的大团圆结局表示反感，大都打破了才子佳人小说所编织的"有情人终成眷属"的神话，大量作品揭露了包办婚姻给男女青年造成的内心痛苦和爱情悲剧。吴双热的代表作《孽冤镜》写苏州世家公子王可青与贫家女子薛环娘的爱情悲剧。作者在"自序"里说："《孽冤镜》胡为乎作哉？予无它。欲普救普天下之多情儿女耳，欲为普天下之多情儿女，向其父母前乞怜请命耳，欲鼓吹真确的自由结婚，从而淘汰情世界之种种痛苦，消释男女之间种种之罪恶耳。"[①] 这段表白大致可以看作鸳鸯蝴蝶派言情小说共同的创作诉求。正是出于这种创作诉求，鸳鸯蝴蝶派小说比较真实地描写了市井生活的风貌，反映了市民阶层反对封建主义、争取自由平等的内在要求，加之又注重趣味性、娱乐性和消遣性，因而很受市

---

① 吴双热：《〈孽冤镜〉·自序》，《二十世纪中国小说理论资料》（第1卷），北京大学出版社1997年版，第490页。

民阶层的欢迎。把鸳鸯蝴蝶派与当时的“新小说”加以对比，便能清楚地看出鸳鸯蝴蝶派在欲望叙述上的不同之处：“新小说”具有强烈的政治功利性，被用来开发民智，甚至于“发表政见，商榷国计”①，而鸳鸯蝴蝶派在创作倾向上不谈政治，不涉毁誉，专注于休闲。

应该说，鸳鸯蝴蝶派小说确实发挥了文学的基本作用，只是在大动荡大变革的时代，它的这种创作倾向与主流社会思潮发生了尖锐冲突，因而遭到五四启蒙主义者的批判也就不足为怪了。在新文学与通俗文学争夺文化阵地时，鸳鸯蝴蝶派几乎成了封建文学的代名词，受到了郑振铎、周作人、沈雁冰、鲁迅、瞿秋白、胡适等人的批判，作者被斥为“文丐”、“文娼”、“封建余孽”。在此后的二十多年里，该流派多次受到新文学营垒的冲击和批判，报刊阵地和读者面有所缩小，但仍然在市民阶层的读者中流行。直到中华人民共和国成立后，这个文学流派才在中国大陆上最终失却生存的土壤。

三、论语派：追求幽默和性灵

20世纪30年代，闲适欲望话语主要通过论语派散文来扩散影响，从而形成了中国现当代文学闲适欲望话语的第二次高潮。高潮滥觞于20年代，周作人1921年提出“美文”概念，之后一直用平淡的谈话风格孜孜于美文创作，成为闲适散文的自觉提倡者。30年代初，林语堂一跃成为闲适散文的主要提倡者。尽管20年代他身上还有着许多匪气，但到了30年代却大为变化，正如他自己所说的：“近来识得袁中郎，喜从中来乱狂呼。”林语堂主张“宇宙之大，苍蝇之微，皆可取材”，其实就是追求一种闲适欲望的满足，而且造成了“轰的一声，天下无不幽默和小品”② 的声势。在林语堂的影响下，《逸风》、《天地人》、《西风》、《谈风》、《文饭小品》等刊载小品文的杂志纷纷问世，将小品文创作的热潮继续推进下去。

论语派在闲适欲望叙述上的精神特质表现为对幽默和性灵的热烈追

---

① 梁启超：《〈新中国未来记〉·绪言》，《新小说》1902年第1期。

② 鲁迅：《花边文学·一思而行》，《鲁迅全集》（第5卷），人民文学出版社1981年版，第473页。

求。论语派主张超政治、超时代、近人生的文艺观，公开追求宁静平和、超然物外的古典境界，热衷于“幽默”和“独抒性灵”。1932 年 9 月，林语堂在《论语》“创刊号”上发表了《论语社同人戒条》。“戒条”共十条，鲜明地体现了《论语》的宗旨，其中第一条是“不反革命”，就是要以不谈政治相标榜，而第四、五、六条中说“不拿别人的钱，不说他人的钱”，“不附庸风雅，更不依附权贵”，“反对肉麻主义”，等等，都是用幽默的话语流露出趣味主义和自由主义的一面。林语堂反对涉及“党派政治”的“载道派”，自命为“言志派”，是“性灵派”与“语录体”的继承者。

如何才能形成闲适格调呢？林语堂要求作者“先有深远之心境，而带一点我佛慈悲的念头，然后文章火气不大盛”①。也就是说，作者无所挂碍，胸怀宽厚，才能写出闲适的幽默文字来。林语堂的闲适就是通过“幽默”来实现的，他把幽默看成是“冷静超远的旁观者”，对现实淡然处之，“不会怒，只会笑”，“常常笑中带泪，泪中带笑”。② 他把幽默按格调分类，认为庄子是阳性的幽默，以议论纵横取胜，陶潜是阴性的幽默，以诗化自适著称，而在中国文学史中这样的幽默不绝于诗文，林语堂对此极为赞赏。他认为幽默格调既要有自然清淡的情调，又要有闲适的笔调。自然清淡就能体现出幽默的本色，而不应以滑稽炫奇取胜，而闲适笔调就是“闲谈体”、“娓语体”，林语堂的文章就是这两者的有机结合，他随意而谈，政治病亦谈，西装亦谈，甚至牙刷亦谈，真是微乎其微，去经世文章甚远矣。

林语堂的闲适欲望叙述还与“独抒性灵”有关。1933 年，林语堂从公安竟陵派的文章谈起，着重阐述他的“性灵说”：“于清新可喜的游记外，发现了最丰富、最精彩的文学理论，最能见到文学创作的中心问题。又证之以西方表现派文评，真如异曲同工，不觉惊喜。……性灵派以个人性灵为立场，也如一切近代文学之个人主义。”③ 在中西互相阐释中，他表达了对这种“性灵说”的推崇。1936 年，他再次从灵感问题谈起，阐述其

① 林语堂：《论幽默》，《论语》1933 年第 33 期。

② 林语堂：《论幽默》，《论语》1933 年第 33 期。

③ 林语堂：《论文》，《林语堂散文》（第 1 卷），河北人民出版社 1991 年版，第 238 页。

“性灵说”：“神感问题既解决，性灵问题亦自迎刃而解。神感一时之境地，而性灵赖素时之培养。一人有一人之个性，以此个性 Personality 无拘无碍自由自在表之文学，便叫性灵。”[①] 他把“性灵”二字看作是近代散文之命脉，认为它抑或足以矫正当时文人空疏浮泛雷同粗陋之弊，并且认为“性灵”二字将启现代散文之绪，得之则生，不得则死。他正是以这种“性灵”的立场和价值标准来观察人间社会，提倡小品文，闲适在其中得以展现出来。

然而，在民族矛盾、阶级矛盾日益尖锐的30年代，闲适散文实际上也起到了麻痹人民群众、导致青年逃避现实斗争的不良作用。以鲁迅为代表的左翼文学阵营对论语派的文学主张进行了必要的批判，其中鲁迅本人相继发表了《小品文的危机》、《从讽刺到幽默》、《小品文的生机》、《杂谈小品文》等一系列文章，认为论语派的幽默文学脱离了社会斗争，必然堕入传统的“说笑话”和“讨便宜”，[②] 所谓“闲适”、“性灵”情趣的小品文，实质上是“将粗犷的人心，磨得渐渐的平滑”[③]。由于脱离轰轰烈烈的民族斗争和社会斗争，闲适欲望话语在现代文学中遭遇困境也就在所难免了。

四、90年代的闲适文学：向往自然简朴的生活

90年代的闲适文学造就了中国现当代文学闲适欲望话语的第三次高潮。以文化守成姿态出现的闲适文学从80年代渐渐兴起，到90年代蔚为大观。一些报纸、杂志纷纷以“周末”、“月末”、“副刊”、“增刊”等形式增设专栏。大批严肃文学作家纷纷投身随笔写作，不少人专为“随笔”专栏撰稿。来自包括小说、诗歌、戏剧、影视、理论、新闻界的行家高手以及其他五花八门的能爬会爬格子者，都曾在闲适这块园地里潇洒过。

90年代闲适欲望话语的主要代表是汪曾祺和贾平凹。如果说汪曾祺是

---

① 林语堂：《论性灵》，《林语堂散文》（第2卷），河北人民出版社1991年版，第382页。

② 鲁迅：《伪自由书·从讽刺到幽默》，《鲁迅全集》（第5卷），人民文学出版社1981年版，第43页。

③ 鲁迅：《南腔北调·小品文的危机》，《鲁迅全集》（第4卷），人民文学出版社1981版，第575页。

最初的开拓者的话，贾平凹则为它的兴盛立下了推波助澜之功。他们的闲适作品大多表现出一种过来人宠辱不惊的平淡冷静，一种透悟了世道的豁达澄明，一种摆脱了利害关系的直言不讳。他们在闲适欲望叙述上的精神特质表现为对自然简朴生活的肯定和向往。

80年代初中期，启蒙主义与主流意识形态成功合谋，并占据时代话语格局的主导地位，汪曾祺则以他的小说和散文表现出与它们的疏离姿态，对“悠闲”、“淡泊”的生活表现得非常热衷。由于个人经历、气质、社会背景等方面的原因，汪曾祺养成了“随遇而安”的性格，认为“逆来顺受”太苦涩了，“随遇而安”更轻松一些。他似乎具有发现生活乐趣的天赋，他对小时候做过的各种游戏、唱过的儿歌、吃过的各种风味小吃都能记忆犹新，在晚年的作品中娓娓道来，悠闲气息扑面而来。他只写小桥流水一类的文字，希望“把散文写得平淡一点，自然一点，‘家常’一点的”①。汪曾祺对以往经历的挫折和不幸也能淡然处之，他寄情于书画，沉醉于对简朴的日常生活的体味之中。他说：“这些年来我的业余爱好，只有写写字、画画画、做做菜。”② 这样的汪曾祺已然超脱于名利世界了，俨然一个闲适的得道隐者。

贾平凹的作品对传统农业文化持积极肯定的态度，这种文化下的生活是一种以静为标志的自然简朴的生活，它与工业文明下以动为特征的躁动繁华的生活形成了鲜明的对比。在《商州初录》等作品中，贾平凹讴歌了农业社会的商州风光和商州人，赞美了商州传统的淳朴民风，以及商州人“以自然为本，里外如一”的特点。在商州那里，“山之灵光，水之秀气定会使你不知汽车的颠簸，一到那里，你就会失声叫好，真正会感觉到这里的一切似乎是天地自然的有心安排，是如同地下的文物一样而特意要保留下来的胜景”③，这和电气化、机械化、自动化的外部世界大不相同。贾平凹本人还追求道禅“静”、“虚”的境界，把自己住的村子称为“静虚村”，并作《静虚村记》。所谓“静虚”，贾平凹解释不是什么消极避世，

---

① 汪曾祺：《蒲桥集·自序》，作家出版社1992年版。

② 汪曾祺：《自得其乐》，《汪曾祺文集》（散文卷），江苏文艺出版社1992年版，第265页。

③ 贾平凹：《商州初录·引言》，《商州：说不尽的故事》（第4卷），华夏出版社1995年版，第3页。

而是一种思想艺术境界更高层次的成熟。他说："做到神行于虚，才能不滞于物；心静才能站得高看得清，胸有全概，犹如站在太空观地球。"① 老子说："致虚极，守静笃，万物并作，吾以观其复。"两种观点、境界何其似也！《静虚村记》主要写了作者与村民们最普通的日常生活：吃饭、喝水、聊天、种菜、养鸡等，这些似乎没有什么高雅可言，然而经过艺术处理，"静虚村"便成了人间的世外桃源，处处充满诗情画意，一切都那么宁静、温馨。可以说，"静虚村"正是作家追求与农业文明及其生活方式相适应的闲适欲望的表征。

闲适欲望话语在20世纪90年代兴盛有多方面的原因，有经济政治文化方面的，也有内在心理动机方面的。伴随着改革开放的深入、经济领域所取得的辉煌成就和人民生活的显著改善，中国人的精神生活渐渐冲破政治意识形态的全面控制而呈现出多元化的发展趋势，闲适欲望逐渐为人们所接受和向往，并作为人生的正面价值来认同。受世俗时尚的感染，知识阶层也一改传统的严肃面孔，加入到崇尚闲适欲望的生活潮流中。特别是一些文人、作家本身就是这种世俗情怀的倡导者，此时在商业操作的推动下更加自觉地追求闲适的满足。此外，闲适欲望的活跃还受到大众心理动机的深刻影响。人们在经历了种种的观念碰撞和巨大的心理冲击之后，急切地需要温情和抚慰，需要摆脱物质功利的无形捆绑，需要在严肃、竞争、认真的生活重负下寻找到一种自由的审美的生活方式，而闲适文学正迎合了这种闲适欲望欲求。

总而言之，中国现当代文学的闲适欲望话语在20世纪经历了三次高潮阶段：10年代的鸳鸯蝴蝶派阶段、30年代的论语派阶段和90年代的闲适文学阶段。三个阶段共同描绘出闲适欲望话语的百年变迁轨迹，同时也表现出各不相同的精神特质：鸳鸯蝴蝶派表现为对市民阶层思想趣味的迎合、认同甚至引导；论语派表现为对幽默和性灵的热烈追求；90年代闲适文学则表现为对自然简朴生活的肯定和向往。这些闲适欲望话语都与起源于先秦道家文化的闲适文化传统有着继承性关系。因而我们认为，闲适文化传统在中国现当代文学中既有继承又有发展，从而为中国人的欲望选择提供了更多可能性。

---

① 王娜：《贾平凹的道路》，太白文艺出版社1998年版，第151~152页。

第四章

20 世纪中国国民性改造思潮与道家文化

在19世纪欧洲种族主义民族理论中，“national character”或“national characteristic”概念一度盛行。日本在明治维新时期将其译为“国民性”，后被梁启超等晚清知识分子直接借用并引入中国，用来发展我们自己的现代民族国家理论。[①] 学界一般认为，“国民性”是指一个民族在长久的历史发展过程中形成的，表现民族共同文化特点上的习惯、态度、情感等比较稳定持久的精神状态、心理特质和性格特征。在20世纪中国文化、文学中，“国民性”探讨的实际上是以“儒”、“道”为主的传统文化在精神状态、心理特征和国民积习等方面对中国人造成的负面影响，如梁启超就明确地把中国的悲剧归结为国民性问题，批评国人缺乏民族主义、独立自由意志和公共精神，而这些缺点正是中国向现代国家过渡的一大障碍。这种探讨后来逐渐演变成声势浩大的“国民性改造”思潮。

“国民性改造”思潮是20世纪中国启蒙运动的重要组成部分，是启蒙话语的运作方式之一。它的目标在于：通过国民性改造以实现中国“人”的现代化，从而使中华民族摆脱落后挨打的局面并走向繁荣富强。国民性改造思潮伴随着整个20世纪的启蒙运动，其中影响最大的要数五四时期和新时期。从中我们可以看到，道家文化与国民性改造思潮构成了深刻的矛盾，启蒙主义及其文学在倡导国民性改造的同时，实际上也包含着对道家文化的批判和改造。

一、启蒙语境中的道家文化

在20世纪的中国，启蒙主义及其文学是把道家文化放在国民性改造的启蒙语境中来理解的，并按照启蒙的价值取向和时代要求来阐释道家文化，以达到国民性改造和人的现代化的宏大目标。

首先，在理解、阐释道家文化时，启蒙主义者大多选择了中/西二元对立的观察视角和思维方式。陈独秀在《东西民族根本思想之差异》一文中认为，东西民族有三大差异：一是“西洋民族以战争为本位，东洋民族以安息为本位”；二是“西洋民族以个人为本位，东洋民族以家族为本

---

① 刘禾：《国民性理论质疑》，《语际书写——现代思想史写作批判纲要》，上海三联书店1999年版，第68页。

位”；三是“西洋民族以法治为本位，以实利为本位，东洋民族以感情为本位，以虚无为本位”。在阐述第一种差异时，陈独秀指出：“儒者不尚力争，何况乎战；老氏之教，不尚贤，使民不争，以佳兵为不祥之器。故中土自西汉以来，黩武穷兵，国之大戒。佛徒去杀，益堕健斗之风。世或称中国民族安息于地上，犹太民族安息于天国，印度民族安息于涅槃，安息为东洋民族诸民族一贯之精神也。”[①] 陈独秀在中/西二元对比中，把中华民族的“安息”特点归结为儒、道、佛文化对国民精神的影响。此外，李大钊在《东西文明根本之异点》[②] 中认为：东洋文明主“静”，西洋文明主“动”，求其原因是自然地理之影响。杜亚泉在《静的文明和动的文明》[③] 中也认为：西洋社会注重人为，中国社会注重自然；前者向外求竞争，后者向内求安分；前者视胜利高于道德，后者视道德高于胜利，因此他称西洋文明是“动的文明”，中国文明是“静的文明”。杜亚泉和李大钊的比较也都触及了道家文化对中华民族性格的影响。应该说，陈独秀等三人的文化比较还只是一种简略的文化批评方式，“立意不在于学艺的阐释，而在于论证某种文化运动战略的合理性”[④]。他们的观点似乎很客观公正，其实蕴涵着一种价值判断，在中/西二元对立的观察视角和思维方式中，中国居于从属地位，相对于西方来说是落后的、非现代的，需要向西方学习和看齐。

其次，启蒙主义者认为，道家文化需要在国民性改造的视野中被重新审视，并以西方价值为指归，以人的现代化为目标。陈独秀在《人生真义》中指出：“人生在世，安命知足，事时听其自然，不去强求，自然是快活得很。但是这种快活的幸福，高等动物反不如下等动物，文明社会反不如野蛮社会。我们中国人受了老庄的教训，所以退化到这等地步。”[⑤] 陈独秀这番言辞恳切的话是在批判道家思想给民族性格带来的消极影响，认为这样的思想观念正是新文化运动（包括国民性改造）所要清除的精神劣质。刚才谈到的李大钊对“动”、“静”文明的论述，目的也是要改造中国

---

① 陈独秀：《东西民族根本思想之差异》，《青年杂志》1915年第1卷第4号。
② 李大钊：《东西文明根本之异点》，《言治季刊》1915年第3期。
③ 杜亚泉：《静的文明和动的文明》，《东方杂志》1916年第13卷第10号。
④ 杨义：《道家文化与中国现代文学》，《中国社会科学》1997年第2期。
⑤ 陈独秀：《人生真义》，《新青年》1918年第4卷第2号。

文化和国民性。陈独秀、李大钊从国民性改造这个视角出发，对民族传统文化进行重新审视，现在看来，这些审视实际上也包含着理论错位，如故意忽略了老庄哲学的积极成分。但是，为了挣脱传统文化加于中国人精神、性格、心理等方面的枷锁，以便更好地建设新文化和完成人的现代化，适度的矫枉过正也是必要的，不可否认它的历史作用和积极意义。

接着我们看到，在国民性改造的视野中重新审视道家文化，主要就是揭露并批判道家文化的弱点和弊病。对国民性改造用力最多且影响最大的当为鲁迅。他认为："最要紧的是改革国民性，否则，无论是专制，还是共和，是什么什么，招牌虽换，货色照旧，全不行的。"① 鲁迅从对中国历史文化和现实状况的深刻体验和理解中得出了这个可贵的结论。总体上说，他对儒家的批评和否定最激烈、最彻底，对道家、墨家等的批评则相对缓和。这里只涉及与道家文化相关部分。鲁迅在《摩罗诗力说》中说："老子书五千语，要在不撄人心；以不撄人心故，则必先自致槁木之心，立无为之治，以无为之为化社会，而世即于太平。"② 鲁迅认为，这种道家哲学是一种退化的历史观和无为的历史观，难以适应现代社会的发展，对"国民精神"的培养有害。鲁迅早年相当喜欢庄子，曾感慨地说："自己却正苦于背了这些古老的鬼魂，摆脱不开，时常感到一种使人气闷的沉重。就是思想上，也何尝不中些庄周韩非的毒，时而很随便，时而很峻急。孔孟的书，我读得最早，最熟，然而倒似乎和我不相干。"③ 他承认庄子思想对自己影响之深，而"鬼魂"、"中毒"等字眼却表达了他摆脱庄子等人影响的坚决态度，以及审判自我灵魂的沉痛感。鲁迅在无情地解剖我们民族历史和特点的过程中，发现老庄以及后来受其影响的道教对"国民精神"的毒害，从而得出"中国的根柢全在道教"④ 的结论。

---

① 鲁迅：《两地书之八》，《鲁迅全集》（第 11 卷），人民文学出版社 1981 年版，第 31 页。

② 鲁迅：《摩罗诗力说》，《鲁迅全集》（第 1 卷），人民文学出版社 1981 年版，第 67 页。

③ 鲁迅：《写在〈坟〉后面》，《鲁迅全集》（第 1 卷），人民文学出版社 1981 年版，第 285 页。

④ 鲁迅：《致许寿裳》，《鲁迅全集》（第 8 卷），人民文学出版社 1981 年版，第 353 页。

国民性改造及其对道家文化的批判，在文学创作和批评中得到了大量的表现，除了影响巨大的鲁迅的创作之外，还有世纪初的谴责小说、20年代的乡土文学、30年代的讽谕文学、新时期的反思文学和寻根文学等。鲁迅有关国民性改造的思想影响了20世纪的中国文学，但在30年代中期以后救亡压倒启蒙的形势下，国民性改造问题被一部分人有意无意地忽略了。共和国成立后的最初三十年，这个问题甚至被看作是抹杀阶级性而被否定。随着新时期思想解放运动的展开以及对"文革"极左思想反思的深入，国民性改造问题再次受到人们的热切关注。新时期文学的国民性改造思潮是五四文学的延续，突出表现为对鲁迅的思想观点和批判方式的继承和发扬。鲁迅以文学形象画出中国的"沉默的国民的灵魂"，写出他眼里"所经过的中国的人生"，[①] 意在"揭出病苦，引起疗救的注意"[②]。鲁迅对国民性的批判主要集中在"瞒和骗"、"做戏"、"看客心理"、"卑怯和势利"、"自我安慰、安于命运的奴才心理"等几个方面。[③] 这些心理的形成有些就是受到道家的影响，或与道家文化相关。不同的是，新时期作家较少单一地剖析国民性痼疾，而是联系当下生活的实际，多层次地展示国民心理上的文化冲突：传统与现代、落后与进步、守旧与变革等。他们对道家文化的态度也更加复杂，批评也相对和缓些。

二、对待道家文化的三种方式

在20世纪中国国民性改造思潮中，对待道家文化存在三种基本方式：第一种方式是，在批判道家文化、开展国民性改造的同时，没能避免对道家文化的选择性认识或误读；第二种方式是，按照国民性改造和现代性建设的总体要求重新认识和阐释道家文化，发掘它与现代文化的会通之处，以发挥其思想和智慧上的文化建设潜能；第三种方式是，全盘批判和否定道家文化，认为道家文化早就失去了存在的合理性，是与现代文化严重冲

---

① 鲁迅：《俄文译本〈阿Q正传〉序及著者自叙传略》，《鲁迅全集》（第7卷），人民文学出版社1988年版，第82页。

② 鲁迅：《我怎么做起小说来》，《鲁迅全集》（第4卷），人民文学出版社1981年版，第512页。

③ 易竹贤：《鲁迅思想研究》，武汉大学出版社1984年版，第83页。

突的、保守的、劣质的东西。

首先看第一种方式——对道家文化的选择性认识或误读。这种情况自古就已存在，并不是什么新现象，况且由于时代、地域、历史、心理等方面的因素，选择性认识或误读也是不可避免的，文化本身就是在不断的误读或选择中得以创新的。不过，对道家文化的选择性认识或误读在不同时代出于不同的目的，会呈现出不同的特色。启蒙主义者对道家文化的选择性认识或误读服从于国民性改造的总体目标。在鲁迅看来，国民性痼疾之一是下层人民的愚弱与上层人士的巧滑，这种愚弱和巧滑与道家思想的消极影响有关，弱是愚的结果，愚是弱的根源。其实，老子“柔弱不争”等哲学思想自有其丰富的内涵和深厚的价值，但在国民性改造的启蒙语境中，鲁迅看到的事实是：老子哲学被统治者当作一种愚民学说，黄老之学变成了“君王南面之术”。庄子的齐物论思想，如“彼亦一是非，此亦一是非”，本来是指出是非观的双重性，但鲁迅看到的事实却是，国民把庄子哲学当作泯灭是非的“危急之际的护身符”，从而把庄子哲学蜕变成了滑头哲学。好端端的庄子哲学被解读成模棱两可的人生态度，以及卑怯自私而又自欺欺人的处世方法，因而影响了中国人的人生观和性格特点。

可以说，鲁迅本人对道家文化存在选择性认识或误读，而且在他的批判中，既有对道家哲学原有观点的深刻针砭，也有针对国民接受老庄哲学影响的社会现象作出的批判，而不少国民的这种接受其实也是对老庄哲学的误读和选择性认识。阿 Q“精神胜利法”可以从对道家思想的误读或选择性认识中找到成因。鲁迅还写了《出关》和《起死》两篇历史小说表达对老子和庄子的看法，一则讽刺老子的“徒托空言，大而无当”，一则嘲笑庄子的“认真不象认真，玩耍不象玩耍”。在国民性改造的启蒙语境中，我们认为，尚柔无为哲学、“宁蜷伏而恶进取”的惰性和圆滑通融的态度等，对于突破中国文化的困境和重振民族精神显然是不利的，鲁迅对道家文化批判具有必要性和迫切性。

第二种方式是对道家文化持某种肯定态度，意在发掘道家文化与现代文化的会通之处，以发挥前者的文化建设潜能。杜亚泉在东西文明问题的论述中认为，“吾国固有之文明正足救西洋文明之弊，济西洋文明之穷者”，这就肯定了包括道家文化在内的中国文化及国民性的优点和长处。这种思路在梁漱溟、冯友兰等人那里也得到了贯彻。就是鲁迅对道家的批判也不是全盘否定，他对道家文化中的道论、个体人格论和美学等基本上没有提出批评意见。杜亚泉等人对道家文化的某些肯定态度，可以理解为在特定时代的文化背景下的文化运动策略。

随着中国日趋觉醒和强大，中国人对待本国文化的态度也开始变得温和、理性起来，且常常持建设性的文化立场。80年代中期，李泽厚重入中国现代思想领域以反省肇始于五四的中国现代性，以“启蒙与救亡的二重变奏”来解释启蒙精神的失落。80年代后期，他开始专注于传统思想的现代阐释，对原始儒家、宋明理学、庄子和禅宗作出了富有创意的理解，直到参照所谓“儒家资本主义”的经验为中国现代性道路开出了“西体中用”的药方。李泽厚从启蒙主义的立场对道家文化进行了重新阐发，认为庄子抗议“人为物役”，要求“不物于物”，要求回归人的“本性”，这很可能是世界思想史上最早的“反异化”的呼声。他指出庄子在文明批判中具有更为重要的独特处：“与老子大不相同的地方，在于他第一次突出了个体存在。他基本上是从人的个体的角度来执行这种批判的。关心的不是伦理、政治问题，而是个体存在的身（生命）心（精神）问题，才是庄子思想的实质。……个体存在的形（身）神（心）问题最终归结为人格独立和精神自由，这构成庄子哲学的核心。”① 李泽厚从中西相互阐发的角度对庄子作了新的阐释，认为庄子的本体论和认识论都是为了论证这个独立自足、绝对自由的无限人格本体的，② 它们在现代社会依然具有重要的启示意义。

李泽厚等人对道家文化的重新阐发给了新时期文学创作和批评以启示和影响。为什么寻根作家笔下少有麻木、猥琐的艺术形象，而多是粗犷豪放的打鱼人、弄潮儿，以柔克刚的棋王，以及自由闯荡的探险者之类的令人感动的形象？这是因为“一切都不言而喻：继承道家精神，目的是唤回国人的生命激情与创作热忱，是以先人的浪漫主义精神照出‘种的退化’（莫言语）的当代悲剧来，是在世纪末的荒原上重建理性的人性的圣殿”。而张扬道家精神，“就意味着张扬自由之魂、个性精神，意味着抛却因袭

① 李泽厚：《庄玄禅宗漫述》，《中国古代思想史论》，人民出版社1985年版，第181～183页。

② 李泽厚：《庄玄禅宗漫述》，《中国古代思想史论》，人民出版社1985年版，第186页。

的重负，再造文化的辉煌”[①]。再如，汪曾祺的创作受到了中国传统文化的影响，有人分析出他“从庄禅意识中寻觅的主要是人格独立和精神自由的思想”[②]。对阿城笔下人物的内涵，有人认为“棋王”王一生对棋艺的沉迷包含着对道家真谛的掌握，他迷进去也出得来，体悟到了规律性和自由相统一的崇高境界，并认为这个形象隐喻着阿城的文化理想：伟大的民族传统可以和西方现代文学相结合，从而锻造出新型的个体人格来。[③] 再如，韩少功和李杭育都认为中国文化中的“不规范”传统包括道家文化和民间文化，它们是民族生命力所在，因而不约而同地提出传统性和现代性融合的思路，以重铸和镀亮民族的自我。[④] 概言之，以上这些看法都是按照国民性改造和现代性建设的要求来重新认识和阐释道家文化，旨在发掘它与现代文化的会通之处，张扬道家文化的现代价值。

第三种对待道家文化的方式是全面批判和否定，认为它与现代文化严重冲突，属于保守的劣质的东西。如有人把阿城的文学寻根倾向称为“文化回归意识”，认为《棋王》“给人印象最深的一点就是鼓吹逃避现实，回避斗争”，《树王》的肖疙瘩是阿城“维护‘无为而治’的理想王国的象征”。由此还得出这样的结论：阿城小说中所反映出的文化，大多属于儒道学说中的糟粕部分，这种思想构成了中国民族文化心理中比较消极的那个侧面。[⑤] 这种结论正是从国民性改造的立场得出的，但在具体答案上却存在着明显的不足，即缺乏对道家文化的全面了解和现代阐发。有人在分析汪曾祺小说中的避世主义、宿命论、自满自足、安于现状的思想之后，认为“作者对笔下人物的不幸命运同情和感叹有余，而在人物对命运的抗争和挑战上着笔不足，有时甚至是有意回避”[⑥]。这种看法的理论基础同样来自国民性改造立场和人的现代化的目标设定。在整体主义之类的文化寻

---

① 樊星：《当代新道家——“当代思想史”片断》，《文艺评论》1996 年第 2 期。

② 杨剑龙：《论汪曾祺小说中的传统文化意识》，《当代作家评论》1989 年第 2 期。

③ 胡河清：《论阿城、马原、张炜：道家文化智慧的沿革》，《文学评论》1989 年第 2 期。

④ 王一川：《传统性和现代性的危机——“寻根文学”中的中国形象阐释》，《文学评论》1995 年第 4 期。

⑤ 李文田：《阿城小说及文化回归的消极倾向》，《批评家》1986 年第 7 期。

⑥ 蔡放鸣：《析汪曾祺部分小说中的道家思想研究》，《艺谭》1984 年第 1 期。

根诗歌中，道家九九归一原理深入诗人（如石光华、周伦佑）的内心，在他们的诗歌中千万种生命的喧哗、血气贲张的狂欢和献祭仪式，既以寂静始，复以寂静终，一切冲动不过是流动不居的并且最终被化解的表象。有论者认为，整体主义诗歌从道家汲取的历史观是循环的、宿命的，这一类诗歌注定不可能具有批判的历史意识和创作精神。既然终极性境界已经包容在历史之中，那么当代人除了面对历史深怀自卑之情，并且悲叹自己出生错过时间和机会外，就不再可能有任何真正的作为了。[①] 顺着这样的思路，所谓国民性改造以及人的现代化、人的自由和创造也都不再具有什么意义。

在20世纪中国文化、文学中，道家文化与国民性改造思潮有着千丝万缕的联系。启蒙主义者是把道家文化放在国民性改造的启蒙语境中来理解的，并按照启蒙的价值取向和时代要求来阐释道家文化。在一些人眼里，道家文化是值得张扬、肯定或者进行现代阐发的，而在另一些人眼里，它却是要受到批判、否定甚至唾弃的。由此衍生出对待道家文化的三种基本方式：第一，选择性认识或误读；第二，发掘它与现代文化的会通点并发挥其文化建设潜能；第三，全盘批判和否定道家文化。尽管对待道家文化的态度和方式不同，但目标却是一致的：为国民性改造和人的现代化而努力。

---

① 李振声：《“文化寻根”诗的意义与命运》，《复旦学报》（社会科学版）1991年第3期。

第五章

中国当代文学的存在主义思潮与道家生存论

一、存在主义与道家生存论相遇

中国当代文学的存在主义思潮可以追溯到“文革”期间以食指、芒克、多多、北岛等为代表“白洋淀诗群”的潜在写作，以及1980年前后的“意识流小说”和张辛欣等人对“残梦”的书写，这些作品或多或少地体现了对有关人的存在主义的最初思考。80年代中期，存在主义迅速走出书斋，堂而皇之地进入社会，成为一种颇为时髦和激进的文化精神，于是“个人”开始“从群众中回家”，个人性的境遇与价值开始代替启蒙主义的“社会正义”与“公众真理”而成为人们思考问题的新基点。① 存在主义正式登场，首先表现在先锋文学之中：先锋文学的一支是以刘索拉、徐星为代表的“荒诞派小说”，它们不但最先通过“荒诞”来揭示存在的状况，而且从内容和风格上显示了对传统价值的全面挑战。先锋小说的另一支是面对当下生存情状的探索者，以马原、残雪、余华、格非、孙甘露等作家为代表，基本上都是以“寓言”的形式书写人的生存状态，他们的写作立场来源于存在主义的启示，思想内容包含着存在主义的深刻影响。从80年代后期开始，以池莉、方方、刘震云等为代表的新写实文学同样具有浓厚的存在主义色彩，他们通过对小人物的喜怒哀乐和日常生活的书写，揭示了对生存的焦灼感和无奈心态。90年代的“个人化写作”和新生代文学也都可以看出存在主义思想的深层影响。

以上文学现象和文学作品，曾经被按照存在主义哲学和文论来理解和阐释。但是，这些作品在中国作家笔下产生，由于文化基因、生活环境、表现对象等多方面因素的影响，它们与道家哲学、文化之间的深层联系也是不可否认和回避的。虽然目前学界很少从道家哲学、文化的角度来理解和阐释它们，但这并不妨碍我们重新发掘它们与存在主义、道家的双向会通之处，这正是我们所要讨论的问题所在。

存在主义和道家虽然诞生于不同的时代、文化背景中，但在哲学背景、目的、本质上却是相似或相通的，这是它们最根本的契合点。首先，

---

① 张清华：《从启蒙主义到存在主义——当代中国先锋文学思潮论》，《中国社会科学》1997年第6期。

存在主义哲学在血腥恐怖的“二战”之后逐渐发展成为席卷世界的哲学文化思潮，它对传统哲学忽视人的价值作出反拨，对资本主义文明贬抑人的存在价值发出严正的抗议；而道家哲学也是在分崩离析、战乱频仍的时代背景下产生的，试图在天人合一的理论构架下为人的生存确立根本原则。其次，存在主义哲学和道家哲学的目的都是为人的生存寻找根本理据和原则，为人生幸福寻找出路和方式。它们把人置于哲学思考的中心，把人的存在、人生的意义视为哲学的根本问题，深切关注人（尤其是个人）在这个世界上的生存状况。再次，存在主义哲学和道家哲学本质上都是生存哲学。存在主义是以“存在”为核心概念的生存哲学。海德格尔视存在为本体性的，把存在着的事物分为此在（即人的存在）和其他存在者。与此相联系，海德格尔认为要澄明、揭示“存在”的意义，必须通过“存在者”。问题是：“我们应当在哪种存在者身上掇取存在的意义？我们应当把哪种存在者作为出发点，好让存在开展出来？”① 海德格尔认为这个出发点不是随意确定的，只有人这种存在者即“此在”才具有优先地位，因而人的存在问题成为海德格尔存在主义哲学的前提和基础。道家哲学是以“道”为核心概念的生存哲学。道家创始人老子认为天地间有四大：道大、天大、地大、人亦大，而且它们的本质关系是“人法地，地法天，天法道，道法自然”②。在宇宙这四种伟大存在中，道是高于一切的，这是不是就把人的存在放在次要位置了呢？并非这样。老子提出“道”这个核心概念，其实就是为了人，为人的更好生存提供根本原则，“道”既然是天地万物存在的根据，当然也就是人类存在的根据。庄子继承和发挥老子思想，为实现人的生存和精神逍遥寻找恰当的方式和境界。

二、海德格尔与老庄生存论的契合关系和互阐的可能性

存在主义以海德格尔、萨特为代表，道家以老子、庄子为代表。它们除了在哲学背景、目的、本质等方面存在契合之外，还有其他诸多方面的

---

① ［德］海德格尔著，陈嘉映、王庆节译：《存在与时间》（修订版），生活·读书·新知三联书店1999年版，第8页。

② 《老子·二十五章》。

会通。我们将从“在世操心”、“情绪体验”、“沉沦与异化”三个层面，结合对具体文学文本的分析来揭示海德格尔与老庄生存论的契合关系和互阐的可能性，这对发展丰富多彩的中国当代文学非常有意义。

（一）在世操心

在探讨人的存在以及人生意义的时候，海德格尔认为此在的存在是“在世”，而在世的结构整体性是“操心”。操心分为操劳与操持两种，“在世本质上就是操心……寓于上手事物的存在可以被把握为操劳，而与他人的在世内照面的共同此在共在可以被把握为操持”①。也就是说，操劳是指此在与他物发生关系时的存在状态，操持是指此在与他人发生关系时的存在状态。此在不仅与用具（上手事物）打交道，还要与相关的他人打交道，这就是操持。此在的在世不是孤独个人的在世，而是与他人一起在世，即共同存在、共同在世。然而，这种他人的在世的意义同用具的存在一样，也是由此在的在世所赋予的，或者说是通过此在之在来揭示和澄明的。在世的结构整体性是操心（以及畏），而操心包含时间性结构，它有三个环节：先行于自身的在，已经在世界之中的在，依附于其他存在者的在。三者构成一个完整的统一体，分别为此在的将来时态、过去时态和现在时态。这样看来，有此在就有操心，有操心就有时间，此在、在世、操心、时间完全是同步的。只要此在是“在世的在”，它就彻头彻尾地被操心所支配，操心从始至终贯穿于此在的整个在世之中。

新时期文学对人的“在世操心”的状况作了艺术化的表现，以新写实文学作品为例进行分析。新写实小说借用现象学的叙述态度，采用“加括号”、“中止判断”的还原方法，无论是理智判断还是情感判断，都尽量从文本中剔除出去，政治、道德、文化的油彩也随之剥落了。新写实小说着重书写普通人的生存状况和生存方式，相对于传统现实主义而言，它注重描写生活的原质原色，在最平凡的环境中展现小人物或普通人的喜怒哀乐，不动声色而又饱含深情，尤其注重表现普通人的生存困境和日常生活的种种烦恼，表现他们对现实环境和冥冥中的命运的无可奈何的心态。这些书写从存在主义角度解释，就是对人的在世操心所产生的烦恼、无奈、

---

① ［德］海德格尔著，陈嘉映、王庆节译：《存在与时间》（修订版），生活·读书·新知三联书店 1999 年版，第 222 ~ 223 页。

庸常等生活的表现。

方方的中篇小说《风景》以汉口平民区为背景，描绘了一家人数十年的生活困境、人际丑态和悲剧命运。这一家九口人，只能住在抗震棚狭小的空间里，在与身边事物的“操劳”中，他们是那么艰难而可怜，他们的在世“操持”也表现为互相侵犯、欺凌、撕咬。小说中，父亲和母亲对子女的成长无动于衷，七哥被父亲毒打一顿，在床底下躺了三天，父亲没有表现出应有的关心和亲情。七哥在人世的生活似乎是被狼群包围着，时刻被兄弟姐妹欺负着，被父母打骂着，成年后与一个自己不喜欢的高干女儿结婚，把爱情和婚姻作为改变命运的一种手段。这篇小说提出了一个人生问题：什么样的活法才是完善的、健康的？

池莉的中篇小说《烦恼人生》中的主人公印加厚的“在世操心”更是为庸常、琐碎和烦恼所包裹：黎明前儿子从床上摔到地下引起的惊慌、窘迫；清晨洗漱、上厕所的排队等候；上班挤公共汽车挤破了裤子；渡江时在船上的苍茫感，三分钟早餐的狼狈；送子上幼儿园不得不对阿姨们赔笑；踏上自豪的生产岗位后，也不能一心一意投入工作；气恼的奖金、无端的遭诬、厂长的加派、连续的捐赠，等等。昏昏沉沉地忙到半夜，却忘记了最重要的一件事情：没有向分房小组组长送礼，以利于解决住房困境。印加厚“在世操心”如此繁多：有属于老婆和女徒弟的，有属于儿子的，有工作的，有情的，有住的，乃至吃喝拉睡，这些操心构成了他的烦恼人生。印加厚在对老婆和女徒弟的比较中，更喜欢年轻漂亮的女徒弟，但是他对爱情婚姻的操心，不得不与对世界、他人的操心连接起来，他以为选择保守本分的生活也许能避免烦恼，但这种“在世操心”却变换着花样继续下去。

新写实小说对烦恼、痛苦、劳累、平庸等“在世操心”状况的描绘，不仅描绘了“操劳”，即此在与世界上其他存在者的关系，也描绘了“操持”，即此在与人这种存在者的关系，还描绘了此在对自身关系的“操心”。这种书写蕴涵着作家深沉的人文关怀。虽然采取了冷静客观的低调叙述方式，但理想却是指向生存的，带有无奈应对日常生活的平凡，而又超越平凡的意向。如果把新写实文学的存在主义书写与道家文化进行比较，就会发现海德格尔对在世操心的关怀与老庄对人的生存关怀是契合的。

海德格尔对人的在世的关怀充满了忧患意识和焦虑感，老庄莫不如此。老子通过对治国问题的回答，为老百姓身家性命的安顿寻找出路。庄子对人的生存的关怀更加直接，并且常常落实到个体上。“他的处世的忧患感，他的沉痛隐忍的程度，他对于时代的灾难和人群的祸患的敏感度，可以说超过先秦诸子其他各家。”[①]《庄子》一书深沉地描绘了战国时代战争的灾难、政治的暴虐、人民的悲惨遭遇、处世的艰难性以及人际关系的纷争纠结的阴暗面。庄子形容人的处境是“游于羿之彀中，中央者，中地也；然而不中者，命也”[②]。这就是说，天下无道，处境垂危，人们随时都可能遭到射击，生命是毫无保障的。海德格尔把人作为世界上一种特殊的存在者，着重揭示了人的“在世操心”状况，老庄的做法与此相类似。老子认为域中有四“大”，即道大、天大、地大、人亦大，其中将人作为四“大”之一。庄子认为，人的生为“天地之委和”，身为“天地之委形”，性命为“天地之委顺”，子孙为“天地之委蜕”。庄子如此描述人的存在状态，虽然表明了人对于天地的依存关系，但并不否认人的精神之宏大。在海德格尔看来，“操心”自始至终贯穿于“此在”的整个在世之中，同时有着焦虑、烦恼、关切、担忧，庄子对于人生的看法，与海德格尔是接近的。庄子说，“人生在世，与忧俱生”[③]，人一生下来就与忧患结下了不解之缘。不过，海德格尔和老庄在揭示人的在世操心问题上却有差异：海德格尔是从本体论和生存论的角度直接揭示人的在世操心的本质，依靠的是现象学的方法；老庄是通过观察生活现象而展开讨论，且从生存论上揭示生存的本质，归根到底是从自然无为的道本体论出发的。

（二）情绪体验

存在主义由现象学而来，意向性、意识和体验占据了重要位置，意识体验及情绪体验贯穿于存在主义哲学和文学中。在海德格尔看来，此在的基本结构是“在世”，此在在世的第一个环节就是“现身”，现身表现为“情绪”。此在在世的第二个环节是“领会”，领会总是带有情绪的，它是此在在非理性的情绪体验中对自身存在可能性的领会以及对自己未来的筹划。此在在世还有其他的环节，如“共在”、“常人”、“沉沦”。这些环节

---

① 陈鼓应：《悲剧哲学家尼采》，生活·读书·新知三联书店 1987 年版，第 265 页。

② 《庄子·德充符》。

③ 《庄子·至乐》。

也都包含着意识体验及情绪体验，这样意识体验及情绪体验实际上就成为显现存在和个体存在的重要标志。在海德格尔看来，此在在世的整体结构性是两种情绪："畏"和"操心"。此在所畏的是世界本身和他自己的存在本身。这样，畏就展开了此在的世界在根本上的不可理解性和荒诞性，展开此在本身的茫然无据和无家可归的本然处境。

存在主义的情绪体验及意识体验是本体论的体悟，是人从虚无到死亡的全面体悟，是从无到有和由有到无的全过程体悟，是对虚无、孤独、焦虑、自欺、受虐、荒谬、绝望等方面的体悟。存在主义的情绪体验在新时期文学中得到大量的表现，这里以荒诞派小说为例进行分析。荒诞派小说描绘了人的存在的不可理解性和荒诞性，展现了人（此在）在与世界、他人、自身的关系中所产生的迷惘、焦虑、压抑等情绪体验。

在刘索拉的小说《你别无选择》中，大学校园一切都是那么杂乱无章，神圣的校园显得毫无规范，当年"文革"中的思想划一、行为规范在"文革"之后的校园中已经没有任何意义。混乱的噪音，歇斯底里的心理，古怪的乐曲，尖锐的笑声叫声，浮躁、狂悖、放浪形骸的行为，冷漠的恶作剧等充斥着校园生活。这种荒诞性把生活世界视为没有固定本质和命定价值的、无秩序和无逻辑的、混乱和神秘的、不可理解的现象堆积。在这个世界上，人的存在是没有意义的，是莫名其妙的，是荒唐、痛苦和滑稽的。

徐星的小说《无主题变奏》展示了城市世俗生活的图景，嘲弄了在这个背景上活动着的三教九流的虚伪无聊的生活。小说的主人公"我"是某饭店的服务员，上了大学又退学，因为在我看来"大学里太庸俗了"，在我的眼中，什么也没有比实现自我价值更有意义。在小说的开篇，"我"在现实人生面前就充满着困惑：我搞不清楚除了我现有的一切以外，我还应该要什么。我是什么？更要命的是我不等待什么。等待什么或者不等待什么，其实都是一种人生"选择"，但是在物化的时代里，"我"对这种选择却只有迷惘，而迷惘成了小说全篇的情绪基调。小说中，"我"与老Q因一张门票而相识，因一个笑谑和一个眼神而成为"知己"，当天晚上我们就以同样的速度爬上了"爱的珠穆朗玛峰"。当女友老Q反复规劝"我"，想把"我"塑造成一个"搞事业"的人时，"我"与她分手了。小说中的"我"是一个反讽的角色，其生活态度表面看来似乎是自暴自弃的，是“向下的”，但在“我”看来那些故作高雅的俗不可耐的人群却是滑稽的、虚荣的，在“我”眼里一下子就现出了原形，这些都显现出现实的荒谬性。

海德格尔所说的情绪体验，以及存在主义文学对情绪体验的表现，在道家著作中同样容易被感受到。《老子》一书反复劝人“守辱”、“病病”，整部书都被忧郁、恐慌的气氛笼罩着，感情是低沉的，色彩是幽暗的。书中所出现的形象不仅是恍惚的、模糊的，而且常怀着小心翼翼、惴惴不安的心理。[①] 老子认为，古代懂得“道”的人性情深奥，玄远而通达，但这种人难以被理解：“古之善为道者，微妙玄通，深不可识。……豫兮若冬涉川；犹兮若畏四邻。”[②] 得“道”之人也是一副失魂落魄、狼狈不堪的样子：“累累兮，若无所归”，“众人皆有余，而我独若遗”，[③] 他好像被世人抛弃了一样。

庄子继承了老子的这种传统，虽然《庄子》一书提出人要追求逍遥游的人生，作者看上去很旷达，但抑郁的情调同样十分明显，他战战兢兢、小心谨慎，怕像桂树、漆树一样被砍伐，怕像充当牺牲的牛犊那样被宰割。《庄子》一书中类似的情绪、心理内涵非常丰富，后世文人体会得很清楚：“庄子最是深情，人第知三闾之哀怨，而漆园之哀怨有甚于三闾也。盖三闾之哀怨在一国，而漆园之哀怨在天下；三闾之哀怨在一时，而漆园之哀怨在万世。”[④]

《老子》和《庄子》著作中表现出来的情绪、意识、心理内容之丰富，说明道家在思考问题时总是充满着情绪体验，这点正与存在主义哲学及文学中的情绪体验相通，而且他们都突出对消极、负面情绪的体验。如存在主义强调对“厌恶”、“焦虑”、“畏”以及虚无、孤独、焦虑、自欺、受虐、荒谬、绝望等情绪或意识的体验。老庄著作所表现出来的也是以惨淡、忧患为情绪基调，多说到“死亡”这样一些常人忌讳的词或事。《老子》一书最多的是辱、殆、惊、凶、畏、杀、病等险事凶词，没有快乐的事例。《庄子》里有大量的寓言故事，但多数是死亡奔丧的场面，见不到

---

① 李炳海：《道家与道家文学》，东北师范大学出版社1992年版，第50页。
② 《老子·十五章》。
③ 《老子·二十章》。
④ 胡文英：《庄子独见》，中华书局1959年版。

婚嫁宴享一类乐事，多是贫困交加的困境，少见游乐安逸的情节。

（三）沉沦与异化

在海德格尔看来，此在的世界是共同的世界，在世就是与他人共同在世，这个共在就是此在的本质规定性。“这样的共处同在把本己的此在完全消解在‘他人的’存在方式中，而各具差别和突出之处的他人则更是消失不见了。在这种不触目而又不能定局的情况中，常人展开了他的真正的独裁。”① 此在既然为“常人”所支配，个人不需要也不可能对任何事件作出自己的判断，更不需要也不可能对自己的行为作出选择，一切以“公众意见”、“公众舆论”为准绳，其结果必然使此在失去了自己本来真实的面目。海德格尔把此在的这种状况叫做“沉沦”。海德格尔还谈到异化，他所说的异化本质上仍然是沉沦。“沉沦在世是起引诱作用和安定作用的，同时也就是异化着的。……这种异化把此在杜绝在其本真性及其可能性之外，哪怕这种可能性只是此在的真实失败的可能性。然而这种异化并不是把此在交托给本身，不是此在的那种存在者摆布，而是把此在挤压入其非本真性之中，挤压入它本身的一种可能的存在方式之中。”② 要明确的是，无论是沉沦还是异化，都并不是指此在道德上的堕落，也不是此在的偶然属性、偶然特征，而是此在内在的先天结构。之所以如此，根本原因在于此在在世不是离群索居、孤寂一人的，而是总要与其他存在者打交道，总是处于一定的自然环境和社会环境之中，这就不可避免地要受到体现常人统治的政治制度、法令法规、社会舆论、道德规范、风俗习惯的约束，如果自我对此没有高度的自觉，自然会陷于沉沦与异化之中。

新时期文学对人的“沉沦与异化”状况作了艺术化的表现，以先锋作家的作品为例进行分析。先锋文学对人的生存状况及人性的描写迥异于新时期此前的文学作品，对人的“沉沦”和“异化”状况的揭示是非常深刻的。残雪的作品刻意表现了南方阴湿、闭塞、狭小的环境气氛中琐碎的生活场景，这种生活是抑郁、沉闷、焦虑、烦躁和荒诞的，让人惊惧迷惘，不寒而栗。《苍老的浮云》写了一对夫妇噩梦般的生活。他们生活在无休

---

① ［德］海德格尔著，陈嘉映、王庆节译：《存在与时间》（修订版），生活·读书·新知三联书店 1999 年版，第 147 ~ 148 页。

② ［德］海德格尔著，陈嘉映、王庆节译：《存在与时间》（修订版），生活·读书·新知三联书店 1999 年版，第 206 ~ 207 页。

止的互相鄙视与厌弃中，生活在邻居的恶意窥视中，生活在阴暗可怖、充满谋杀的恐惧中。这里的每个人，包括夫妻、亲人之间都充斥着暗算、侵吞和伤害。更无善是一个患了恐惧症和臆想狂的人物，他眼里的世界简直就是地狱。小说有关人的孤独、焦虑、恐惧等心理体验的书写是深刻而沉痛的，表现了人在世界中的沉沦，表现了在异化的现实中人的生存的非本真状态。

余华作为先锋文学的代表作家之一，向人性的深度掘进，其速度之迅捷，力量之猛烈，超出了人们的想象力和心理承受力，以致人们内心感到惊恐。这种人性的深度揭示同时表现为对人的“沉沦”和“异化”状况的揭示。“在他的作品中，人的虚无、匮乏、贬抑和丧失状态，使人们无法保持优美和智慧，虽然他自己常常带着近乎无耻的冷漠，但批评家们还是看到了他冷漠面具后面奔涌着的由诅咒、热泪和嘶喊所凝成的激情以及它们之间的情感张力所导致的巨大冲击力。”[①]余华从《活着》开始转而关注普通人的日常生存状态，关心他们的生存哲学、日常伦理和道德观念，余华这一转变集中体现在《许三观卖血记》中。许三观的生存异化首先归因于贫穷、苦难及繁难。为摆脱这些东西的桎梏，许三观“选择”了卖血，而他的人生益发显示出巨大而无奈的悲剧性。他第一次卖血是为了办大事娶妻，第二次卖血是为了偿还儿子打架的医药费，第三次卖血是要让受伤的情人林大胖子加点营养，第四次卖血是为了在他生日之际能够让“全家人在喝了五十七天玉米粥”之后吃上一顿好饭菜，第五次卖血是为了请主管下乡的二乐的队长喝酒，第六次卖血是为了给一乐筹集住院费，第七次则纯粹是“为吃炒猪肝喝黄酒才去卖血”（未遂）。许三观一次次卖血似乎都是为了个人的一点利益，而这些利益在一个“常人”支配的社会里大多又是正常而普通的。可以说，身体的被卖以及人的尊严和价值的被剥夺，正是许三观人世的“沉沦”和“异化”，这种生存的痛苦给读者的心灵震撼甚至比死还要巨大和沉重。

新时期文学作品通过存在主义视角对人的“沉沦”和“异化”状况作了深刻揭示，它与道家对“异化”的论述是相通的。道家对异化问题的揭示是很早的，也是深刻的，同时提出了反对人的异化的观点。老子追求自

① 陈娟：《记忆和幻想——中国新时期文学主潮》，上海文艺出版社 2000 年版，第 331 页。

然无为本性的思想，实际上就潜藏着对异化问题的论述，以及反对异化的观点。庄子继承了老子的有关自然无为的思想，对异化问题的论述更全面、更透彻。道家认为人的异化的根源来自于人本身和社会两个方面。从人本身而言，人要追逐名利，有各种欲求，因而导致各种纷争，无休无止。《庄子》说："与物相刃相靡，其行尽如驰而莫之能止，不亦悲乎！终身役役而不见其成功，茶然疲役而不知其所归，可不哀邪！"① 对于这种日夜被外物所"奴役"的状况，庄子甚是感到可悲可哀。从社会方面而言，异化的社会根源在于仁义礼乐。仁义孝悌等道德规范是人际关系危机的产物，本来是用来调节矛盾，结果却相反，使君臣父子的关系日趋紧张；礼是用来交接的，但它变成徒有虚名的东西，成为纠纷的根源。在庄子看来，"彼窃钩者诛，窃国者为诸侯，诸侯之门而仁义存焉"②。仁义已经被统治者用作谋取权利的工具，"至德"之世已经坍成废墟。

《庄子》明确地反对"异化"，认为文明的演进侵蚀着自然人性，使人有了"机心"，有"机心"则"纯白不备"，则"神生不定"。儒家孔子倡导"仁义"，"克己复礼"，复兴以血缘为纽带的周制，这种追求在道家看来乃是"天刑"。"天刑"是指违背人的自然本质而招致的惩罚，是人的非人化所导致的行为悖谬。为避免人的非人化或"异化"，庄子要人们"不以物害己"③，"不以物挫志"④，就是说，不能因为外物扰乱自己的心志，危害自己。老子得出的结论是："绝圣弃智，民利百倍；绝仁弃义，民复孝慈；绝巧弃利，盗贼无有。"⑤ 老子认为要抛弃人类文明所创造的精神产品，以此恢复正常的人际关系。这种药方并不够恰当，难以施行，但对"异化"现象的揭露是深刻的。

庄子反对人的"异化"，与海德格尔反对"沉沦"与"异化"也有所不同：在海德格尔那里，"沉沦"与"异化"是"此在内在的先天结构"，不是此在的偶然属性、偶然特征；"异化"的形成是由于"常人"的独裁，是"公众意见"对人的统治，而在这种情况下，人就失去了本来真实的面

① 《庄子·齐物论》。
② 《庄子·胠箧》。
③ 《庄子·秋水》。
④ 《庄子·天地》。
⑤ 《老子·十九章》。

目。而老庄所说的人的“异化”状态也就是海德格尔所说的那种“非本真状态”，却不是先天造成的，老庄强调那是人的欲望和社会上的“仁义礼乐”所造成的，是外物对人的自然本性的侵蚀。

第六章

中国当代文学的人道主义话语与道家文化

一、视野交汇：人道主义与道家文化

中国当代文学以新时期文学的成就为最大，此处即以其为主要研究对象。新时期文学对人道主义的关注最初开始于刘心武等人创作的“伤痕文学”，以及由此引起的思想争鸣。1979 年全国第四次文代会上，作家们提出了“繁荣文艺必须肃清封建流毒”，“人是目的，人是中心”的思想观点，从人性和人道主义的思想层面肯定了“伤痕文学”对“文革”这段野蛮历史的揭露。在随后的四五年间，人道主义以及与之相关的人性、异化问题一直是学术界关注的论题，涉及哲学、文艺学、心理学和伦理学等许多学科，对人性的内涵、人性与阶级性、马克思主义与人道主义、马克思主义与异化理论、人道主义与新时期文学等问题展开了广泛的讨论。可以说，新时期文学对人道主义话语的认识逐步深入，使得一度中断的人道主义文学话语得到了正常舒张和发展。现在我们要进一步讨论的问题是：新时期文学的人道主义话语与传统道家文化之间有什么样的关系？它们在当代有没有相互融通的可能性？这种双重交汇的思想视野，使得我们对新时期文学的认识更加丰富。

首先要弄清楚人道主义及其与道家文化的关系问题。人道主义作为一种社会话语，首先是在西方社会开始兴起的。文艺复兴时期的人文主义者试图建立起关于人的科学，与神学相抗衡，他们以大写的人去取代神，以人的理性去取代神的理性，以人权去取代神权。从文艺复兴，经宗教改革、启蒙运动，直到尼采高喊“上帝死了”，人道主义作为世界观、价值观和人生观日益深入人心。人道主义有广义和狭义的区别：狭义的人道主义是指欧洲文艺复兴时期新兴资产阶级反封建、反宗教神学的一种思想文化运动；广义的人道主义泛指一切主张把人当作人来看待的思想观点和社会话语。也就是说，人道主义是关于人的问题的学说，它的核心思想是肯定人的地位，重视人的价值，维护人的尊严，主张人应当得到全面发展的权利。人道主义包含着这样一些基本信念：第一，自然主义的宇宙观。认为宇宙是自然的，它依照自己的本性运作而不受宇宙之外任何东西的控制，同时否定宇宙是由上帝或其他神所创造的信念。第二，自然主义的人性论。认为人是自然的产物，且人有自己的本性，只要他生存着就一定拥有某种本质上只属于他自己的独特东西。第三，自然主义的价值观。认为每个人就是目的本身，而不仅仅是某种其他目的的手段，或仅仅是那些并非真正属于他自己的目的的欣赏者。①

中国传统文化也有“人道”这个概念，但它和西方“人道主义”的内涵有所不同：“人道”是与“天道”相对的，而“人道主义”是与“神道主义”相对的。中国的“人道”概念是指人之所以为人的根据和原则，包括人的本性和道德伦理规范，以及群体的典章制度、组织制度，等等。在《左传》、《国语》里，“人道”就已经包含了人的性情和伦理道德规范的内涵，此后，“人道”的含义逐步丰富。也就是从那时开始，中国古人把天道和人道分开论述，认为人道犹如天道，是人必须遵守而不可违背的。道家创始人老子论道，首先着重于对天道的探索，从天道自然无为的思想深入到本体论，第一次提出道为“万物之宗”的思想，并据此展开论道。老子论天道最终还是为了落实到人道，所以他把道和德并论，德就是天之道在人之道上的体现，同天道一样都是自然无为。庄子继承和发挥了以老子的道为本体和运动规律的思想，提出人生的道德修养就是要体道达道，实现“与天地精神合而为一”，“逍遥于无何有之乡”的至道境界。尽管中国道家的“人道”思想与西方的“人道主义”有区别，但却含有丰富的人道主义思想内涵。

在20世纪中国文学中，民族传统文化中所蕴涵的人道主义思想由于受到历史发展环境的限制，在主流话语结构中处于被拒斥或被漠视的位置，人们谈论的人道主义却是来自西方的，对于这种文化现象我们应该深刻反思。现在我想做的工作是，揭示道家文化所蕴涵的人道主义思想在新时期文学中被拒斥的命运，同时阐明它与新时期文学的人道主义话语的融通之处，并发掘它被现代性整合和转换的可能性。

二、人道主义文学话语对道家文化的拒斥

20世纪中国文学的第四次人道主义论争，是在理论准备严重不足的情

---

① 卢风：《人道主义、人类中心主义与主体主义》，《湖南师范大学学报》1997年第3期。

况下开始的，开始阶段，更多的是批判“文革”时代的反人道主义的错误言论，要求正当地表现人性、人情和人道主义，参与论争者大多数似乎都是站在马克思主义的立场，力图对有关问题作出马克思主义的阐释。可以说，新时期文学的人道主义话语主要是以“马克思主义的人道主义”或“无产阶级的人道主义”面目出现的，随着论争的展开，一些人开始借鉴西方文艺复兴以来的人道主义理论资源，力图冲破思想理论局限把问题讨论引向全面、彻底和深入。可惜的是，在这场论争中，学界对中国传统文化的人道主义思想资源基本上采取了漠视的态度，没有人去努力发掘它的现代价值和意义。

刘心武的小说创作是比较典型的例证。从70年代末到80年代中后期，刘心武一直活跃在新时期文学的大潮中，他有极强的社会责任感和道义感，密切关注现实中的各种问题，时时发出人道主义的呼唤。如《班主任》通过对“坏孩子”宋宝琦和“好孩子”谢惠敏的塑造，揭露了现代迷信和愚民政策对青少年造成的精神扭曲。《我爱每一片绿叶》借主人公魏金星之口，提出改正错划右派的同时应该给人的个性落实政策，由此提出尊重人的个性和维护个人尊严和权利的主题。《如意》则较早地触及了阶级斗争扩大化与人道主义之间的矛盾和冲突，从人道主义的角度对阶级斗争扩大化给予了批判和否定，同时，大写了一个“人”字。刘心武在《我走了三步——〈大眼猫〉后记》中说：“无产阶级的革命人道主义，是马克思主义解放全人类光辉思想的集中体现……怎么能够一提及人道主义，便认为是资产阶级的口号，仿佛无产阶级就不能有自己的人道主义呢?”① 这段话明确表示，刘心武对人性和人道主义的呼唤和肯定，是从无产阶级的人道主义或马克思主义的人道主义出发的。

与刘心武的作家身份不同，刘再复是以理论家和批评家的身份出现在新时期文学中的，他的有关人道主义问题的论述产生了极大的影响。刘再复把1977年到1986年的新时期文学中以人道主义为主题的文学创作分为三个阶段：第一个阶段是以刘心武的《班主任》为代表的伤痕文学，这些作品正视了文化大革命这场巨大的民族劫难给人们造成的非人道的悲剧，揭示了极左路线对人的精神世界的严重扭曲。第二个阶段是以谌容、宗

① 刘心武：《我走了三步——〈大眼猫〉后记》，《奔流》1981年第1期。

璞、刘心武、戴厚英的《人到中年》、《三生石》、《如意》、《人啊，人》等作品为标志，发出对人的尊严和价值的更自觉的呼唤。第三个阶段是人道主义的深化阶段，所谓深化就是把对人的理解、对人的关心和尊重推向每一个个体，每一个独特的情感世界和精神世界。张洁的小说《爱，是不能忘记的》表明中国作家已开始把对人的关心推向“文革”禁区的爱情等情感世界。

刘再复还对新时期的人道主义话语及文学中的人道主义主题作了四点辩护：第一，我们所讲的人道主义并不落后。社会主义是能够与人类一切美好的文化精神财富连在一起的，也能与人道主义连在一起。第二，我国经常出现的教条主义总是表现为教条主义与封建主义的结合、教条主义和家长制的结合，而人道主义思想往往是反对封建主义最有力的武器之一。第三，有些人认为讲人道、讲爱是资产阶级陈旧的破烂货，这是不了解文学创作的语言符号不断地被人类赋予新的意义。第四，文学上呼唤人道主义，呼唤社会对人的尊重和关心，这不仅是社会发展的需要，也是文学自身发展的需要。社会主义文学应当成为最富有人情、人性、人道主义精神的文学。[①] 刘再复的这些辩护是多方面的，表明他所说的人道主义是什么，理论资源来自哪里。他所说的人道主义是社会主义的人道主义，或者说是“社会主义人道主义的现代意识”。这种社会主义的人道主义并不是社会主义本身所具有的，而是与人道主义结合而成的，这种社会主义的人道主义既有西方人道主义的含义，又有时代所赋予的新的内容。刘再复在这里唯独不明确提出中国传统文化中的人道主义思想，提到的却是需要批判的对象，即中国传统文化中被界定为封建主义性质的宗法制和家长制，由此可见，民族传统文化中的人道主义因素被有意回避了。

宋耀良在论述新时期文学中“人的主题”问题的时候，也没有从中国传统文化中寻求理论支持，而是把黑格尔《美学》第1卷的一个观点作为论述的思想起点。宋耀良写道：“黑格尔说，‘生命在他的演进中必然要达到人的形象，因为人的形象才是唯一的符合心灵的感性形象’。同样，新时期文学的演进也必然进入到以人为主题的阶段。艺术的自觉意识正是在

① 刘再复：《新时期文学的主潮》，《新华文摘》1986年第11期。

这样的主题内容中呈现出了深邃的具有当代特征的理性思维精神。”[①] 这样的做法并不是个别的，而是普遍的。再如朱寨、张炯主编的《当代文学新潮》对新时期文学中的人性、人道主义表现的论述，就引用了德国诗人席勒的剧本《堂·卡洛斯》中的一段话作为自己观点的支撑：“您应该给人类恢复他失去了的尊严，使人民像从前那样，再成为治理国家的目的，保证所有人的尊贵的平等权利是统治者的唯一的任务。”[②] 该书还认为，由于长期“左倾”迷误、封建主义传统顽强存在以及个人迷信的盛行，“文革”期间出现了对人的诬陷、血腥的暴力和精神的折磨等惨剧，而这种惨剧正与中国缺乏现代文明所应有的人道主义启蒙而广泛存在的愚昧文化心态相联系。显然，这里同样忽视了中国传统文化中人道主义思想的实际存在以及现代阐发的可能性。

总之，新时期文学中的人道主义话语基本上都是借鉴西方的思想理论资源（包括马克思主义的），西方话语相对于中国话语来说占据了绝对的优势，这种做法在当时也被认为是合理的。之所以呈现这种局面，是因为新时期对“文革”的否定和批判是以批判“文革”的“封建主义”残余毒素的名义进行的，甚至在一些人眼里，中国传统文化就只剩下封建主义了。当然，还有更深远的历史原因和文化背景，即五四以来我们的精神领域一直流行着强烈反对民族传统的激进主义立场和观念，而在这种文化背景中，儒道佛文化和几千年来的中国历史一起成为受批判或受压制的对象。鲁迅在《狂人日记》中借狂人之口所说的几句话，可以说是这种立场和观点的典型表达：“我翻开历史一查，这历史没有年代，歪歪斜斜的每页上都写着‘仁义道德’几个字。我横竖睡不着，仔细看了半夜，才从字缝里看出字来，满本都写着两个字是‘吃人’！”[③] 鲁迅还说过“中国的根柢全在道教”之类的话。鲁迅的这些思想观点代表着20世纪中国人普遍的认识倾向，他的独特发现对中国文化发展的贡献是不能漠视的，但他的表述却常常具有时代针对性和文化策略性。可以说，20世纪中国仁人志士对民族传统文化的反对和批判立场具有很大程度上的合理性和正当性，这

---

① 宋耀良：《十年文学主潮》，上海文艺出版社1988年版，第109页。

② 朱寨、张炯：《当代文学新潮》，人民文学出版社1997年版，第191～192页。

③ 鲁迅：《狂人日记》，《新青年》1918年第4卷第5号。

是被20世纪中国历史所证明了的；同时，这种激进立场所造成的文化损害也不能漠视，同样是被20世纪中国历史所证明了的。

三、人道主义文学话语与道家文化的融通

在上述的文化背景下，道家文化所蕴涵的人道主义思想就很容易被有意漠视，也难以被发掘出来。然而，历史并不可能停留在原地，当我们重新审视80年代人道主义文学话语之后，不仅发现了这种话语对道家文化的人道主义思想的漠视，同时也意识到现代的人道主义与传统道家文化之间存在着不少的融通之处。大致看来，道家文化至少包含三个方面的人道主义思想内涵：第一，“慈”的思想；第二，“重生”、“贵生”的思想；第三，注重个体价值的思想。下面将结合具体文学作品，讨论道家文化与人道主义的契合之处以及被后者整合和转换的可能性。

刘心武的小说《如意》是新时期人道主义文学的代表作之一。主人公石义海由于流行的血统论而难以在爱情上如意，但这样一个正常情感受到阻碍和压制的人，在学校批判走资派的大会上，却从被批斗者的脖子上摘下坠着的铁饼；一个被打死的走资派暴尸街头，他为其盖上一块塑料布；“牛鬼蛇神”晒在烈日下，他为他们端来绿豆汤……这个普通人认为：“他也是人，人对人不能狠得过了限。”这一形象表现了美好的人性，同时蕴涵着对爱心和同情心等人道主义思想观念的赞美。戴厚英的《人啊，人》称颂人道主义者何荆夫，此人被打成右派后历经磨难，但1978年获得平反后，仍然笃信人道主义，还写了一本叫《马克思主义与人道主义》的书，他“谁也不恨”，“希望人与人之间都相亲相爱”，认为“一个人只要还能爱，就有活下去的希望和勇气”。石义海和何荆夫的人道主义思想，在新时期文学批评中是按照马克思主义的人道主义或者西方人道主义理论来阐释的，其实这种人道主义思想在道家文化中就已经存在。虽然在当时的文学批评中，还没有人从道家文化中汲取思想资源对这种人道主义表现加以阐发，却不能否认这种人道主义表现与道家文化有契合之处，至少可以相互阐发。石义海和何荆夫对“爱”或“博爱”的具体表述有些区别，石义海说得更朴素些，明显受到中国传统文化的影响；何荆夫的表述则更直白，受西方人道主义思想的影响更深。“爱”或“博爱”的思想也是道家

所宣扬的重要思想，在道家学说中是用“慈”来表达和申述的。

老子所说的“慈”其实就蕴涵着人道主义内涵。老子充分肯定了“慈”的地位，对“慈”的内涵作了深入阐述，并且说明了“慈”的深厚作用。老子哲学中有“三宝”：“一曰慈，二曰俭，三曰不敢为天下先。”①“慈”为三宝之首，它是“道”的一种表现。老子的“慈”和孔子的“仁”有相通之处，但老子认为“慈”比“仁”更高一筹，“失道而后德，失德而后仁”②。孔子的“仁”虽然强调“爱人”，却强调将人分成善与不善，善善恶恶，必然造成有所偏爱，爱有所遗。老子说：“善者，吾善之；不善者，吾亦善之；德善。信者，吾信之；不信者，吾亦信之；德信。”③老子强调对人要一视同仁，善救人物而不嫌弃，即使对不善人也要爱他。老子是站在“道”、“德”的层次来谈慈爱，是以“圣人”（道家的，非儒家的）之心来看待众生，而孔子是站在“伦理道德”的层次来谈仁爱，是以君子之心来看待众生。老子“慈”的思想的另一个内涵是“以百姓心为心”。老子认为圣人治国，要弃小仁而行大仁（所谓“圣人不仁”），即顺民之性而为之，不另有作为，这就使慈爱或仁爱周遍。老子的这些“慈”的思想依然能够与现代人道主义思想进行相互阐发，“慈”所包含的丰富意义对现代文化建设具有借鉴作用，可以吸收到现代人道主义的价值论中。而石义海和何荆夫有关人道主义及“爱”或“博爱”的思想何尝不可以用“慈”来阐发呢？

再看“重生”、“贵生”的思想。这种思想在新时期文学中其实得到了比较普遍的表现，如伤痕文学，在揭露“文革”极左错误并控诉非人状态的同时，也表达了对人的生命和尊严的尊重。在宗璞的小说《我是谁》中，孟教授是在一次校级批斗会上被挂牌戴帽剃阴阳头之后跳楼的。女教师韦弥的自杀原因则是多方面的，如亡夫之痛，批斗之惨，周围群众是看客，解放初光荣回国的记忆成了反讽。最后一切困惑都集中在身份危机上：“我是谁？”以致弄不清自己是人还是虫豸，带着绝望的疑问投湖自尽。在郑义的小说《枫》中，卢丹枫之死在某种意义上也可以说是捍卫尊

① 《老子·六十七章》。
② 《老子·三十八章》。
③ 《老子·四十九章》。

严，防止自己的名誉受损。北岛的小说《波动》结尾写到心灵受伤的肖凌在黑夜一人走到深不可测的悬崖边，最后被山洪冲走，生死不明。这些作品都写到主人公的屈辱和自杀，目的在于揭露“文革”错误和极左路线的罪恶，同时也体现了对生命价值的肯定。

对人的生命的保护和爱惜本是人道主义的普遍之意，在道家文化中，这种思想也非常突出。老子虽未明言“重生”、“贵生”，但他强调“见素抱朴”、“知足”、“知止”，反对“益生”、“多藏”、“厚爱”，尤其在“名与身孰亲，身与货孰多，得与亡孰病”① 等比较中，自然包含着“重生”、“贵生”的意义。老子以后的道家人物都提倡“重生”、“贵生”，如庄子提出人生的目标就是“保身”、“全生”、“养亲”、“尽年”。② 庄子还反对“丧己于物”，“失性于俗”，③“心为物役”，主张“保真”、“忘形”、“虚己游世”④ 等，都是明确的“重生”、“贵生”的思想。先秦道家“重生”、“贵生”的主张，进一步落实就是“养生论”，以老庄为代表的“养生论”的思想主旨就是不益生，不戕生，抱朴守真，特别是养无养。新时期文学出现了对生命价值的大量描写，正可以用道家“重生”、“贵生”的思想来加以阐发。道家的这些“重生”、“贵生”思想以及“养生论”思想，都可以与现代人道主义相互阐发，以期使道家文化重新获得旺盛的生命力。

最后是重视个体价值的思想。《人啊，人》的主人公何荆夫主张个性自由，呼吁“尊重个性”，申明自己“无限赞美独特的个性”，这种观点在新时期文学中也得到了普遍表现。何荆夫的这种思想主要来自西方文化，西方文化传统自文艺复兴以来始终强调个人，而社会则是个人实现自我的手段，他们反对任何强加给个人的社会律令。到了现代社会，“个人至上”的观念更是大张旗鼓，成为一种普遍性的价值观。中国文化传统则更强调集体、家庭和社会，不太注重个人的价值，但这不是说中国就没有肯定个体、张扬个性的学说，重视个体价值的思想在道家学说中就有很好的阐述。

老子认为，每一个处在主—客关系中，处在我—他关系中的人，最重

---

① 《老子·四十四章》。
② 《庄子·养生主》。
③ 《庄子·缮性》。
④ 《庄子·山木》。

要的就是自知、自胜、自足及自我实现。[①] 老子要求每一个个体的人求“自明”，求“自彰”，求“有功”，求“长”，求“大成”、“大盈”、“大辩”、“大巧”、“大直”，每一个个体都要“使我介然有知，行于大道”，[②] 最终成大智，修大德，有大功，成大器。庄子的个体学说秉承了老子学说，并有更大的发展。庄子所强调的个体自我主要表现在两个方面：一是个体生命的自然完成，另一是个体精神的自我超越。在庄子看来，要保障个体的生命的自然完成，就要“终其天年而不中道夭”[③]。在庄子看来，所有以名、利、仁、义、家、天下等外在之物害身伤身，都是人的“异化”。为了达到个体自我的精神超越，庄子提出“圣人”、“至人”、“神人”、“真人”四种理想人格，作为追求的典范和目标。庄子主张精神的“逍遥游”，还提出将“坐忘”和“心斋”作为修道和进行精神超越的方法。中国传统文化的主流话语并不强调个体、自我的价值，或者说个体、自我的重要性不能超越于集体、社会、国家之上。于是在几千年中国历史中，道家“为我”、“重己”的个人主义哲学成为那些爱好自由、伸张个性的人们抗拒公众义务及其巨大道德压力的重要思想武器。如今，在中西文化碰撞、交汇的全球化背景下，道家重视个体价值的思想，以及“慈”的思想，“重生”、“贵生”的思想，显然都可以重新阐发，并整合到中国现代性的有机结构中去。

---

① 朱哲：《先秦道家哲学研究》，上海人民出版社 2000 年版，第 142 页。

② 《老子·五十三章》。

③ 《庄子·大宗师》。

第七章

中国当代文学的自然话语与道家文化

在20世纪后半叶，改造自然、征服自然、人定胜天等思想观念一度非常盛行，由于人把自己置于自然之上，以自然的主宰者、改造者自居，人与自然的对立就不可避免地加剧了。这种人与自然的关系在中国当代的十七年文学和“文革”文学中有较多的表现：一种形式是以功利的态度对待自然，自然与人之间没有自由平等的精神关系，自然的被征服只是显示人的力量强大。另一种形式是把自然当作人活动的外在环境，以及塑造人物性格的手段，自然对人来说虽然具有审美关系，却没有成为独立自主的审美对象。

新时期以来，人与自然的关系变得复杂多样，在文学中人对自然的态度主要表现为两种：一种是对自然界的亲近，另一种是对自然状态的崇尚。这种有关“自然”的思想观念的形成和弘扬，既受民族传统文化（主要是道家文化）的影响，也受西方文化（主要是浪漫主义）的影响。我们将着重探讨“自然”话语在中国当代新时期文学中的表现方式和内涵，以及与传统道家的影响关系。

一、道家对“自然”的界说

“自然”是道家哲学、文化的主要范畴和中心价值。这个词在先秦典籍如《诗经》、《论语》、《左传》中都没有出现，在《老子》一书中总共使用了五次，如：“功成事遂，百姓皆谓我自然”[①]；“人法地，地法天，天法道，道法自然”[②]。老子说的“自然”一词和现代汉语中的“自然”在含义上有所不同，它是指“自己如此、本来如此、通常如此、势当如此”的意思。现代汉语中的“自然”主要是指“自然界”或“大自然”，这种观念主要来源于西方文化。康德明确提出“人为自然界立法”，黑格尔把自然界视为“绝对精神”的外化。近代以来的西方哲学和文化普遍把人看作是自然界的全部和最高本质，把整个自然界看作是向人的生成过程，把人以外的自然界看作是趋向于人、服务于人、成为人这一绝对目的的手段。这种“自然”观念属于人本主义自然观，具有强烈的人类中心主义

① 《老子・十七章》。
② 《老子・二十五章》。

倾向。

在道家那里，相当于西方“自然”概念的是天地万物，通常简称为“天”，人与自然的关系就是“人”与“天”的关系。概括地说，老子的“天”有三层含义：①指自然之天，是与人相对的无人格、无意志之天。②“天”是自然存在，不以人的意志为转移，具有规律性、长久性、客观性。③“天”具有包容性、均平性、无为性。庄子在老子的基础上发展了“天”的意义：①从“天”与“人”，即“自然”与“人为”的关系看，“天”的含义就是“自然”，这是对老子自然之天思想的深化和发展。②从“天”与“道”的关系看，“天”与“道”是同等对待的，两者的共同之处就是“自然”。[①] 老子所说的“天”和“自然”既属不同层次范畴，又紧密联系。老子所说的“天”在后世也泛指天地万物，也就是现在所说的“自然”，即“自然界”或“大自然”。而老子所说的“自然”既是“人”、“地”、“天”、“道”效法的对象，也是它们本来应有之意，即事物的本然状态。庄子对“天”和“自然”的阐发与老子有所差别，更强调“天”含有“自然”之意义。

现代汉语“自然”的含义，除了来自西方文化的影响之外，也有对老庄思想的继承。一方面，“自然”一词可以作为名词讲，指“自然界”。另一方面，它可以作为形容词讲，意义有二：①属于或关于自然界的，存在于或产生于自然界的，非人为的；②不勉强，不拘束，不呆板。我们所用的“自然”概念包括两个方面的含义：一是指自然界，它是由天地万物组成的集合体，是人类赖以生存的地理环境，与社会相对；二是指自然状态，即事物的本然状态，与人为、文明相对。实际上，就是用现代汉语“自然”一词，表达道家所说的“天”和“自然”两个概念的含义。

二、新时期文学对“自然”的表现

新时期文学对“自然”的表现有一个发展过程，比较早且有影响的是汪曾祺的小说《受戒》和《大淖记事》，不仅刻画了充满诗性光辉的桃花源似的自然世界，也表达了对不为诗书礼教束缚的淳朴人性的迷恋。后

① 朱哲：《先秦道家哲学研究》，上海人民出版社 2000 年版，第 99 ~ 100 页。

来，“知青文学”在“第二次回顾”思潮出现之时，与第一次回顾控诉政治灾难不同，从乡村生活中发现了“自然”的价值和意义，美丽而自在的山水原野以及知青饱满的生命力和奋斗身影，都与城市的拥挤嘈杂、蝇营狗苟、钩心斗角形成极大反差。“寻根文学”对自然的表现更加广泛，把笔触伸到偏远的山村，伸到民族传统文化的深层结构中，特别是在“不规范文化”中发现民族精神的闪光点，试图重塑民族性格。总体来说，新时期文学对“自然”的表现方式有两种：第一种是以自然界和自然之物为表现对象；第二种是以自然界和人性的自然状态为表现对象，其中都蕴涵着对人与自然之间关系的理解和想象。

（一）亲近自然界：成为自在之物或作品角色

对自然言说的第一种方式，由于受道家哲学、文化的影响，它们表现出对自然界的亲近态度。对这种态度的表现又可分为两类：第一类作品是以自然界或自然之物为表现对象，自然从为我之物转变为自在之物。在一些作品中，自然不再仅仅作为人的生活环境或背景而存在于作品之中，而是作为自在之物，这时出现的人的活动或者作为自然的衬托，或者体现出两者密不可分的关系。如张承志《黑骏马》中的草原与马，邓刚《迷人的海》中的海，梁晓声《这是一片神奇的土地》中的鬼沼，史铁生的“清平湾”，阿城小说中的村野和原始森林，李杭育小说中的“葛川江”等，无一不是作品中不可或缺的意义精髓。在这些作品中，自然界或自然之物仿佛获得了与人同等的生命气息，如果删除这些自然描写，人物也就失去了精神特质。

人不可能脱离自然而独立存在于这个世界，这个世界首先是属于自然的，然后才是属于人的，于是在新时期文学中，人与自然的关系也被作家们描绘成是和谐平等的。如贾平凹的《商州初录》、《商州又录》、《商州再录》、《商州》等“商州”系列作品，除了对人性、历史、民情、风俗等有独特的审美发现外，对自然的描写同样颇具意味。商州的水光山色、花草树木、飞禽走兽不只是人的活动的对照物，而且是有灵有性的存在，自然与人的关系是和谐的或者平等的。在很多人的眼里，大自然或者由于人们的熟视无睹而不再去追寻它的意义，或者由于科技、文明的支配而使人与之疏远，但通过贾平凹对商州的描绘，自然的价值和意义被重新发现和肯定了。

还有一些作品中，自然并不符合人的理想，甚至与人是对立的，但这种自然却回到了它的本性。孔捷生的《大林莽》中，谢晴小分队的覆灭实际上粉碎了人的神话。自然的伟力不可征服，而人将自己放在与自然对立的位置上，既显示人的高大，也显示人的渺小，此时自然成为自在之物。也有一些作品表现了人对自然的热烈向往，但这种自然最后却被人破坏了。张炜在《融入野地》中，“与野地上的一切共存共生，共同经历和承受”，“不止一次听到了万物在诞生那一刻的痛苦嘶叫”，他的心灵就这样领受了凄楚和兴奋交织的情感，他向往和体验的是与自然彻底融合的境界。然而这种自然并不是总是存在的，张炜的长篇小说《九月寓言》也描绘了“野地”，这种自然是一种抚慰，也是对技术时代的反抗，但是自然最后却在文明面前被破坏了。

人与自然到底会处于什么样的关系？这取决于人对自然的认识和态度。道家哲学在两千多年前就对这个问题就作了很好的回答，道家不认为人与自然相比有什么特别之处，不赞同儒家对自然界“物畜而制之”，“制天命而用之”[①] 的主张。与“人定胜天”的思想明显对立，他们把人看作是自然界的一部分，强调人与天地万物和谐相处。老庄在自然面前都持一种谦逊的态度。老子认为道、天、地、人同大，提出“辅万物之自然，而不敢为”[②] 的思想。庄子提出了“天地与我并生，而万物与我为一”[③] 的思想，反对“以人助天”[④]、“以人灭天”[⑤] 和“敖倪于万物”[⑥]，反对用人为的力量随意地改变自然、破坏自然。道家关于自然的思想对当代作家很有启发，上述作品中的“自然”描写无疑具有老庄哲学的意趣。在文学作品中，如果把自然当作有生命的自在之物，而不是人的附属物或对立物，人与自然就会亲近和平等；如果仅仅是把自然看作是人类索取和控制的对象，人与自然就会产生隔膜和对抗。

第二类表现对自然界亲近态度的作品中，自然之物成为作品角色或主

---

① 《荀子·天论》。
② 《老子·六十四章》。
③ 《庄子·齐物论》。
④ 《庄子·大宗师》。
⑤ 《庄子·秋水》。
⑥ 《庄子·天下》。

人公。也就是说，它们被置于小说的中心而非边缘，直接参与情节、冲突的构成，而非单纯的烘托和渲染。此类作品非常多，仅以莫言的《狗道》和贾平凹的《怀念狼》为例进行分析。

在人类的光荣历史里掺杂了那么多关于狗的传说和记忆，有可恶的狗、可敬的狗、可怕的狗、可怜的狗，等等。《狗道》中的狗们异乎寻常，在一场战争之后都改变了面貌："它们毛发灿灿，条状的腱子肉把皮肤绷得紧紧的，它们肌肉里血红蛋白含量大大提高，性情变得凶猛、嗜杀、好斗。"小说中的黑狗、绿狗、红狗成为狗群的三个领袖，它们领导的狗群充满了英勇气概，虽然与人处在对立的位置，但却获得了原始的本性，浸染着潇洒、旷达、飘逸的灵气。它们作为自然之物，不再是被人驯服的对象，不再是供人赏玩的东西，它们为自己的物种争得了自由的生存空间。由此看来，莫言写狗，不在于渲染狗的残忍，而是张扬一种被压抑的生命力。

长篇小说《怀念狼》的主要角色是狼。有关狼的民间传说、奇闻逸事，贾平凹以简洁、沉稳的叙述向我们娓娓道来，既让我们看到狼肆虐为害、凶暴残忍的一面，又呈现出狼性情温顺的一面，于是以前为人们所憎恶、恐惧的狼重新焕发出迷人的光彩。此处，狼是作为自然的隐喻，狼与人的关系是对立统一的，一旦没有了狼，人就失去了较量的对象，种族便只能退化。小说中，猎人们在被禁止捕狼后相继得怪病而萎缩，雄耳川的猎狼者们更在狼彻底灭绝之后变成了人狼，攻击所有的外来者。小说告诉我们，人类肆无忌惮地破坏生态平衡，最终只会自食其果。如今伴随着我们的只是驯化了的狗、猫等宠物，还有便是苍蝇、蚊子、老鼠和虱子。小说还告诉我们：狼之所以值得人们怀念，是因为狼的存在对于人来说具有特殊的意义，人是在与狼的斗争中成长的，正是狼的存在激发了人的生存意志和创造力，狼的消失也使人陷入慌恐、孤独、衰弱和卑鄙，乃至死亡的境地。怀念狼就是怀念勃发的生命，怀念英雄，怀念世界的平衡。贾平凹40岁后对自然的认识发生了进一步的变化："甚至产生过我为什么生而为人的想法，若是别的，譬如一块石头，一棵树多好。这种意识曾一度很强烈，我看石头和树都好像是人变的，将凡是有生命的万物都视为一致，没有了高低贵贱区分。”[①]

无论是莫言对狗的叙述，还是贾平凹对狼的书写，其实都浸透着以老庄为代表的道家精神，是道家自然话语在新时期文学中的曲折构建。道家的“自然论”在天人关系上展开，用老子的话说，就是“万物将自宾”[②]，“万物将自化”[③]，“万物将自定”[④]，人承认这种“自宾”、“自化”、“自定”就是“辅万物之自然”[⑤]。看莫言笔下的“狗”和贾平凹笔下的“狼”，它们都具有这种“自宾”、“自化”、“自定”的特性。用《庄子》的话说，就是让万物“自得”[⑥]、“自适”[⑦]、“自成”[⑧]、“自善”[⑨]。也就是说，人类应该维护每一事物的独特性，承认事物的差异性，而不应该过分干涉它们的生存空间。莫言对“狗”的书写，贾平凹对“狼”的书写，旨趣就在于提示人类让自然界“自得”、“自适”、“自成”、“自善”，也就是老子所说的“辅万物之自然”。

上述分析所涉及的作品中，无论是表现人与自然的和谐平等，还是表现人与自然的矛盾，它们的旨趣都指向了道家“道法自然”、“天人和谐”和“天人合一”的基本思想。现代人总是习惯于以人类为价值判断中心来观察、思考问题和采取行动，但是在道家看来，这种我们今天称之为人类中心主义的观念是一种严重的成见和偏见，人与天（泛指天地万物）之间的关系不应该是主宰与被主宰的关系。人与天不相胜，但相合，相合于“自然”性。天地自然，人亦自然；天道自然，人道无为。人是属于人的，人是人的目的，而天地万物是属于天地万物的，它们的目的也在于它们本身。所以我们可以说，“天与人在各是其所是这一点上是共同的、相合的，这也就是天与人可以为徒的地方，也就是‘天人合一’的‘一’”[⑩]。

---

① 廖增湖：《贾平凹访谈录——关于〈怀念狼〉》，《当代作家评论》2000年第4期。
② 《老子·三十二章》。
③ 《老子·三十七章》。
④ 《老子·三十七章》。
⑤ 《老子·六十四章》。
⑥ 《庄子·骈拇》。
⑦ 《庄子·骈拇》。
⑧ 《庄子·让王》。
⑨ 《庄子·外物》。
⑩ 朱哲：《先秦道家哲学研究》，上海人民出版社2000年版，第124页。

（二）崇尚自然状态：肯定原始或张扬素朴

新时期文学对“自然”的表现，第二种方式是以自然界和人性的自然状态为表现对象。这些作品也分为两类：第一类作品表现出对原始倾向的肯定，第二类作品表现出对素朴人性的张扬。这两类作品或者受到了道家哲学、文化的影响，或者在思想倾向上与后者相契合，都流露出对自然界和人的本然状态的崇尚。

第一类作品在表现对原始倾向肯定的时候，热衷于描绘原初野蛮的自然景观和封闭滞后的人文环境，塑造叛逆者、化外之民、初民和少数民族等人物形象，表现渔猎、放牧、村社等自然经济下的人类生活和神话传说、民风民俗、宗教禁忌等非规范文化。这些作品通过表现人的本能性和原始生命力来达到对自然状态的张扬，同时表达对人类文明规范的反省和反抗。如《勃尔支金荒原牧歌》（洪峰）的主人公遇上了蒙古族姑娘，尽管语言不通，但她大胆热烈、无所顾忌的性爱表示，很快使他坠入爱之深渊。《远方有个女儿国》（白桦）中的主人公梁锐与摩梭姑娘结婚，摩梭人至今还保留着原始母系社会的习俗，他们的性爱方式无拘无束，充满出于本能的激情。《红高粱家族》（莫言）中，野生的蓬勃的红高粱是性和暴力、生命和死亡的聚合地，一帮由土匪、流浪汉、轿夫、残疾人拼凑起来的乌合之众却活得轰轰烈烈。这些粗鲁、愚顽的乡下人身上具有强大的生命力，他们随意野合、杀人越货、心无顾忌、行为放荡，是未被文明驯化的野蛮族群，他们的生存方式和行为方式大大地僭越了文明社会的价值规范。

除了这些作品外，还有一些作品所写的题材虽然是现代人及其生活，但同样表达了对人的本能和原始生命力的肯定。如张贤亮的中篇小说《男人的一半是女人》通过对章永璘性压抑和性饥渴的描写，在当代文学史上较早明确宣示性也是人的权利之一，也是不可迫害、不可摧残的。再如王安忆的“三恋”把笔触伸向男女间的性爱本能，小说《荒山之恋》中，已婚的两个男女碰到一起后一见如故，爱的力量使他们不顾道德规范和人们的指责沉醉于美好的性爱之中，并为此相拥着殉情于荒山。另一中篇小说《岗上的世纪》，通过描写一个女知青对欺骗、占有过自己，并被自己控告入狱的队长的性爱，进一步说明了性本能的力量不仅可以冲破社会规范，甚至可以化解仇恨。此后，表现性本能的文学作品越来越多。陈忠实的长篇小说《白鹿原》开篇就写性，其后又有五六章大量出现性描写。高建群的《最后一个匈奴》、老村的《骚土》、洪峰的《苦界》、铁凝的《无雨之城》等长篇小说也都因表现性心理、性行为而引人注目。贾平凹的长篇小说《废都》更是集大成者，小说的主人公是名作家庄之蝶，这个时时处于性欲亢奋状态的"西京名人"，与朋友之妻、旧日相好、私奔的女人、小保姆等女人发生性爱，并一一征服了她们。这些作品与既有的道德伦理是冲突的，但不可否认它们对性本能的肯定和张扬，具有反思文明规范压抑人性的意义。随着文明的发展，人与动物的距离越来越远，人为道德和理性所控制，自然本性的东西受到压制和扭曲。这些作品正是借助于对本能的书写来对比和否定文明的缺憾，呼唤人性自然状态的回归。

以上作品对自然状态的崇尚，或者受到道家哲学崇尚自然思想的影响，或者与之在某些方面契合。老庄都强调天、地、人、道的自然本性，认为事物的自然状态是最佳的、最合理的状态，自然本性都有其存在的合理性，人类应该顺应事物的天性，而不应该随意地拂逆、改变它们。"凫胫虽短，续之则忧；鹤胫虽长，断之则悲。故性长非所断，性短非所续。"[①]"彼民有常性，织而衣，耕而食，是谓同德，命曰天放。"[②] 庄子的这些话是把外在的修饰看作对人的削减，对天性的侵蚀，认为用礼乐约束人就损害了天性的完整。庄子还提出"雕琢复朴"的命题，意思是说去掉天性以外的附加物，不对天性作任何约束，然后才能复返于自然，重归于天性。

对于人或人性这个问题，先秦儒家孟子提出性善论，荀子提出性恶论，意旨均在扬善抑恶。儒家要求人性以道德伦理为规范，强调人是道德的动物；现代文明则以科学理性为指导，宣布人是理性的动物。它们都着重于人与动物的区别，并形成了灵与肉、天理与人欲之间的鸿沟。相反，老子和庄子都不把人性放在善与恶的天平上，也未放在神性与兽性、魔鬼与天使、天堂与地狱之间，认为人一旦降生就从"道"那里获得了独有的禀赋——"德"。"德"是"道"的分项，是"一"在"多"中的显现，"德"和"道"都具有完全相同的、不可变异的自然天性。在新时期文学

① 《庄子·骈拇》。
② 《庄子·马蹄》。

中，洪峰、白桦、莫言等作家通过表现人的本能性和原始生命力，达到了对自然状态的张扬；张贤亮、王安忆、贾平凹等作家则通过表现人的性本能，达到了对人类文明规范的反省和反抗，应该说与道家强调自然天放人性的文化传统有着接受或契合关系。

再看第二类作品。这些作品旨在张扬素朴的人性，其实也是表达崇尚自然状态的思想。如阿城的短篇小说《洗澡》，写到在河中洗澡的蒙古族男青年见到一个女青年走近却不回避，仍然谈笑自如，这与另一位汉族男青年的反应形成强烈对比，而这种素朴的人性和小说中所描写的诗意环境就很协调。再如李杭育的《最后一个渔佬儿》中，福奎在葛川江被污染，鱼儿少得可怜的日子里，仍然以捕鱼为生，这似乎是一个不识时务的人，但反映了他人性中淳朴的一面。当年江里有鱼，壶里有酒，他甚至可以和素昧平生的大首长一起喝酒拉家常；如今他宁愿放弃岸上可能有的稳定职业，也不愿为此去巴结做着小官的外甥。但是这种素朴的人性和淳朴的生活方式已经难以保持下去了，现在他只能捕到“小不点儿的鸡毛鱼”，为此他害羞，同时也舍不得撒网，最后他想到了死。

贾平凹对素朴人性的表现也很突出，以《天狗》为例。天狗与师傅师娘一家相处融洽，在师傅伤残之后，按当地的习俗师娘可以招夫养夫，暗恋师娘的天狗因而成为师娘的又一个丈夫。他们三人一开始保持着以往那种相敬如宾的关系，尽管已经成为一家人了，天狗却依旧回自己的屋子去睡。后来他们终于冲破了这种尴尬的局面，得以以新的和谐方式相处。他们那些谦让行为包含着传统儒家的道德美，这种婚姻事件也不符合现代人的价值观，但在特殊的境遇中却又是合情合理的。他们最终突破传统伦理的束缚，实际上折射着自然人性的光辉。

道家崇尚素朴的境界，认为“朴素而民性得矣”①，“他们首先感到人类自身的朴素天性的可贵，然后推而广之，作为普遍性的命题提了出来。只有素朴才合乎人的自然天性，这是道家的信念，也是它的思维逻辑”②。素朴是事物的原始形态，形和神自然地结合在一起，正如《列子》所言：

---

① 《庄子·马蹄》。

② 李炳海：《道家与道家文学》，东北师范大学出版社1992年版，第135页。

"太素者，质之始也，气形质具而未相离，故曰浑沦。"[①] 而事物以形神统一，以本然的状态存在就是性了，正如《庄子》所言："形体保神，各有仪则谓之性。"[②] 由此看来，"性就是素，都是事物的原始状态，是形神的浑然一体"[③]。中国文学受道家文化的影响，古代出现的正面形象是牧童莲女、渔夫樵夫、隐士游客等，在当代文学中极少出现这类人物，但这种崇尚素朴的精神却融会到现代人物的形象塑造上，从以上作品的分析可以窥一斑而知全豹。

概而言之，道家对"自然"的理解包括两个方面：一是指自然界，另一是指自然状态。在新时期文学中，一些作品表现出对自然界的亲近态度，它们把自然从为我之物转变为自在之物，或者将自然之物作为作品角色或主人公来着力描写。另有一些作品表现出对自然状态的崇尚态度，如肯定原始倾向、张扬素朴人性等。可以说，新时期作家对自然界和自然状态的书写，都受到道家文化的影响或者与之相契合，从而建构了新时期文学的自然话语。

---

① 《列子·天瑞》。

② 《庄子·天地》。

③ 李炳海：《道家与道家文学》，东北师范大学出版社 1992 年版，第 135 页。

第八章

消费主义的本质、内涵及其影响

20世纪的最后二十年，伴随着“有计划的商品经济”和“社会主义市场经济”而来的是消费主义在中国渐渐兴起。消费主义作为一种话语、一种思潮，给中国社会文化和中国人的生活方式带来的影响大概怎么估计也不为过。消费主义是与80年代启蒙话语、50—70年代革命话语有着本质区别的一种话语形式，也与中国传统文化有着巨大差异。在90年代，由于市场经济的积极推动，各种社会文化思想和话语都在重新寻求自己的文化地位，很显然在文化格局的再次调整中，消费主义逐步占据了上风，并逐渐被指认为一种新的文化—意识形态，它对与之相伴的大众文化的影响也是深刻而鲜明的。

一、从“消费”到“消费社会”

“消费”与货币、市场、商品紧密相关，都是经济学的主要概念，不过，这里侧重于从文化研究的角度来理解它们。货币俗名“金钱”，在20世纪60—70年代的中国曾经是一个不能自由谈论的隐词，人们之所以忌讳它，是因为害怕自己的道德形象由此而与贪图享受、道德差、拜金主义画上等号。如今人们对金钱的看法相对理性多了，“我爱美元”等口号表明“金钱”已经是一个被人们热心谈论的显词了。我们知道，货币也好，市场也好，商品也好，最终都是为了人的“消费”。“消费”这个词已经一刻也离不开我们的物质生活和精神生活了，“消费”的丰富内涵正被人们越来越清楚地感悟到。

“消费”的一般意义是指使用商品和享受服务，以满足需要和欲望。“消费”在英文中写作consumption，最初含有鲜明的贬义，带有“用尽”、“耗费”乃至“暴殄天物”之类的意思，后来演化为中性词，成为一个与“生产”（production）相对的概念。20世纪中期以后，在表示商品的购买和使用时，“消费”和“消费者”比“使用”和“顾客”多了一层意思，即“消费”所满足的需要超过了基本的生物的范围。当人们谈论“消费社会”意义上的“消费”时，它首先指出了一种富裕现象，通常指满足基本生物需要以外的某种需要的活动，例如，为蔽体抗寒而穿衣服不一定是“消费”，为了证明自己的身份或地位而穿某个名牌才是充分意义上的“消费”。但是在中国当下的语境里，“消费”并不限于指那种西方式的富裕现象，而是广义地指称所有购买商品的行为，这与中国政府在法律上确定“消费”、“消费者”的含义有关，从而确立了这两个词在人们心目中的词义。

虽然如此，“消费”本身所潜藏的含义还远远不是这么简单。从古典经济学的观点看，个人从日益扩大的商品范围中购买商品，以最大限度地满足他们的需要，从而使“消费成为所有产品的目的”。可是，从20世纪的新马克思主义观点来看，这恰好表明人们控制和操纵消费的机会大大增加了。在现代消费社会里，消费并不纯粹是消费而已，它也是一种生产。

“消费是生产”的理论由法国新马克思主义者让·鲍德里亚作出新的阐发，他提出符号价值以补充政治经济学的使用价值和交换价值，意思是说在日常生活领域，物品被当作用具，它的使用价值就被确认，其中体现的是功用逻辑；在市场领域，物品被当作商品，它的交换价值得到确认，此时体现的是经济逻辑；此外，物品还被呈现在地位和声望的领域，此情此景被当作符号，它的符号价值得到确认，其中体现的是符号逻辑。在鲍德里亚看来，当物品作为符号在社会中按照表意逻辑和等价逻辑运作的时候，人们的所有需要都失去了个人独立性，被社会符码化了，服务于确定他们社会地位的产品，从而服从资本的逻辑。结果，人们在消费中参与了资本的增值，参与了社会观念和社会关系的再生产，也就最终保证了资本主义制度的顺利运转和存续，从这个意义上说，“消费就是生产”。具体地说，消费究竟能够生产什么呢？第一，消费生产着商品的品牌和等级。第二，消费进而生产着整个符号体系。第三，消费帮助生产世界资本主义体系。第四，消费生产着资本主义制度的合理性。第五，消费生产着个人的社会身份。①

“消费”就是这样把个人吸引到现存的游戏规则中，整合进现存的制度、文化和符号价值体系中。在这样的消费社会中，人们所消费的商品不仅具有使用价值，而且具有符号象征意义。鲍德里亚把符号学运用于消费分析，所以“消费是生产”的理论也表述为“商品—记号”理论。这种理论认为“消费必然导致对记号进行积极的操纵。这是记号与商品联合生产‘商品—记号’的晚期资本主义的核心。能指（signifier）的自主性意味着通过诸如传媒与广告对记号的操纵，使记号自由地游离物体本身，并运用

---

① 高丙中：《居住在文化空间里》，中山大学出版社1999年版，第2～6页。

于多样的相关联系之中”①。记号的过度生产以及影像与仿真的再生产，导致了固定意义的丧失，并使得实在以审美的方式呈现出来。在消费社会里，大众就在这一系列的连篇累牍的记号、影像万花筒面前被搞得神魂颠倒，找不出任何固定的意义联系。

二、消费主义作为文化—意识形态

由“消费”渐渐演化为“消费社会”，再形成“消费主义”思潮，终于使后者成为一种支配人们思想行为的文化—意识形态话语，这就是消费主义的本质所在。

消费主义在中国的兴起是一个渐进的过程，并不是一蹴而就的。当政治意识形态深刻地渗透到社会生活，尤其是精神生活的各个层面的时候，消费主义的思想观念不可能有容身之处，也就不可能萌发。只有经济建设，尤其是市场经济建设占据全社会的工作中心的时候，消费主义才有可能慢慢发芽。中国消费主义的萌芽期可以追溯到80年代城市经济改革启动之时。当时国家确定的现代化经济目标是建设“有计划的商品经济”，随着各种经济政策的落实，以及新闻传媒在政府指导下开展对“先富起来”的一部分人的正面宣传，金钱、商品和市场这些词及其本身所蕴涵的丰富内涵，才开始被中国人深入感知并悄悄认同。1989年的政治事件并没有改变中国自1970年代末期以来的改革路线，相反，在短暂的思想徘徊之后，在邓小平的积极推动下，为适应市场化而进行的经济体制和立法改革步伐更为激进，中国日益深入地加入到世界市场的竞争之中，而内部的生产和社会机制改造都是在市场制度的规约之下进行的。进入21世纪，中国日益加快市场经济的建设步伐，加速与跨国市场的接轨，加入世界贸易组织之后使得中国融入经济全球化的前景更加明晰。

从20世纪70年代末到90年代，中国社会的消费方式发生了巨大的转变，从解决温饱问题的消费过渡到表现个性的消费，从生物性驱动的消费过渡到富于社会性的、象征的和心理的消费。正是在这样的经济背景下，

---

① ［英］迈克·费瑟斯通著，刘精明译：《消费文化与后现代主义》，译林出版社2000年版，第21页。

消费主义作为一种新的文化—意识形态开始建构起来。“商业化及其与之相伴的消费主义文化渗透到社会生活的各个方面，从而表明国家和企业对市场的精心创制并不仅仅是一个经济事件，相反，这一社会过程最终要求用市场法则规划整个的社会生活”①，从而在更广泛的意义上显现为文化事件。消费主义作为一种新的文化—意识形态，正在逐步确立它在日常生活领域内的巨大影响力。消费主义的生活方式具有文化主导作用和文化建构意义，自然就成为这种新的文化—意识形态在价值、内涵上最集中最鲜明的体现之一。

我们可以把消费主义概括为这样一种生活方式：消费的目的不是为了实际需要的满足，而是在不断追求被制造出来、被刺激起来的欲望的满足。换句话说，人们所消费的不只是商品和服务的使用价值，更是它们的符号象征意义。合理满足消费的使用价值与无度占有符号意义的消费是基于两种不同类型的生活伦理、观念、价值的生活方式和生存状态。社会上大量的消费需求是被消费主义创造出来的，或者说，消费主义生活方式是无形中把越来越多的人都卷入其中的生活方式，它使人们总是处于一种“欲购情结”（buying mood）之中，从而无止境地追求高档和名牌产品。这本身又构成了现代消费社会中社会关系再生产的条件，消费也成为人自我表达与认同的主要形式和意义来源。对商品的符号意义的消费过程，构建了新型的社会统治与社会支配的方式，并且体现着一种新的社会生活组织原则。

消费主义的生活方式是由商业集团的利益以及附属于它们的大众传媒，通过广告或各种商业文化和促销艺术形式推销给大众的一种生活方式，这种推销许多情况下是有意或无意强加给大众的。由大众媒介推动和扩散的这种消费生活观念与消费方式，把不分等级、地位、阶层、种族、国家、贫富的越来越多的人卷入其中。这种生活方式不是经常地表现为与个人或国家的经济条件相联系，恰恰相反，它经常表现为不顾个人或社会的经济状况而消费，因而更多地被看作是一种社会文化现象。

作为一种新的文化—意识形态话语，消费主义具有欺骗性，齐格蒙·鲍曼阐述了这个问题。他指出，比较消费主义与工业资本主义，后者比前者

---

① 汪晖：《当代中国的思想状况与现代性问题》，《天涯》1997年第5期。

更诚实。工业资本主义社会，人是按身份区分开来的，只有尽最大努力才有可能进入更高一层，但赢家和输家也始终存在。而消费主义则并非如此直接明了，它允诺幸福的普遍性，甚至还允诺它无法给予的东西。这是其欺骗性之一。另一个欺骗性在于它设定了一个虚假命题：一旦你提供了消费者的自由，你就完全解决了自由问题，于是自由事实上被降格为消费主义。[①] 消费主义欺骗性中的第一点在于它藐视公正原则，第二点在于它藐视自我实现原则。公正原则与自我实现原则是西方传统所固有的，是启蒙主义的价值观，它们一旦被发现就不可能再被忘却，将一直对人类产生影响，直至这个世界终结。

三、大众文化作为消费主义的集中体现

消费主义作为文化—意识形态话语，另一个最集中最鲜明的体现是与之相伴而来的大众文化，大众文化的繁荣反过来又加强了消费主义观念的普及程度。

在当代中国的历史情境中，关于“大众”，最为切近而自然的联想就是“人民大众”、“劳苦大众”、“工农大众”，这是源于早期社会主义的历史记忆。因而，戴锦华解释说：90 年代的中国大众文化的倡导者，正是有意无意间借助这一历史文化与记忆的积淀，为其提供合法性的论述与申辩。似乎“大众”之于“大众文化”、“大众传媒”的主体地位，有如“人民大众当家作主”、“工农兵占领文艺舞台”的社会理想得以实现的更佳方案。[②] 消费主义在中国的兴起得到了中国后现代主义的支持，后者是以大众文化的名义将“欲望”的生产和再生产虚构为人民的需要，将市场化过程中受资本制约的社会形态解释为中性的、不受意识形态支配的新状态。当他们以中性化的“欲望”、“人民”、“大众文化”的名义对知识分子的精英话语进行攻击的时候，消费主义这种新的文化—意识形态经由后

---

① 何佩群：《消费主义的欺骗性——鲍曼访谈录》，《中华读书报》1998 年 6 月 17 日。

② 戴锦华：《隐形书写——90 年代中国文化研究》，江苏人民出版社 1999 年版，第 9～10 页。

现代主义理论而合法化了。所以汪晖认为，中国消费主义文化的兴起，“并不仅仅是一个经济事件，而且是一个政治性的事件，因为这种消费主义的文化对公众日常生活的渗透实际上完成了一个统治意识形态的再造过程；在这个过程中，大众文化与官方意识形态相互渗透并占据了中国当代意识形态的主导地位，而被排斥和喜剧化的则是知识分子的批判性的意识形态”①。

大众传媒积极推进大众文化全面兴起，并同消费社会的功利主义、投机主义、享乐主义合谋，基本控制了人们从物质到精神的所有世俗性需要。这种“需要”更多时候，或者从本质上说表现为“欲望”。每个时代对欲望的言说总在构建不同的欲望边界，即哪些欲望是可以满足的，哪些欲望是不能得到满足的，这种言说就是在引导人们欲望的方向。与90年代以来的情况迥然不同的是，80年代很多欲望是被压抑的、不能满足的，而到90年代以后欲望已经被消费主义思潮正名，各种曾经被压抑的欲望都在不停地寻找得以实现的对象，也在不断产生新的欲望。消费主义思潮以其摧枯拉朽的扩张势力迅速占领文化精神领域，人们的思想观念、道德准则、价值取向、人生态度等都发生了巨大变化，其中的好处已经被人们切身体会到，但其弊端也不容忽视。

消费主义在大众文化中的影响和表现，尤以电视媒体最为突出。无论是王朔式的调侃剧，还是警匪片、打斗片、言情片、帝王后妃剧，甚至录像片的刺激镜头，大多充盈着一种“性”致勃勃的市民味，或权力崇拜的臆想软骨症。各类娱乐节目、知识竞赛、港台歌星MTV或演唱会直播等也培植了一批数目惊人的“电视迷”、“追星族”和“粉丝群”。“渐渐地，人们看世界的方式滞留于电视。人不可能逃离画面去从独特的角度看和听，并且，这种看的方式是编排定的。”② 当我们把目光集中到90年代以来的中国文学的时候，我们深切感受到人们审美视点和价值倾向的重大蜕变：文学书写的内容从以精神性追求为主转向以物质性满足为主，文学的目的从以追求心灵提升为主转向以张扬欲望为主，文学人物从理性主体、

① 汪晖：《当代中国的思想状况与现代性问题》，《天涯》1997年第5期。

② 王岳川：《90年代大众传媒的审美透视——由政治意识形态到消费意识形态转型》，《求是学刊》1995年第4期。

德性主体转变为欲望主体。90年代以来，文学对欲望的书写层出不穷，花样翻新。对个人实现欲、成名欲、权力欲、财富欲等欲望书写随处可见，更广泛更典型的是对“物欲”和“情欲”的书写，前者表现为对物质性的奢华追求，后者则表现为对以性本能为主的感官享乐的追求。

贾平凹1993年写作的长篇小说《废都》可以看作是消费主义欲望书写的象征性和标志性事件。它之所以造成巨大的轰动，就在于它对性本能欲望肆意而大胆的描写，以致被社会传统力量指责和批判，并成为90年代被政府禁止的第一本由著名作家创作的小说。《废都》的出现仿佛是欲望张扬的一种仪式。《废都》和庄之蝶的形象也被解释为文人的精神困境的隐喻，但这种困境的产生却不可否认与欲望有关。所以说，对《废都》无论是批判还是辩解，实际上都没有办法回避欲望张扬的社会文化现实，它们的差别只是在对待欲望公开而大胆的形象的态度上存在不同。90年代以后，欲望不再以“需要”的面目，而是以自身的正面形象大胆而公开地走到审美艺术中，没有显示出丝毫的羞羞答答。《废都》虽然被禁止出版，但各种版本的盗版却更加猖獗，这正迎合了消费主义时代人们追求欲望充分满足的心理。

为了顺应消费主义思潮和话语，迎合读者的窥视欲和被培养出来的阅读趣味，文艺作品和文化产品变得富有趣味化和世俗化。“人文精神”①、“当代文学的理想②”等讨论只是轰轰烈烈的消费主义大潮中微弱的声音。整个文艺、文化界发生了变化：消解意义而张扬欲望，反对永恒而酷好当下，弃置精神而嗜谈本能。由传媒所代表的文艺“类象”表明当代文化艺术由灵魂裸露的方式回缩到冷漠绝缘的“纯客观描述”，一种放逐本真情感的“语言游戏”。艺术生产者的原创性衰微了，仅存一个假设：艺术不过是重复。人们日益关注自己的钱包和自身的肉体，而对神圣美的东西不再信任，那种虔敬之心和美好情怀为狂妄之心和低俗之性所取代。人们沉溺于折中主义与符码混合的繁杂风格中，赝品、东拼西凑的大杂烩、反讽、戏谑充斥于市，对文化表面的无深度感到欢欣鼓舞。

---

① 王晓明等：《旷野上的废墟——文学和人文精神的危机》，《上海文学》1996年第6期。

② 谢冕：《理想的召唤》，《中华读书报》1995年5月3日。

总而言之，20 世纪 90 年代以来，消费主义从物质到精神都占据了中国人生活的主导地位，一方面，“消费”观念的转变使得消费不只是消费商品的使用价值，更为重要的是消费商品的符号价值；另一方面，消费就是生产，它参与了社会观念和社会关系的再生产，正是这种全新意义上的消费，把个人吸引到现存的游戏规则中，整合进现存的制度、文化和符号价值体系中。消费主义作为新的文化—意识形态话语，正在取得对思想、道德、知识等方面的意识形态宰制或文化支配权，消费主义的生活方式正在中国形成，并成为大众认可的生活方式，消费主义的大众文化更加普及，很大程度上决定了中国 90 年代以来的文化面貌和文艺价值取向。

第九章

通俗文化与人文精神

通俗文化与精英文化的对峙状态构成当前文化的基本格局。精确言之，这种对峙已发生了势力强弱和战略攻守方面的转化，两者之间的对话只在小范围内进行，更多表现为在社会生活各个领域里的冲突。在通俗文化通过大众传媒等现代科技手段迅速扩大阵地的同时，精英文化则步步退守。尽管精英文化创造和传播的主体——知识分子满怀忧患意识或撰文或讲演，企图遏制这种不断恶化的态势，然而前景不容乐观，还未露出希望的曙光。随着通俗文化和精英文化攻守趋势的延续，通俗文化彻底击垮精英文化而一统天下的事情当然不可能发生，但是内蕴于社会文化中的人文精神却在悄然转换、重塑。

一、通俗文化的主题转换

通俗文化并不是如某些人所言，是商品经济社会里所特有的文化现象。在一个正常的社会里，精英文化与通俗文化同时并存，共同构成社会的整体文化景观。通俗文化的内容和形式主要来自民间，它迎合公众趣味，取悦民众，有时候也会被官方认可并改造。下面我们分两个时期来考察当代的通俗文化，第一个时期始于 1949 年，止于 1965 年，第二个时期始于 1979 年，一直延续到现在，并且还将延续下去。

第一个时期的通俗文化可以追溯得更远些。1942 年 5 月 23 日，毛泽东发表具有划时代意义的《在延安文艺座谈会上的讲话》，为中国新样式的通俗文化的发展奠定了坚实的理论基础。《在延安文艺座谈会上的讲话》思想丰富，最主要的是提出文艺“为工农兵服务”，要求文艺工作者创作出为老百姓所喜闻乐见的、有中国作风和中国气派的文艺作品，从而使文艺大众化的贯彻远远超过 30 年代的成绩。随后问世的一大批大众化作品，与传统文人的作品在思想感情和艺术风格上都刻意保持距离。农民作家赵树理正是在这股通俗文化的潮流中成名的，他发表的《小二黑结婚》、《李有才板话》等作品一时成为典范之作。这些作品都力求从民间文学中汲取营养，故事情节曲折，审美趣味大众化，人物形象以翻身农民为主，为中国老百姓所津津乐道。1949 年以后，这类贴近大众水准的文艺作品有增无减，成为社会文化格局中艺术文化的主流。除文学作品之外，各种地方戏曲经过内容和形式上的改造而兴盛起来，如黄梅戏即在 50 年代大放异彩。

电影作为另一种具有更多通俗文化性质的艺术，产品也以故事片为主，仅长春电影制片厂从1950年到1966年间生产的故事片即达149部，同期生产的戏曲艺术片只有34部，且多由地方戏改编而成。概言之，50年代伊始的通俗文化，受时代的经济水平、文化水平等因素的制约，在艺术文化样式上以文学、戏剧（曲）、电影为主，而且它摆脱了历史悠久的文人传统，占据着文化产品结构的中心位置。

第二个时期的通俗文化以另一种迥异的方式发展着，显示出其独特的文化品格。改革开放带动社会全方位的变革，最终催生了市场经济的诞生。精英文化包括艺术文化和学术文化，在70年代末至80年代中期曾得到社会普遍的尊重和认可。以文学为例，就有伤痕、反思、寻根、改革、先锋等流派异彩纷呈，爱好和欣赏文学也曾作为有文化教养的标志。同期，理论界有关真理标准、人性、人道主义、主体性等问题的讨论，同样引来众多关注的目光。然而，时至80年代末期，随着商品经济的发展，以功利主义为核心的商业价值改变了民众的文化心态，通俗文化如洪水之势席卷城乡，给精英文化以极大的冲击，学术、高雅艺术以惊人的速度贬值。“文学失去了轰动效应”，“玩电影”、“玩电视”的现象出现了，传统戏剧的上座率急剧下跌，学术著作出版难令专家学者普遍感到头痛。与此相联系，流行歌曲、舞会、卡拉OK、地摊文学，以言情、武侠、黑幕、暴力为主题的影视作品等成为人们主要的文化消费方式。从“琼瑶热”到《渴望》热，再到《曼哈顿的中国女人》红极一时，中国通俗文化的浪潮侵袭着社会生活的各个角落。

以上两个时期的通俗文化是有许多差别的。为方便行文，暂称第一个时期的通俗文化为通俗文化A，第二个时期的通俗文化为通俗文化B。它们的差别表现在五个方面：

第一，通俗文化A表现了渗入很多政治信念的广大群众，主要是农民、工人的思想感情，理性色彩较浓；通俗文化B则表现了人们在现代化进程中所流露出的期冀、困惑、感伤、惆怅、性意识觉醒等，有着较多的感性、非理性的内容。

第二，通俗文化A的兴盛由政治权威的提倡而致，通俗文化B则由市场经济催生，两者均受制于时代主题，属于不同的文化范式。

第三，通俗文化A由于经济、文化等因素制约，主要借鉴民间文艺的传统，文化产品单调，以文学、戏剧（曲）、电影为主；而通俗文化B得助于国门的开放和科技的进步，主要将目光投在外来文化样式的进口上，如电子琴、摇滚、迪斯科、港台影视、轻音乐等，文化产品样式丰富多样，甚至不再采用过去的通俗文化样式，如戏曲。

第四，通俗文化A讲求普及和提高，在普及的基础上提高，社会使命感较强；通俗文化B则迎合和媚悦大众，只要大众实际需要就会生产出来，文化被作为商品看待，受商业价值控制。

第五，通俗文化A是知识分子及准知识分子在意识形态的指导下“化大众”；通俗文化B的制作者虽鱼龙混杂，但实质上受书商、经纪人、大众传媒等因素影响，并形成了不断更迭的时尚潮流。

二、人文精神的内涵转换

有关“（传统）人文精神的失落”的忧思和慨叹并不自今日始，早在80年代中期便已相当普遍。那时有人曾预言，中国未来十年将是文化低潮时期，认为这个时代缺乏精神性领域，流行歌曲《一无所有》揭示了一代青年的真实心态，文化人也从“自我感觉良好”转到自觉“什么也不是”。然而，问题的关键是，人文精神是个内涵丰富的概念，到底指称什么，迄今未取得较一致的看法。由此可见，在这种理论背景下谈（传统）人文精神的失落，不能不作具体分析。

如果说，人文精神体现为对人的终极关怀和对人的生存意义的思考，那么这种关怀和思考在不同的民族、不同的时代是有具体的历史内涵的。欧洲文艺复兴时期，主要表现为人文主义思想；而在中国，人文精神是另一种传统，其哲学和文化均以政治伦理为核心，讲求人伦关系。其中一点是讲究群体意识，个体依附于群体，群体是神圣的、至高无上的；个体则是卑下的、微不足道的。如果说人文精神是指“修身齐家治国平天下”，那么实际上，它只是中国传统文人的社会使命感、道德良知和人生理想，并不指普通民众。如果说人文精神是指中国人通过独特的社会生活方式而表现出的智慧、真诚、善良、和谐、爱等人格成分，那么这些品格还不能构成至善的人格，更不能囊括现代精神的主要部分。再比如说，中国的人文精神是忧患意识，是乐感文化，是忧乐圆融，实际上它们都存在不同程度的以偏概全的缺憾。人文精神到底包括哪些精神，我们应该有更客观、更具体的认识，任何简单化的倾向都有失偏颇。只有弄清人文精神的历史内涵之后，才能谈到人文精神的失落或重建。

人文精神及其演进，在当代各个时期的表现是各不相同的。自50年代开始的通俗文化所蕴涵的人文精神，最重要的部分是国家的独立自主所带来的对人的生存价值的充分肯定。半殖民地半封建社会的解体，使对人的尊重和人的价值实现有了可能，并且部分变成历史事实。不幸的是由于随后出现的“左倾”路线的影响，人文精神并没有达到应该有的实现程度。历次政治运动，尤其是文化沙漠化的十年动乱，强调斗争哲学，导致国民劣根性充分暴露，人文精神被前所未有地大加践踏。人文精神还因为过分强调政治意识的主导位置而遭到损害，把人比作机器上的螺丝钉，实际上就取消了人的独立性和自主性，从而扼杀了人的价值及全面发展的可能。

自80年代开始的另一种样式的通俗文化迅速崛起，使人文精神发生了巨大转换，这区别于中国传统的人文精神，也区别于第一个时期通俗文化所蕴涵的人文精神。在新的文化范式中，平等、民主、自由、科学等现代意识进一步加强，个人的主体性重新得到肯定，自我选择、自我实现的可能性大大增加。通俗文化的优秀部分不能不说在很大程度上弘扬了人文精神，并对传统有了大的突破。它的表现是多方面、多层次的。譬如，通俗文化的“平民化”趋向使之成为民众精神的代言人，并重新形成了民间社会形态；通俗文化置“左倾”政治的桎梏于不顾，独自发出自由而响亮的个性之声，对人的个性和人权的尊重更为普遍、更有深度；通俗文化肯定现世生活，追求个人幸福快乐，宗教和政治信仰的承诺由此变得无关紧要，通俗文化不要求思想深邃，不要求欣赏者投入更多的精力消耗，因而让人们在紧张的工作之余得到轻松的娱乐和休息；通俗文化还肯定人的欲望的合理性，使中国人又有了一次心理大解放，人们现在能自由地谈论物质享受、性、美等曾被禁止的话题了，传统的“天理”的弃绝，让中国人比以往任何时候都有了更多的幸福感。

当然，不能否认80年代伊始的通俗文化在弘扬人文精神的同时，也存在某些对人文精神的戕害现象。首先，拜金主义思潮使人际关系传统的温情面纱被揭落，物质利益成为许多人的追求目标和处世原则，那些曾使人类脱离动物界的各种优秀品质，如友善、坦诚、同情、助人为乐、舍生取义、见义勇为等，一时间在金钱的专制下奄奄一息。推而广之，人与民族、人与国家的关系再次被不恰当地定位，利己主义势力陡增，若不被遏制，任其膨胀，到一定程度必然导致其对社会肌体的破坏。其次，市场经济社会的初步形成，使商业价值占据社会价值体系的统治地位，而目前中国健全的社会机制尚未完全建立，一切东西都被看作商品，凡是不具备商品特点和商业价值的东西，就会被排斥在社会之外。如精英文化中的学术和高雅艺术，因其深厚的人文价值和崇高的艺术品位，不能被社会上大多数人所认可而遭到排挤；与此同时，通俗文化因其娱乐性、复制性、艺术水准低等特点而赢得了更多人的消费和接纳，乃至到处泛滥。再次，目前社会上流行的渴望发财和害怕贫穷的心态，滋长了急功近利的思想和行为，损害了对人文精神、人文价值全面而深入的思考，谈赚钱、谈享受成为一种时尚，谈人的生存意义等带有哲学思辨色彩的话题却被认为迂腐。一般民众如此看待，一些不能坚持学术操守的知识分子也作如是观，或“下海”，或津津有味地注视着“海”上风云，不能不说是一种非正常现象。

三、人文精神的重塑和完善

人文精神在社会转型期发生某种偏废，应该说是不可避免的现象，但是这种现象若延续时间太长，则不正常了，国家、民族、人民都将为此付出沉重的代价。80年代中期以来，通俗文化的再度兴盛及至泛滥，人文精神经受严峻挑战并面临转换，引起了学界、舆论界的热烈讨论，各种观点、态度均有。

一种观点来自愤慨者，认为一些宣传渠道以城市排泄物出现的速率制造的“文化垃圾”，挤迫着市民本已拮据的空闲时间；无聊的影视作品把人类生活、情感残损化、卑下化；“文化垃圾”还表现在现代人整个生活方式中——理性化的时代似乎恢复了古代的繁文缛节，种种以“情调”为借口的消遣方式使人们追求享受委琐而肤浅的文化意趣。另一种观点则表示认同，认为现在是一个“泛化”的时代，文化一旦在市场法则的万花筒中滚动起来，就打破了原先坚硬的内核和外壳，产生令人眼花缭乱的变异和组合；相信中国文化在迈入巨变轨道之后，将显现出活泼的生活状态，它萌生于前所未有的生命源之中而充满生机。还有一种观点持平静分析的方式，认为在一个正常发展的社会中，精英文化和通俗文化各有其位置，也各有其不可替代的功能，所谓的雅俗对峙与竞争，不应该也不可能走向谁家的一统天下。以上各种对通俗文化的评论，同时隐含着或表明了论者对内蕴其中的人文精神的看法和态度。

我们认为，当今的文化发展，通俗文化和精英文化之间不适当比例的对峙，人文精神有很大一部分被歧视和冷落，每个有社会良知的人都会感到不安、不满，但是仅仅这种情绪化的反应并不能最终解决问题。问题的关键是如何重塑和完善人文精神。在商业社会的发达国家，虽然商业价值决定了文化倾向，精英文化被无所不在的视听和商业的陈述及广告所包围，但是精英文化依然得到商业的资助和社会的普遍尊重，它所体现的精神一直是对现世生活的不合理之处提出质疑。精英文化以其深刻的思想感情内涵和对国家、民族、人民、个体的高度责任感、使命感为特征，在社会文化格局中处于指导地位（其中包含对通俗文化的指导），因而加强精英文化及其人文精神的建设，也是完善的人文精神得以高度张扬的基本社会需要。

调整整体文化的不合理布局并弘扬人文精神，应依靠社会各方面的共同努力。首先，国家要制定更为合理的文化政策，正确的文化政策必将开创整体文化繁荣的局面。其次，作为文化创造和传播的主体——人文学者应保持独立人格，从“体制内的知识分子”的怪圈中挣脱出来，加强人文学科建设。再次，全社会各阶层应共同参与、努力，只有这样才能完成重塑和完善人文精神这一综合工程，使其由虚拟态过渡到现实态，使社会循着人文精神的光芒照耀而健康发展。

中　编

第十章

“至乐”的诱惑

追求幸福是人生在世的美好愿望，它代代相传，绵延不绝，赋予人生以不可或缺的价值和意义。快乐问题总是表现于人类生活中，人类的生活有两个方面：一方面是自然的，另一方面是伦理的。自然的是个人本性的生活，伦理的是社会的道德生活。儒家所讲求的齐家治国平天下就是以修身为基础，修身的本意就是排除自然人的情欲生活，建设伦理人的理智生活，儒家认为这才是人的幸福生活所在。而道家则提倡自然人的生活，认为“至乐无乐”，应该追求自由或审美的人生境界。

何谓“至乐”，对此的理解因人而异，联系具体的文学作品，对于至乐的叙述自然也就纷繁复杂了。对于至乐的不同叙述，实际上蕴涵着对欲望的调节和转换问题。这里我们将关注文学作品中道家思想对至乐欲望的叙述问题。

一、对“至乐”的理解

道家对于“至乐”的理解有两个传统：一是老庄的清静无为、节制欲望的思想，代表道家传统的主流；一是杨朱思想以及魏晋玄学的纵欲论，代表道家传统的支流。两者都主张遵循人的本性，要求人的生活顺应“自然”，但对于人的本性的理解却存在极大差别，老庄主张“见素抱朴”的素朴人性，而纵欲论者所言的人性则要求感官物质享乐能得到无限制的满足。

《庄子·至乐》对于至乐问题有专门的探讨，开篇就这样发问：到底有没有至极的欢乐的方法呢？如果有，要做些什么？依据是什么？追求什么？舍弃什么？《庄子》认为，世上人所尊贵的就是富有、华贵、长寿、善名，所享受的就是身体的安适、丰盛的饮食、华丽的服装、美好的颜色、悦耳的声音。人们一窝蜂地追逐这些欲望，专心致志得好像迫不得已，大家说这是快乐。然而，《庄子》对此提出了质疑，认为富者、贵者、烈士、忠谏者虽然满足了不同的欲望，但在保全、护养、完善生命这方面却有欠缺，因而提出“至乐无乐”的观点：“吾以无为诚乐矣，又俗之所大苦也。故曰：‘至乐无乐，至誉无誉。’”“至乐活身，唯无为几存。”[①]《庄子》认为清静无为才是真正的快乐，只有“无为”的生活方式才可以

① 《庄子·至乐》。

得到快乐。这种生活又是世俗人大感苦恼的，由此看出，他的快乐观与世俗人之间有着显著差别。

老子对“至乐”问题没有作直接的探讨，但庄子的核心思想就是来自老子学说。老子有“三宝说”：“一曰慈，二曰俭，三曰不敢为天下先。”[①] 老子把神秘抽象的道加以落实而提出“三宝说”，总体精神是要求人宽容谦让、无为不争，节制欲望。《老子》一书多处提到“欲”字，除了作为动词的“欲”之外，就是表示欲望意义的“欲”字，它清楚地表明了老子对人的欲望的理解和要求：“不见可欲，使民心不乱……常使民无知无欲。使夫智者不敢为也。为无为，则无不治。”[②] 老子认为，不显露那些可以引起欲望的事物，就能使百姓思想不乱。永远使百姓没有知识、没有欲望，那些聪明人就不敢随意有所作为。如果根据无为的原则治理天下，天下没有治理不好的。“绝巧弃利，盗贼无有。……见素抱朴，少思寡欲。”[③] 意为抛弃制作技巧和利禄，盗贼就不会产生。做人要行为单纯，内心淳朴，减少私心，降低欲望。“持而盈之，不如其已；揣而锐之，不可长保。金玉满堂，莫之能守；富贵而骄，自遗其咎。功遂身退，天之道也。”[④] 这是告诫人们不要过分追求欲望，要适可而止，因为“金玉满堂，莫之能守；富贵而骄，自遗其咎”。对于功名欲望也是这样，要“功遂身退”，而不要赖功名而享受之。这样才符合“道”的生活。“五色令人目盲；五音令人耳聋；五味令人口爽；驰骋畋猎，令人心发狂；难得之货，令人行妨。”[⑤] “色”、“音”、“味”一旦多了，就会招致“目盲”、“耳聋”、“口伤”。老子还认为驰马打猎使人精神失常，珍贵物品使人盗窃掠夺，因而反对纵情享乐，反对崇尚稀有之物。

庄子学说继承并发展了老子有关欲望的思想，也提倡对欲望进行节制。《庄子》提倡“达生”，“达生”就是要畅达生命，与身外的各种欲望划清界限。“达生之情者，不务生之所无以为；达命之情者，不务知之所

---

① 《老子·六十七章》。
② 《老子·三章》。
③ 《老子·十九章》。
④ 《老子·九章》。
⑤ 《老子·十二章》。

无奈何。……弃事则形不劳，遗生则精不亏。夫形全精复，与天为一。”①《庄子》认为，通达生命性情的，不追求生命所不必要的东西，如不重财物、名位、权势等；通达命运实况的，不追求命运所无可奈何的事务。认为舍弃俗事就能使身体不劳累，遗忘生命中的事务就能使精神不亏损；形体健全，精神充足，便和自然合而为一。

总之，“至乐无乐”就是以“无为”的生活方式，即不妄为，顺应自然，与天合一的生活方式，作为人生的至乐。所谓“无乐”，是说从世俗看来没有快乐，或者体察不出快乐，而不是真的没有任何快乐，只是这种快乐只有“清静无为”之人才能深切体会。天“无为”却自然清虚，地“无为”却自然宁静，天地“无为”而相合，万物乃变化生长。人作为宇宙中的“四大”之一，也应该和天、地一样“无为”处世，这样才能“活身”，才能得到“至乐”。这是不是说庄子彻底地抛弃了人的欲望呢？不是，庄子抛弃的只是世俗的欲望，而肯定的是顺应自然的、无为的欲望。“庄子并不能消解人的欲望，而只是消解了关于功名利禄等关于欲望的话语，并对人的本能欲望进行话语转移而将人的欲望集中于追求‘至乐’的审美人生。”② 或者说，他提倡的是“逍遥游”式的自由人生。

上述是道家主流传统的快乐观，另有杨朱思想以及魏晋玄学的纵欲论代表道家传统支流的快乐观。以玄学为核心的魏晋思想反对违反本性的人生伦理化，而要求那种人生自然化的解放生活，这种人生观彰显了人性的觉醒，使得人生有趣味，必须从虚伪束缚的生活中解脱出来，返回到真实自由的生活中去。魏晋人对人性觉醒的理解各有侧重，“逍遥论者是追求心灵的自由和满足，养生论者是追求心身的修养，纵欲论者是偏重官能的物质的快乐”③。

反映门阀士族需要的纵欲享乐主义思想在魏晋时代广为流传，对后世人也产生了极大的启发和影响。这种快乐观在《列子·杨朱篇》中有较为系统的阐述。首先，纵欲论者认为只有官能物质的快乐才是人生的本性，是人生真正的幸福和趣味：“丰屋、美服、原味、姣色，有此四者，何求

---

① 《庄子·达生》。

② 程文超：《意义的诱惑》，时代文艺出版社 1993 年版，第 181 页。

③ 刘大杰：《魏晋思想论》，上海古籍出版社 1998 年版，第 122 页。

于外？有此而外求者无厌之性。无厌之性，阴阳之蠹也。”[①] 这就是说，肉体感官的享乐就是一切。对于感官享乐应该是“肆之而已，勿壅勿阏”，“恣耳之所欲听，恣目之所欲视，恣鼻之所欲向，恣口之所欲言，恣体之所欲安，恣意之所欲行”[②]。这种思想和养生论者的观点显然不同，后者认为人生的本性只是清静素朴，所以要节情制物以养身。其次，纵欲论者认为人生是短暂的，所以人应当及时行乐。“百年，寿之大齐，得百年者千无一焉……则人之生也奚为哉？奚乐哉？为美厚尔，为声色尔。”[③] 再次，纵欲论者认为应该像太古之人一样“从心而动”：“从性而游，不逆万物所好，死后之名，非所取也，故不为刑所及。名誉先后，年命多少，非所量也。”[④] 纵欲论者认为，法律和道德不应成为纵欲享乐的障碍，甚至要排除对寿命长短的顾虑，活得越短越要纵情享乐。他们深知现世的快乐，远胜于死后的虚名。

二、“至乐”生活的想象

20 世纪对中国人来说是一个动荡不安、不断变革的年代，但快乐问题并没有因此而离开人们的生活半步。在文学叙事中，各种有关快乐的想象异彩纷呈，“无为”的道家快乐思想由于在中国人的心灵中扎根已久，自然就会通过作家的创作倾向和作品人物等表现出来。现代作家废名就是其中有代表性的一位，在文学史上他被称为“奇才”、“僻才”，他的作品对 20 世纪中国文学的现代性特征来说确实是一个异数，而与中国传统文化有着很深的渊源。这里只是关注他作品中表现出来的清远而幽玄的庄禅之道，以此来观察道家主流的快乐思想在 20 世纪文学中是如何被叙述的。

庄子和禅宗的影响在废名那里是合而为一的。在他的作品中，道家的影响主要体现在对陶渊明的仿效上。废名喜爱陶渊明的生活态度，喜欢他写生活写出了真实和真情，并说道：“躲起来写小说乃像古代的陶潜、李

---

① 《列子·杨朱》。
② 《列子·杨朱》。
③ 《列子·杨朱》。
④ 《列子·杨朱》。

商隐写诗。”① 废名与陶渊明写作的姿态和心态相似，即“躲起来”，以一种远离尘世、逃避生活的态度来写作。正如周作人在《竹林的故事·序》中所说的：“我不知怎的总是有点‘隐逸的’，有时候很想找一点温和的读，正如一个人喜欢在树荫下闲坐，虽然晒太阳也是一件快事。我读冯君的小说便是坐在树荫下的时候。”②周作人与废名的关系非同一般，他对废名小说的把握是真实而深刻的。

《竹林的故事》是废名的代表作，用冲淡、质朴的笔调讲述了一个发生在河边竹林的故事。故事虽然简单，却寄托了作者的生活理想和对人性的理解。小说开篇介绍了故事发生的环境：城外、河边、竹林、菜园，接着写“我们”为了买菜而结识了老程和他的女儿三姑娘。三姑娘就是小说的主人公，她单纯、孝顺、脱俗。小说着力描写了三姑娘看父亲捕鱼的场景，对堂嫂子们盛情邀看赛龙灯的拒绝，以及卖菜的场面。在三姑娘与父亲、母亲的关系中，主要体现了一种浓浓的亲情，但这种亲情并没有被渲染成合乎儒家文化的典范，而是突出它们的自然性。如小说写爸爸之死那一段，童年丧父是人生的一大悲哀，但小说并没有写这件事情使三姑娘伤心太久，而是“一天比一天淡薄起来……三姑娘才走到竹林那边，知道这里睡的是爸爸了。到后来，青草铺平了一切，连曾经有个爸爸这件事实几乎也没有了”。小说的这种叙述极力表现了生老病死是人的自然历程，死也只是“睡”而已，并不值得特别悲哀。在小说结尾，在叙述者“我们”的笔下，三姑娘的生活方式是宁静而温馨的，同时又是无为的，或者是合乎自然的。作品中飘散着淡淡的愁绪，但并没有破坏近乎桃花源式的生活氛围。

在《竹林的故事》中，三姑娘拒绝观看赛龙灯，是为了陪伴母亲，说那事是“成群打阵，好像是发了疯的”。此处除体现了母女相依的人情美外，也可以看出废名对宁静生活的欣赏。小说后来又写到：“三姑娘是这样淑静，愈走近我们，我们的热闹便愈是消灭下去。”可见，作者对“静”特别欣赏，写出了“静”之力量，“静”之美好。在废名的早期小说中，我们看不到当时作家所惯常表现的对现实世界的激烈抗争，感受到的尽是

---

① 废名：《废名小说选·序》，人民文学出版社 1957 年版。

② 周作人：《竹林的故事·序》，《废名小说》（下册），安徽文艺出版社 1997 年版，第 227 页。

宁静的禅境以及人生之喜悦。如在小说《桥》中，史家庄是古朴、宁静的地方，人们男耕女织，知足常乐，人性淳美。小林、琴子、细竹都是那样的天真、淳朴，大家和睦相处。这种生活也许大异于现实的乡村生活，可以看作是作者对理想生活的想象。在小说《菱荡》中，陶家村一年四季也是那样的宁静，深藏在茂密的树林之中，一道河水，一个水洲，使它远离县城的喧嚣与热闹。更主要的是，人与自然之间的和谐关系在这里凸显出来：菱荡人陈聋子朴拙浑厚，长年在荡里种菜浇水采菱，终日与野花为伴，与水鸟神游。他孤身一人，一无所求，也不知忧虑为何物，离尘出世，超然物外。从这里可以看出作品对皈依大自然，顺乎本然人性的老庄思想的热心表现。小说《浣衣母》写的是一个女人死去了丈夫，独自带着三个孩子的苦乐人生，小说没有极力渲染其中的悲苦和辛酸，而是更多地写了她人生中的苦中之乐、悲中之喜。在这平凡的人生书写中，寄托着作者对美好人性的追求和对快乐生活的理解。所谓快乐就是顺应自然，而不是过于悲戚，应以恬淡、坦然的心境应对一切悲欢离合。

总而言之，废名田园小说的中心内容就是捕捉古老田园的遗风，描写哀而不伤的故事，塑造安于自然、达观洒脱的人物。在他的小说中，没有激烈的矛盾冲突和曲折离奇的故事情节，只是写一些极为平常的人和事，乡间老少男女的劳作娱乐、坐卧行走，写出了陶渊明用诗表达的桃花源境界。诚如周作人所言："冯君的小说我并不觉得是逃避现实的，他所描写的不是什么大悲剧大喜剧，只是平凡的人的平凡的生活——这却正是现实。"① 废名的这种现实确实存在于生活中，但他对此种题材、主题的偏爱显然包含了一种思想倾向和审美趣味，也包含着一种文化意义，正是在田园小说的叙事中，废名表达了道家无为的快乐思想。

三、自由人生的追求

至乐在道家那里体现为对无为生活的想象，与此相关，也体现为对自由人生的追求。在老子"自然无为"的思想中就蕴涵着自由的内核，这一

① 周作人：《竹林的故事·序》，《废名小说》（下册），安徽文艺出版社 1997 年版，第 227 页。

思想较少被后世注意或强调，直到现代自由主义思想在中国传播，人们才注意到老子“道法自然”的思想就蕴涵了对自由的重视。道家的另一个代表人物庄子则明确提出了“自由”问题，庄子是用“逍遥”来称呼“自由”的。其实“自由”思想是道家哲学一开始就包藏的内涵，如果把老子的哲学向前引申，自然就会得到“人的自由”这个思想。这项工作由庄子最终完成了，所以后世谈论自由，多谈论庄子的言论，而少有人从“道”这个核心概念，从老子的最初阐述中发掘自由内涵的。庄子的自由或逍遥是指精神的自由，与现代自由主义的自由权利思想是有很大差异的。道家的“自由”实质上是“道本体论”上的，而人的精神自由效法的就是道本体论上的自由。

庄子指出了实现自由的具体方式。在庄子看来，自由就在于无为，在于顺应自然。人之所以不自由，正是因为人太“有为”，太执著于功名利禄，只有破除“有为”，才能不为外物所役，才能体会到自由。怎样才能达到精神的自由境界呢？庄子认为，只有通过“心斋”、“坐忘”等具体方式，才能回复到人的自由天性，达到与天道合一的自由境界。做到“心斋”，就能忘掉自我，听任万物往来，在心灵的极端空虚状态下，直观宇宙之道。“坐忘”就是要遗忘自己的躯体，退除听觉和视觉，脱离身体并抛却知识，从而和大道融通为一。

庄子所说的自由有“有待”和“无待”两种，在现实生活之中只有“有待”的自由，“无待”的自由存在于人的思想意识中。在庄子看来，超脱了生死、利害、是非，就是自由理想的人生境界，就像“相忘于江湖”的鱼那样，怡然自得地在江湖中自由遨游。只有在思想意识中，通过“心斋”、“坐忘”，做到“无名、无己、无功”，达到“是非不得于身”、“死生不变于己”，“不知利害”，才能实现“无待”这种绝对的自由。庄子所推崇的理想人格是“至人”、“神人”、“圣人”、“真人”。至人无己，他不感到自己存在；神人无功，不去追求功名利禄；圣人无名，可以不顾别人对自己的褒贬毁誉；还有“真人”，即“天人”，他是“以天为宗”，与天为徒，与天合一。在庄子看来，这些人的精神都是自由的，达到无条件的绝对自由，是“无待”的自由。

道家的精神自由思想对20世纪的中国文学产生了巨大的影响，现以五四时期的郭沫若为例加以分析。郭沫若对道家的思想有“抑老扬庄”的倾向。[①] 他早年多次说过“我特别喜爱庄子”[②] 的话，“起初是喜欢他那汪洋恣肆的文章，后来也渐渐为他那形而上的思想所陶醉”[③]。在他看来，“庄子并不是纯粹忘情于人世的人。他是不满于他所处的时代为一时的小利小害和相对的是非得失而起的扰攘争夺，因而他要寻求一个绝对的真理来，泯是非，忘利害，整齐一切。……尤其像他那样建立了一个完整的思想体系，以思想家而兼文章家的人，在中国古代哲人中实在是绝无仅有”[④]。郭沫若在十三四岁就开始接触《庄子》，在先秦诸子学说中《庄子》是最早阅读的。富于浪漫诗人气质的他和追求精神自由的庄子哲学一拍即合，早年的他就表现出某种倜傥不羁、愤世嫉俗的道家做派。对庄子的推崇和接受，在郭沫若的文学思想和文学创作中有比较突出的表现。

郭沫若是创造社的代表人物，也是在中国现代文学开创时期作出重大贡献的诗人、作家。创造社一派作家的个性意识都非常强烈，他们的文艺思想、创作倾向都具有鲜明的浪漫主义特色。在文学主张上，他们强调文学要本着“内心的要求”，注重自我的表现和感情的自然流露。从这种表现自我的主张出发，在表现手法上，则不注重冷静的客观描绘，而强调主观抒情的浓烈色彩，“想怎么样就怎么样”，要求排斥理智的所谓“绝对自由”。郭沫若的这种文学观在早期诗歌中表现为汪洋恣肆、狂飙突进的浪漫风格。在五四时期，郭沫若是一个泛神论者。泛神论是从16世纪开始流行于欧洲大陆的一种哲学学说。它否认世界上存在超自然的主宰和精神力量，认为宇宙本体是神，神存在于自然万物之中。“泛神论思想一接近，便又把少年时分所喜欢的《庄子》再发现了。”[⑤] 他明确地表明“在二十年前曾经讴歌过泛神论，事实上是从这儿滥觞出来的”[⑥]。

在郭沫若的第一本诗集《女神》中有一首叫《三个泛神论者》，该诗

---

① 杨义：《道家文化与中国现代文学》，《中国社会科学》1997年第2期。

② 郭沫若：《少年时代》，人民文学出版社1979年版，第279页。

③ 郭沫若：《十批判书·后记》，东方出版社1996年版，第488页。

④ 郭沫若：《庄子与鲁迅》，《郭沫若全集》（第19卷），人民文学出版社1992年版，第64~67页。

⑤ 郭沫若：《学生时代》，人民文学出版社1982年版，第57页。

⑥ 郭沫若：《十批判书·后记》，东方出版社1996年版，第488页。

后两节是赞颂荷兰的斯宾诺莎（Spinoza）和印度的卡比尔（Kabir）的，首节则是赞颂庄子的：“我爱我国的庄子，/因为我爱他的Pantheism，/因为我爱他是靠打草鞋吃饭的人。”在五四时期，郭沫若在文学创作中表达了那种桀骜不驯、蔑视平庸、不愿平凡的人生追求。如在《孤竹君二子》中借人物之口说：“假使是有上帝，我们只要循着自己的本性生活，不为一切人为的桎梏的奴隶的时候，那便什么人都是上帝了。”再比如在《梅花树下醉歌》中写道：“梅花呀！梅花呀！/我赞美你！/我赞美我自己！/我赞美这自我表现的全宇宙的本体！/还有什么你？/还有什么我？/还有什么古人？/还有什么异邦的名所？/一切的偶像都在我面前毁破！破！破！破！”郭沫若在歌颂“我”和宇宙统一的本体时，要破坏一切除这本体之外不存在的偶像，声称：“我又是个偶像破坏者哟！”在《凤凰涅槃》中唱道：“火便是你。/火便是我。/火便是他。”郭沫若还塑造了吞日月、星球、宇宙的“天狗”形象，以及“站在地球边上放号”的“开辟鸿荒的大我”形象。这些都是郭沫若泛神论思想的表现。“泛神论所谓的‘神’也就是庄子的‘道’，泛神论的所谓‘我即是神’也就是庄子的‘天地与我并生，而万物与我为一。’”① 考察其思想渊源，郭沫若这种自由的个性意识一方面受到了西方浪漫主义哲学和文学的影响，另一方面则叠现着庄子以及受到庄子浸染的中国传统士大夫的影像。不论是庄子的“任其性命之情”，还是“竹林七子”的卓然不群、任情不羁，也不论是李白的“一生傲岸苦不谐”，还是黄景仁的“野性束缚难为堪”，都是一种追求不加任何伪饰地表现自己的真情，反对强加于人性的任何约束的个体精神自由。可以说，这种思想精神传统在郭沫若五四时期的人生追求过程中和文学创作中都得到比较显明的表现，是西方现代思想和中国道家思想的有机融通。

道家对自由人生的设想同样对新时期的文学创作产生了显在或潜在的影响，在一些作家的作品中就表现出对自由精神和自由人生的追求，不可否认它与道家思想传统有着悠远的联系。现以阿城的《孩子王》和李杭育的《最后一个渔佬儿》为例进行分析，由此窥见全豹之一斑。

阿城的中篇小说《孩子王》不仅写了文化的匮乏，也写了精神世界的

---

① 税海模：《郭沫若与道家文化》，《贵州社会科学》1992年第6期。

充实。文化的匮乏表现在：只念了一年高中的“我”去教初三的语文课；整个学校除了负责人之外，没有一人有汉语字典；学生没有课本，只能把课文抄在本子上；学生念了八年书，却识不了多少字，写作文只能一字不差地抄社论，等等。这篇小说并不只是展现文化的匮乏，更主要的是表现精神世界的充实，如“我”执著地按照自己的理想教书，以及学生王福对知识的渴求，等等。小说在描写“我”、王福等精神世界充实的同时，也描写了“我”为克服文化匮乏所作的努力，实际上也是克服精神的匮乏，从而表达了张扬精神自由的主题。

“我”对精神自由的追求体现在三个方面：第一，对学校教育的反思。如“我”发现学生学了八年却识字不多，因而认定学生要“以识字为本”；学生的作文“常常仅有几十个字，中间多是时尚的语句，读起来令人瞌睡”，这时“我”渐渐怀疑学生们写这些东西于将来有什么用；“我”对语文课和政治课没有区别，没有提出质疑；当听说总场教育科要整顿“我”的教法时，不怕别人说自己是“瞎教”，也不理会别人“你要小心”的提醒，而是坚持自己的理想教书；当总场教育科停“我”的职时，我没有犹豫，决定马上离开，并不因为失去令其他知青羡慕的工作而感到后悔。第二，对个人价值的尊重。允许学生（如王福）参与教学改进；要求学生们写作文不能抄社论，要写自己的事情；对王福的好学大加鼓励和支持；离开学校后，把称作“圣物”的字典送给了王福。第三，对本真人性的追求。如初到学校教书时，“我”诚实面对学生的问题，并听取学生的意见；“我”在来娣、学生、老师面前说真话，不掩饰自己的短处；还敢于反思并疏离当时虚伪的政治习气。总之，在“我”追求精神自由的同时，也把这种自由精神传给自己的学生，期望他们重视日常生活的个人体验和个体生命的价值，这种期望贯彻于“我”具体的教学行为中。在精神桎梏、“政治挂帅”的年代，任何对精神自由的向往都被理解成大逆不道的行为，因而，“我”的这些思想和行为就显得尤其难能可贵，同时“我”对精神自由的追求是冒了很大风险的，但“我”并不在乎，显示出“我”追求精神自由的坚定性。

在《最后一个渔佬儿》中，小说的主人公福奎在葛川江被污染，鱼儿少得可怜的日子里，仍然以捕鱼为生，他似乎是一个不识时务的人，但却表现出精神自由的一面。当年江里有鱼，壶里有酒，他甚至可以和素昧平生的大首长一起喝酒拉家常。如今他宁愿放弃岸上可能有的稳定职业，也不愿为此去巴结做着小官的外甥。他的旧日相好也将离开他，他的态度是“你爱嫁谁就嫁谁，我管不着”。他现在只能捕到“小不点儿的鸡毛鱼”，他为此害羞，同时也舍不得撒网。但这种淳朴的生活方式已经难以保持下去了，最后他想到了死，只“情愿死在船上，死在这条像个娇媚的小荡妇似的迷住了他的大江里”。

《最后一个渔佬儿》中的福奎和《孩子王》中的“我”对精神自由和自由人生的追求与道家有关人生的思想是相一致的。庄子的一个重要思想是“法天贵真”[①]，“无以人灭天”[②]，意思就是效法自然，提倡本真，反对人为地毁灭自然。庄子认为，“真者，所以受于天也，自然不可易也”。就是说，真性是自然形成的，是从“天”那里承接而来的，并不是“人为”能造就的。人一旦法天贵真，无为无造，就能获得自由。庄子反对“人为物役”，重视人格独立和个人价值，追求精神超越的自由境界。他不愿意做享受千金的卿相，不愿意做死而留贵的神龟，而宁愿追求独立的生活。庄子对个体价值、独立生活的提倡，与他效法自然的自由思想是紧密联系的，因为自由首先是个人的自由，然后才会有集体的自由、社会的自由。福奎对世俗价值的蔑视，对独立人生的追求，以及“我”追求思想独立、淡泊名利、尊重个体生命的价值和日常生活的意义，都与庄子对自由人生的思想相通。

---

① 《庄子·渔父》。

② 《庄子·秋水》。

第十一章

仁义、现代性与欲望

寻根文学滥觞于1982年，到1985年经过一批中青年作家的热烈倡导被推向了高潮。王安忆虽然没有提出什么有关寻根的理论，但她当时的创作实绩却显示出鲜明的寻根特色。这一次文学思潮力图“回到文学自身”，在传统文化和民间文化里寻找思想和艺术资源，把几乎委顿的文学接上“文化之根”，并开始表现出与社会主流意识形态的疏离。

走上寻根之路的各个作家的个人背景是不同的，王安忆有一个明显的创作转向过程。王安忆最初的创作如《雯雯的情绪天地》，带有浓厚的理想主义色彩，作品的意蕴较浅，人物形象较单薄。但在1984年之后发生了巨大变化，主要原因是她在美国的跨文化生活激活了她的艺术感觉，“美国之行为我提供了一副新的眼光……再回头看看中国，我们就会在原以为很平常的生活中看出很多不平常来”①。正是在西方文化的参照下，王安忆感悟到了中国文化的独到之处，理解了儒家文化在当代社会主义意识形态批判和整合中的深层力量和变迁踪迹。王安忆本人对《小鲍庄》这篇作品一再说有遗憾，但毕竟还是有“奇怪的满足感”②。“写着时，渐渐有些违背初衷，这也是真实的。”③ 这说明她有了新的创造和发现。

我们通过对《小鲍庄》及其评论的再解读，试图揭示三个问题：一是仁义欲望和本能欲望的冲突表现以及正确把握欲望结构的方法；二是“君子”兼“少年英雄”涝渣的欲望结构及其被主流话语改造的过程；三是现代性欲望话语改造仁义欲望话语并建构当代历史文化的策略。总体来说，我们通过这种再解读，试图窥见中国传统文化中的儒家文化对20世纪中国文学叙事的进入以及隐藏在文本中的欲望叙述策略。在此先作声明，王安忆只有个别创作涉足文学寻根，且特别引人注目，这里没有把王安忆当作寻根作家的意图，至多将她划入寻根外围作家的行列。④

---

① 《〈小鲍庄〉·文学虚构·都市风格——青年作家王安忆与复旦大学中文系学生对话》，《语文导报》1987年第4期。

② 王安忆：《我写〈小鲍庄〉》，《光明日报》1985年8月15日。

③ 王安忆：《再谈〈小鲍庄〉》，《中篇小说选刊》1986年第6期。

④ 李洁非：《寻根文学：更新的开始（1984—1985）》，《当代作家评论》1995年第4期。该文把寻根作家区分为主流作家和外围作家。

一、对“仁义”的重新解读

“仁”的观念参与了中华文明在政治、文化、伦理道德等各个方面的建构，几千年来基本处于主流话语的地位，但在当代中国却中断了几十年。这种思想观念最早由孔子总结周礼和痛感“礼崩乐坏”而正式提出，并上升到社会政治伦理思想的核心和最高范畴。中国先哲发现了人的“非善性”[①] 之后，提出了自己的解决办法。人的欲望不可压制，总在寻找宣泄和膨胀的机会，先秦儒家创始人孔子用“仁”的理念对欲望巧妙地进行了话语转换。所谓“仁者爱人”[②]，就是“仁”、“爱人”成为“人”的基本要求，但人有多种，怎样使“仁”成为所有人的自觉追求呢？于是孔子把人分为君子和小人两类，在君子之上还有贤人和圣人作为人更高的典范，而君子则是所有人在世间的人格理想。对于君子，孔子及后来的儒家思想家提出了一系列为人处世的要求。由“仁”这一美德转化为“君子”这一人格理想，实际上就是把道德规范变成了人的内在欲求。[③] 而对人的分类，实际上就是把欲望设置了等级，提倡和肯定高等级的同时，压制和鄙视低等级的欲望，这样使君子的内在欲求同时有了外在规范的压力。至于“义”，常常和“仁”合起来用，但有它的特定含义。“义”主要指道义，与“利”相对，孔子说：“君子喻于义，小人喻于利。”[④] 在儒家眼里，君子即人的理想人格，就要“重义轻利”，要“杀身成仁”，“舍生取义”。“仁”和“义”都是君子的人格特性和基本追求。

19 世纪中叶以后，因为外国列强的侵入和欺凌，中国一批仁人志士开始向西方寻找救国真理，开始了中国的现代性建设，中国的传统文化特别

---

① 程文超：《意义的诱惑》，时代文艺出版社 1993 年版，第 174 页。该书提出“非善性”说。“西方人在认识、征服自然的过程中发现了人的理性能力的有限性，中国人则在追求和谐幸福之时发现了人的非善性。……非善性是对人的本能、欲望的负面价值的思考。”

② 《论语·颜渊》。

③ 程文超：《意义的诱惑》，时代文艺出版社 1993 年版，第 174 页。

④ 《论语·里仁》。

是儒家、道家文化，越来越被社会的主流思潮所看轻和鄙视。[①] 五四以文化激进主义的姿态打出反封建的旗帜，儒家文化被认定为旧文化，作为批判的对象。中华人民共和国的成立标志着中国历史上第二个现代意义上的国家诞生。由于意识形态建设的需要，对传统文化加紧了批判和清除，包括儒家文化在内的传统文化实际上逐渐成为封建性的代名词。

当我们站在20世纪80年代前期这个历史的时间点上，环绕我们周围的文化语境是什么呢？有两点是很明确的，也是我们理解那个时代的关键。一方面，传统文化在文化传承和现代性追求的层面上都已经与我们疏远，在人们的心目中是负面的，是应该抛弃的东西。尽管毛泽东曾经提出"古为今用"，批判地继承传统文化的文化方针，但在实际操作上，特别是在"文革"时期，却批判有余，曲解有余。另一方面，历史刚刚开始解冻，思想解放的潮流涌动着，正飞快地改变着人们的思想意识、价值观。可以说，马克思的重新解释、五四传统的重新接续、西方文化的重新进入、传统文化的重新探讨，正好组成了那个时代的文化景观。

寻根文学的出现，鲜明地扛起为文学接续"文化之根"的旗帜。"文学有根，文学之根应深植于民族传统文化的土壤里，根不深，则叶难茂。"[②] 对于儒家传统文化，各个作家的看法是不一样的，有的甚至认为"中国的文化形态以儒学为本。儒家的哲学浅薄、平庸，却非常实用。孔孟之学不外乎政治和伦理，一心治国安邦，教化世风，便无暇顾及本质上是浪漫的文学艺术。"[③] 王安忆创作的《小鲍庄》讲述了有关仁义的故事，着重表现了儒家的仁义观念在当代民间社会的影响和变迁。它对仁义的多角度透视，使我们的文学重新有了对儒家文化的审视和关注。虽然作家自称有反讽的意味，"但我细看作家描写涝渣的笔墨，似乎不太像笔带讽意"[④]。王安忆讽刺的不是真的仁义，而是假的仁义，这样的说法更符合作品的实际效果。

---

① 陈平原：《文化·寻根·语码》，《读书》1986年第1期。该文指出"五四作家借助西方科学、民主精神彻底反封建，可反儒、道不反佛、墨（如鲁迅、周作人等；吴虞则以道反儒）"。

② 韩少功：《文学的"根"》，《作家》1985年第4期。

③ 李杭育：《理一理我们的"根"》，《作家》1985年第9期。

④ 曾镇南：《读〈小鲍庄〉》，《小说林》1986年第6期。

《小鲍庄》发表之后引起了巨大的反响，对它的专题评论先后有三十多篇。各种分析对小鲍庄主题和内容的解读很有意味。有用原罪、赎罪意识解读作品的（陈思和），[①] 有用自我实现解读捞渣命运的（畅广元），[②] 有用人道主义解读作品的仁义观念的（洁泯），[③] 不一而足。“仁义”如何在批评家那里得到解读和阐释，隐藏着时代的知识文化背景和对“仁义”的价值判断。“仁义”被迫用来自西方的话语进行解释，是因为它已经失去了自己解释自己的权利，也就是说失去了曾经拥有的话语合法性，并且在80年代前期它依然没有获得话语重建的力量。同时也隐藏着这样的文化态度，仁义要被西方标准改造，才有谈论的意义。

二、小鲍庄：仁义与本能的冲突

王安忆在《小鲍庄》中着重写了仁义。作品所表现的小鲍庄的生活显然是在社会主义时期。社会主义意识形态对中国广大农村精神世界的改造是巨大的，但作品里的农村却保留着传统的文化形态，社会主义的思想观念和价值观在他们的心目中处在非常边缘的地位。在现实中这样的农村不能说没有。仁义在这里成了主要的表现对象，是寻根文学的策略，是王安忆的叙述策略。在这里，包括儒家文化在内的传统文化重新回到中国当代文学中来了。这篇作品贯穿了作家对仁义观念和欲望在当代的表现形态和可能性的思考。在作品中，一些批评家看到了“仁义”的虚假性和病态性，进而开始了对“仁义”的讽刺和否定，到底应该怎样理解和判断这一

① 陈思和：《双重迭影·深层象征——谈〈小鲍庄〉里的神话模式》，《当代作家评论》1986年第1期。该文认为，小鲍庄故事有两个关键人物，一个是小鲍庄的祖先治水不成的官，另一个是捞渣，“一个象征着小鲍庄苦难的开始，另一个象征着小鲍庄苦难的结束；一个象征着人类的原罪，另一个象征着人类的赎罪”。

② 畅广元：《〈小鲍庄〉心理谈》，《当代作家评论》1986年第1期。该文认为，洪水来临时，“捞渣的心理状态绝不仅仅是求生的本能的冲动，不是作为人的动机从最高层次降落到最底层次，而是实实在在地向真正人的动机最高层次的升华：以短短的生命完成了自我实现”。

③ 洁泯：《〈小鲍庄〉散论》，《当代作家评论》1986年第1期。该文指出，小鲍庄“透露出那种朴素的人道主义素质”，“捞渣拯救鲍五爷的舍身精神，无疑是小说的高潮，也是人道主义的高层次描写”。

问题呢？

我们先看一下仁义的正面表现。作品中小鲍庄人是非常讲仁义的。“小鲍庄真是个重仁重义的庄子，祖祖辈辈，不敬富，不畏势，就是敬重个仁义。”仁义的内涵包括爱别人、帮助人、同情心、守信义、见义勇为、舍己救人等。鲍仁山家里的要生孩子，他家既来了女人，也来了男人，这种帮忙和关照是出于仁义；鲍五爷死了孙子，成了老绝户，村里人流泪和保证供养是出于仁义；大姑把捡来的弃婴抚养成人是出于仁义；小翠流落到小鲍庄，为鲍仁山所收留是出于仁义；鲍秉德不忍心把疯妻离了，也是出于仁义。就是这样讲仁义的村庄，人们同样做一些看来不仁义的事，这是批评家批判和否定仁义价值的缘由。其实这应该从欲望实现的层次上去分析和看待。一些在批评家看来是“仁义”的虚伪性和病态性的地方，实际上是仁义与本能的冲突表现，这里应该把仁义和本能区分开来，不能搅混在一起。不能因为仁义之外的原因，而将仁义的合理内核抛弃了。

欲望结构是多层次的，在一般人（正常人）那里，求生（食）、性（色）、安全、种的延续等欲望是最基本的，是本能。其次才是仁义。对仁义的肯定在中国传统文化里几乎成了集体无意识，也是人们的基本欲望，是一种内在欲求。但是在很多时候，仁义欲望是要让位于比它更基本的欲望的。只有彻底的君子，真正的圣人，才会把仁义作为最基本的欲望，而压制其他欲望的复位。

在洪水到来时，对于鲍五爷，无人过问，却只有涝渣为救他而死，有人不禁质疑：“我不明白庄中那么多重仁义的大人为什么竟然没有一个在洪水袭来时想到鲍五爷而把行大仁义的机会让给一个稚子。我更不明白他们还居然能面无惭色地为这个死去的仁义孩子送葬。”① 其实在这里，小鲍庄人求生的本能战胜了仁义的欲求，不经历现场的混乱和危险，指责他们的不义和怯懦是没有意义的，也是不负责任的。当小鲍庄的大人们后来发现涝渣为仁义而死，悲痛地去送葬，也是出于真诚的敬佩。鲍秉德的妻子每次怀的都是死胎，人们暗地传着怪话，一旦这女人疯了，怪话也就没有了，因此，有人说小鲍庄人，“为了维护仁义，可以传播莫须有的流言飞

---

① 曾镇南：《读〈小鲍庄〉》，《小说林》1986 年第 6 期。

语，同样为了仁义，又可以自行终止这种传播”[①]。其实前者是出于对种的延续的维护，是本能在起作用；后者出于对弱者的同情，是仁义在起作用。还有鲍秉德打妻子，是出于对断子绝孙的恐惧和对个人自尊的本能维护。拾来的挨打，则是出于家族安全的考虑。从现在看来，这些是不符合人道的。小鲍庄人显然还属于那个过去时代的人，他们的本能还没有被现代文明所改造。他们虽然讲仁义，但他们并不是真的“君子”，“君子”只是他们的文化要求他们达到的目标，真的“君子”事实上只有一个，就是捞渣。

小鲍庄人对性或爱情的追求也体现了仁义与本能的冲突，这时本能欲望优先于仁义欲望。中国儒家传统文化总体上说是压抑“性”本能的，但在现实生活中，一些人打破了这种外在规范，所以拾来和二婶可以不顾仁义之村人们的反对而结合，小翠可以鼓动文化子冲破礼教的束缚，鲍秉德可以在疯妻死后不久就再娶，但在内心他们还是感到了礼教和仁义的压力。只有小翠是一个例外，她是有个性解放、恋爱自由观念的女性，她的精神是属于现代社会的。她和捞渣一样几乎是按自己的天性来活着，她对知识的好奇和感悟能力进一步完善了她的个性，她对爱情的追求最终也有了满意的结果。她还和鲍仁文一样，是主动追求自我实现的人，只是目标不同而已。

三、捞渣：君子与英雄

谈捞渣不能不提到小鲍庄的祖先——治水不成的官，因为是他选择了小鲍庄的地理位置，也决定了它的历史文化走向。更重要的是在小说中，治水不成的官和捞渣都是小鲍庄仁义的代表，是村庄历史建构的关键人物。“一头一尾，一个象征着小鲍庄苦难的开始，另一个象征着小鲍庄苦难的结束；一个象征着人类的原罪，另一个象征着人类的赎罪。”[②] 捞渣用自己的仁义和生命拯救了小鲍庄，改变了小鲍庄的命运。

---

① 畅广元：《〈小鲍庄〉心理谈》，《当代作家评论》1986 年第 1 期。

② 陈思和：《双重迭影·深层象征——谈〈小鲍庄〉里的神话模式》，《当代作家评论》1986 年第 1 期。

捞渣的仁义和小鲍庄其他人的仁义是有所不同的，不是表现在它的内涵上，而是表现在欲望结构和层次上。在捞渣那里，仁义是最基本的欲望，是和本能一样的欲望，它比求生欲望、性欲望、安全欲望、成功欲望等都重要。而其他人的欲望层次就不一样，其他人的欲望层次首先是求生（食）、性（色）、安全等，然后才是仁义（即爱与被爱）、成功等。在小说中，作者让捞渣从一降生下来就与常人不同，在他的心中置入了仁义的欲望，使生理需求让位于伦理需求，使伦理成为本能的一部分，而且是最重要的一部分。从这个角度去理解，捞渣的行为就很好理解了。他尊老，用天真的热诚冰释了鲍五爷的怨隙；他敬兄，把读书求学的机会让给哥哥；他爱友，不愿为一时的输赢伤了小伙伴的心；他爱一切生命，当哥哥给他逮来叫天子时，玩了半天就放生了。他的一些做法连大人都不能理解，如鲍五爷对他故意输给小伙伴就感到不解，就是因为他们欲望的结构层次不一样。有人说，捞渣追求的是“自我实现”，[①] 这是不符合捞渣的实际的。虽然五四以来“仁义”的核心思想没有被抛弃，而是用话语进行了转换，被纳入人道主义、社会主义现代话语形式，但内涵毕竟完全相同。小鲍庄是传统文化一度主宰的村庄，在捞渣心目中想到的并没有“自我”，中国儒家文化不谈“自我”的价值，而是强调用仁义处理人与人之间的关系。

捞渣是孩子的特例，他是天生的“君子”，是本能的“君子”。捞渣如果不死，一直发展下去显然会成为“圣人”。看到这一点其实很重要。捞渣不是普通的孩子，这样的孩子是作者用话语造就的，是把仁义化为内在欲求，以至化为本能的孩子。有人说：“我实在不喜欢这样谦谦礼让，缺少儿童活力的小君子。”[②] 之所以这么说，是因为我们现在的价值观变了，我们已经变为正常欲望的人，变成尊重个人价值的人和把个人价值看得高于集体、社会价值的人。

捞渣是“君子”，是“潜在的圣人”。他的作用在作品中被淋漓尽致地表现了出来。他用自己年幼的生命救赎了村庄的众人，改变了大家的命运。他们摆脱苦难命运的方式是各种各样的。鲍五爷在洪水中结束了孤苦

---

① 畅广元：《〈小鲍庄〉心理谈》，《当代作家评论》1986 年第 1 期。

② 曾镇南：《读〈小鲍庄〉》，《小说林》1986 年第 6 期。

的生活；鲍秉德在疯妻被洪水淹死之后续娶并得子；鲍仁文从捞渣那里获得灵感，并获得了被主流社会接受的机会；紧接着建设子当上了工人，文化子与小翠的爱情没有了障碍，有情人终成眷属；连一向被人瞧不起的拾来，也因为打捞过捞渣的尸体而获得自尊。捞渣死后被评为少年英雄，也让整个村庄得到了意外的荣耀，有了接触外界的机会。

捞渣在救赎别人的时候，自己由小“君子”被改造为少年“英雄”。在这一改造过程中，很多地方读来觉得滑稽，王安忆对意识形态和仁义的反讽意味也由此流露出来。“王安忆含蓄地完成了对这种以仁义为核心的文化价值观的话语解构”①，其实对于当代的意义，它更重要的是对意识形态的操作方法的解构。捞渣死后，鲍仁文把他的事迹写成报告文学，投稿到报刊，终于得到了地区党报的重视。捞渣被改写成“鲍山下的小英雄”。之后省报记者也来了，对鲍仁平（捞渣的学名）做好事的动机进行了追问，对他成长过程的教育和影响进行了追问。在小鲍庄人看来，捞渣就是讲仁义、懂事的孩子，再没有其他的特别。而在省报的报道里，捞渣被说成受了老革命鲍彦荣的精神影响。于是在这里，仁义被忽略被改造，被纳入主流意识形态的话语空间中。再后来，鲍仁文要把捞渣的事迹写成一本书，代表地方意识形态的最高权威的县委书记拜访了英雄的父母，捞渣被省团委正式评为少年英雄，他的坟迁到村子的正中央，并树起“永垂不朽”的纪念碑。这种做法打破了死人只能葬在人的居住地之外（如山上）的习俗，英雄以新的形式参与了小鲍庄人每天的生活。作为英雄的捞渣成了小鲍庄人（还有其他村庄的人）精神建构的力量，成了人们欲望追求的现实标尺。

其实，把做“君子”转化为人的欲望，与把“向英雄学习”变成人的欲望——两种话语转换的策略是相同的。当“英雄”从普通人中挑选出来的时候，英雄本人就要面临巨大的压力，人们对他的一言一行也要注视和考验，英雄的现实行为和他的“英雄形象”也会出现反差。所以，意识形态总喜欢把死去的“好人”树立为英雄，这就避免了很多麻烦，也容易维持“英雄形象”的同一性。对于捞渣的“英雄”形象的塑造也不例外。

---

① 季红真：《民族历史生存的寓言——谈〈小鲍庄〉》，《当代作家评论》1995年第6期。

四、“文疯子”：反抗者和改造者

“文疯子”的真名叫鲍仁文，“文疯子”只是小鲍庄的村民送给他的绰号。送他这么个绰号，当然表现了小鲍庄人对他的行为的价值判断。他对大家来说是一个异己分子，是一个与大家不同的人，而且他的这种不同是一种不正常状态。他的存在侵犯了他们从祖先那里承继过来的为人处世的价值观念，对他们的生活构成了潜在的危险，这种危险还没有大到不可收拾的地步，但得防着他，免得自己的孩子“向他学坏”。

就是这么一个人，一个被看作“文疯子”的人，后来在小鲍庄人的命运改变中发挥了巨大作用。在批评界，对于鲍仁文的看法基本上有三种。一种看法认为鲍仁文是一个向往现代文明的人，但又知之不多，显得可笑，他力求摆脱旧路而不能。[①] 这里显然把他看作一个无关紧要的人物，是受现代文明熏陶的一个人，但又离真正的现代文明很远。另一种看法认为鲍仁文是受了标准的文学观念熏陶的人，他既想让新四军战士鲍彦荣按照他的写作意图就范，又在拾来与二婶的关系上对活生生的人性视而不见。[②] 这种看法指出了人物的行为方式与当时的时代思潮的联系，却对人物的行为动机缺乏同情。还有一种看法认为鲍仁文是小鲍庄上唯一敢明确重视个人价值的人，是努力满足自我实现的人。[③] 这三种看法都接触到了问题的一部分，对《小鲍庄》的主题分析很有认识价值，但由于历史的局限性，这种看法又显得远远不够。

其实，鲍仁文是对小鲍庄进行现代改造的关键人物之一。对于捞渣的关键作用，人们已经注意到了，但对这么一个“文疯子”的关键作用却忽视了。只有看到了鲍仁文的作用，我们才会更深切地认识到《小鲍庄》这部作品的意义，不仅仅是对儒家仁义观念的现代寻根和解读，更重要的，

---

① 李墨：《对民族心灵结构的深刻剖析》，《青年评论家》1985 年第 11 期。
② 李洁非、张陵：《“小鲍庄”与我们的“理论”》，《文学自由谈》1985 年创刊号。
③ 畅广元：《〈小鲍庄〉心理谈》，《当代作家评论》1986 年第 1 期。

它是对当代社会文化发展的寓言书写，[①] 展现了中国当代现代性建设的踪迹和缺失。

鲍仁文参与了把小鲍庄由仁义欲望转化为现代性欲望的过程，起了推波助澜的作用。在追求自我实现的过程中，他和主流意识形态一起，通过对涝渣的功能解读和话语转换，改造了封闭、平静的小鲍庄，开始建构小鲍庄新的历史文化。不可否认，在这一过程中，他是一个不自觉的摸索者。在作品中，他首先是传统仁义观念和传统价值观的反抗者，后来才变成它们的改造者。

作为反抗者，鲍仁文生活在仁义之村，却毫不含糊地表示："我不能像众人那样过下去。"他的处世原则是"别看别人怎么过，只管自己，就行"。他发誓"先著书，后成家"，他拒绝了他大和他娘为他说的媳妇，整天忙于写稿，地里草盛苗稀，因而遭到众人的耻笑。他敢在武疯子大发淫威的时候，驳斥长辈的空安慰，敢在鲍彦山面前为文化子读书说情。鲍仁文的反抗，遭到了仁义之村的抵制和嘲笑。

作为改造者，他在改变自己的同时也改造着这个宁静的村庄。他用他所知晓的现代文明，用他手中的笔，并借助现代传播媒介重新叙述小鲍庄的人和事。他写鲍彦荣参加新四军的经历，写鲍秉德与疯妻的故事，写拾来与二婶的故事。在那样的时代，他只有用当时的主流意识形态话语来作为自己的话语形式和价值标准，无法对这一标准作出自己的判断。中华民族自19世纪下半叶以来，一直在追寻现代性，中华人民共和国成立以后，更是加快了现代性建设的步伐，当时的表述是建设工业化、现代化的国家，同时进行以社会主义和共产主义为核心的意识形态塑造。不仅改造国家、社会，而且改造人的精神、价值观以及各种思想观念。鲍仁文无疑在小鲍庄不自觉地开始了这一建设历程，随着国家意识形态的变化，他使用的话语也在改变。在涝渣死后，他的自我实现和对小鲍庄的改造最终得到了社会的认可。也就是说，他借助主流意识形态的力量，并与国家行政机构和传媒一起，通过对涝渣及涝渣之死的现代阐释，改造了小鲍庄人的欲

① 季红真：《民族历史生存的寓言——谈〈小鲍庄〉》，《当代作家评论》1995年第6期。该文认为《小鲍庄》是民族历史生存的寓言，"遍及人类的洪水故事的原型，作为救世神话，由王安忆置换在《小鲍庄》这部小说中，则隐喻出宿命般不可拯救的主题"。

望形态，置换了仁义的表现形式。

尽管从小说内容来看，这种改造没有得到人们的实质性的理解和同情，作家王安忆也在字里行间对鲍仁文等人的行为流露出反讽之意，但至少形式上，在小鲍庄人的心中树立了一块石碑，涝渣被封为“英雄”，他死后“永垂不朽”的纪念碑立在村子的正中央，且在村子的最高处，这就是现代性改造的见证。还有一点，文化子“常常跑到鲍仁文那里去，借书看，和他拉呱”。对鲍仁文的话，文化子“全懂”，“全领悟”了。文化子向鲍仁文的靠近，也向我们传达了一个信息，小鲍庄人心理结构的宁静被打破了，大潮开始慢慢涌动。当然，这种现代性建设的意义和缺失应该说都是历史性的，随着历史进程而不断变化。当我们和作家一起对意识形态的改造感到困惑和滑稽的时候，我们对历史的喜剧也有了更深的领悟，于是我们又向前迈进了一步。

第十二章

“道”的隐遁与显现

寻根文学要把文学之根接续到民族传统文化上来，这种文学觉醒不是出于一种廉价的怀旧情绪和地方观念，也不是对歇后语之类的浅薄爱好，而是要重新认识民族传统文化，并且通过释放现代观念的热能来重铸和镀亮民族的自我。[①] 寻根文学作家所要寻找并重新认识的民族传统文化包括儒家、道家、佛家文化及民间文化。80 年代以来，学界对于寻根文学作品一直存在不同的理解和争论，这对当代文学发展起着不容忽视的推动作用。我们从道家文化视角重新审读寻根文学的两篇代表作——韩少功的小说《爸爸爸》和阿城的小说《树王》后，发现道家有关“道”的思想在作品中得到了隐秘而诗性的表达，其中《爸爸爸》隐喻着“道”的隐遁，而《树王》则昭示了“道”的显现。

“道”是道家学说的核心概念，道家的其他思想都是由此发展而来。在中国古代，“道”不仅被道家使用，也被儒家、法家等使用，历史上有关“道”的思想可以概括为八种意义：①道为道路，引申为规律；②道为万物的本体或本原；③道为一；④道为无；⑤道为理；⑥道为心；⑦道为气；⑧道为人道。[②] 其中，前四种为道家“道”的基本意义，此处所说的“道”专指道家的“道”。

一、《爸爸爸》：“道”的隐遁

中篇小说《爸爸爸》的故事发生在一个与世隔绝、不知道现代文明为何物的村落——鸡头寨，故事时间被有意淡化，作品主人公是生来就近乎白痴的小老头丙崽，另外着笔较多且有自觉显意识的人物有三个：裁缝仲满、他的儿子石仁、他的邻居和族弟媳丙崽娘。

批评界对《爸爸爸》有多种解读。吴慧颖认为《爸爸爸》“以洞若观火的聪明与睿智剖析了原始性的愚昧无知，顽症似的闭锁、守旧和停滞，似乎变为遗传本能和心理定式的迷信和野蛮，对被抛出社会发展大道之外

---

① 韩少功：《文学的“根”》，《作家》1985 年第 4 期。

② 张立文等：《道》，中国人民大学出版社 1989 年版，第 1 ~3 页。

的这个宗族作出了审美的历史判决”①。李阳春则对这种观点作了引申，认为《爸爸爸》“揭露了我们民族本性中的赖以生存却又难以奋进的一个‘谜’，这就是：愚昧与纯朴、麻木与坚忍、残酷与顽强并存的不死的民族人格精神”②。与此相类似，张佩瑶把鸡头寨及其村民看作是中国及其人民的缩影。③ 张法则认为《爸爸爸》“从丙崽开始讲一个失根的故事，寻根暗变成了对根的询问。丙崽的形象本身既象征了对根的询问，又是对根的象征性回答”④。对于丙崽的形象，孟繁华认为他就是当代的“阿 Q”，⑤ 曾镇南则认为就这种白痴特征或生理病态而言，丙崽的形象没有多少社会生活内容积淀，倒是他的遭遇烛照出了别人的嘴脸和社会的心理。⑥ 李庆西由此引申认为“丙崽的象征意义实在是人类命运的某种畸形状态，一个怵目惊心的悲惨境遇”⑦。这些解读之所以如此广泛，很大程度上是与该小说的主题思想和人物形象本身所具有的象征性有关：“它所表现的这个充满了神话、民俗、宗教和原始自然特征的世界，加上作者对通常叙事逻辑的有意破损，使得它更具有了斑驳陆离、五光十色的复杂韵味，这就为人们展示了一个无限广阔的新的小说艺术空间，为 80 年代中期小说艺术的深刻变革提供了一个富有启示意义的范本。”⑧ 正是文本的复杂性提供了阐释的多种可能性。

这里涉及阐释学的态度问题。现代阐释学代表人物伽达默尔认为：作品的意义并不是作者的意图，而是作品所说的事情本身，即它的真理内容，而这种真理内容随着不同时代和不同人的理解而不断改变。理解作品的意义，仅仅发现作品的意义是不够的，还需要发明。伽达默尔的这种阐

---

① 吴慧颖：《反思之钻向远古愚昧的沉积层掘进》，《当代作家评论》1986 年第 3 期。

② 李阳春：《由奇峰突起到平落沉寂的寻根文学》，《中国文学研究》1996 年第 1 期。

③ 张佩瑶：《从自言自语到众声沸腾：韩少功小说中的文化反思精神的呈现》，《当代作家评论》1994 年第 6 期。

④ 张法：《寻根文学的多重方向》，《江汉论坛》2000 年第 6 期。

⑤ 孟繁华：《启蒙角色再定位——重读“寻根文学”》，《天津社会科学》1996 年第 1 期。

⑥ 曾镇南：《韩少功论》，《芙蓉》1986 年第 5 期。

⑦ 李庆西：《说〈爸爸爸〉》，《读书》1986 年第 3 期。

⑧ 孔范今：《二十世纪中国文学史》，山东文艺出版社 1997 年版，第 1421 页。

释学态度正是我对待《爸爸爸》的解读态度，下面将从道家文化角度揭示《爸爸爸》所蕴涵的意义。有人认为这部作品是一个关于失根和寻根的故事，我进一步考察后发现，它可以被看作是对“道”的诗性表达，是一个关于“道”的隐遁和寻觅的故事。

《爸爸爸》的小说主人公是永远长不大，生来就近乎白痴的小老头丙崽，他含义不明的两句话、怪异的外貌乃至喝完毒汁而未死的结局都令人费解。我的阐释就是从丙崽这里开始的。丙崽形象在现代人眼里是非常丑陋的，他生下来时满脸死相，多少年过去了，还是那副模样，娇小的身子顶着个畸形的大脑袋，眼目无神，行动呆滞。从道家文化角度看，如果丑陋只是人的外表，并不可恶可悲。老子说：“五色令人目盲，五音令人耳聋，五味令人口爽，驰骋畋猎令人心发狂，难得之货令人行妨。”[①] 老子的理想是返璞归真，只求肚子吃饱，生活宁静恬淡，强调内在的心性修养。《庄子》一书中有两种人值得我们注意：一种是隐士，这些人有思想有文化，本可以安富尊荣，却转向了安贫乐道。另一种人是那些身患怪疾或遭刑致残的普通人，如被截去一只脚的王骀、申徒嘉、叔山无趾，相貌奇丑的哀殆它，以及拐脚、佝偻、无唇的人，脖子细长却生了个大瘤的人等。这些人形体虽然残缺，但内心道德却很充实，精神非常超越。因而，从道家对人及万物的外表要求看，丙崽的丑陋并不是一件可悲可鄙的事情，现代人之所以对它的形象憎恶，是出于一种审美需要，而在老庄那里则不同，老庄反对令人迷惑的声色，追求和尊重人和万物的淳朴本性。那么问题是：丙崽和庄子笔下形体残缺的人在本质上类似吗？

丙崽在鸡头寨的地位卑下，能力柔弱。平时他在门前戳蚯蚓，玩鸡粪，玩腻了就挂着鼻涕看人，如果有人冲他瞪眼，他会慢腾腾翻一个白眼，咕噜一声“×妈妈”，因此他常被人嘲弄或殴打。庄子认为“道”是“无所不在”的，甚至“在蝼蚁”、“在稊稗”、“在瓦甓”、“在屎溺”，[②] 并提倡万物平等。老子笔下的圣人是柔卑的范例，他是一位守雌、守黑、守辱、受难者，他“去甚，去奢，去泰”[③]。丙崽的地位似乎和圣人类似，

---

① 《老子·十二章》。
② 《庄子·知北游》。
③ 《老子·二十九章》。

也不妨碍“道”的内涵贯注，那么丙崽是这种“得道”之人的象征吗？

我对以上两个问题的回答都是否定的。如果从老庄关于人的“道”的内涵来审视，丙崽只是具有老庄笔下的“得道”之人、“全德”之人的外表，并没有他们的品格和精神。丙崽的全部知识和语言只有两句不长的话：“爸爸爸”和“×妈妈”，高兴时叫“爸爸爸”；不高兴时骂“×妈妈”。在丙崽，这两句话可以用于对一切事情的好与恶的情感表达，并且在深层意义上呈现出悖论性反讽：他到处叫爸爸，却没有爸爸，唯一对他好的人是妈妈，却用“×妈妈”来表达憎恨。“丙崽从小到大都只能说这两句话，是失语者。他失去了文化的两个最根本的东西，血缘和语言。”[①]如果进一步分析，把丙崽作为一个文化象征来看待，他失去或缺乏一个最根本的东西，就是“道性”。他具有老子所谓的“柔弱，不争，居下，取后”的一面，却不具有“生而不有，为而不恃，长而不宰，慈，俭，朴”等基本特性。老子说：“众人皆有以，而我独顽且鄙。我独异于人，而贵食母。”[②] 老子不为世俗所困，心灵沉静恬淡，行为飘逸无尽。看上去他“顽且鄙”，其实“贵食母”，是“得道”之后的无知无识、天真无邪。丙崽不具备这种“道性”，他没有知识，不能言说，是因为他的心灵真正处于蒙昧状态。丙崽也不具有庄子所提倡的“天地与我并生，万物与我为一”[③]、“独与天地精神往来”[④] 的自由精神境界。他的形体残缺给他带来的只是通向“道性”的阻隔，他无法超越它，只能对外界表示最本能的两种态度：好与恶。

接下来的问题是：《爸爸爸》及丙崽形象具有什么样的意义呢？韩少功曾经常常思考的一个问题是：绚丽的楚文化到哪里去了？《爸爸爸》及丙崽形象就是他对这个问题的一种回答，但这个回答是以失根的故事来表达对根的追寻，是以失“道”的故事来表达对“道”的追寻。韩少功所写的楚文化与道家文化有很深的渊源关系。经过考察，我们发现“老子哲学是楚文化各种因素的提升，它是楚文化的核心”[⑤]。从《老子》一书来看，

① 张法：《寻根文学的多重方向》，《江汉论坛》2000 年第 6 期。

② 《老子·二十章》。

③ 《庄子·大宗师》。

④ 《庄子·天下》。

⑤ 张智彦：《老子与中国文化》，贵州人民出版社 1996 年版，第 139 页。

反复以水来比喻“道”，还将一般常识意义的“气”提升为宇宙生成论和本体论的气，这些都与楚地多水、多云气的环境有关。而“道”的神秘性不能不说与楚地的崇巫习俗有关。庄子为宋人，“然庄子之思想，实与楚人为近”[①]，《庄子》的思想文体也与《楚辞》相同，皆极超旷。韩少功在《爸爸爸》中对楚文化作了多方面的寻觅，如万物有灵论，畏天祭神思想，巫卜文化，祖先崇拜、咒语、禁忌等习俗，打冤、欺侮弱小等行为。但这些楚文化却缺乏楚人积极开拓的精神，没有老庄“道”的思想的贯注。小说中写到刑天开天辟地的传说，但这种伟大精神却在鸡头寨失传了，落下的只是白痴侏儒的丙崽和愚昧无知的裁缝仲满等后人。

上文论述的丙崽形象象征着“道”的隐遁或失传，但从小说的结局看，丙崽喝毒药而不死，则意味着简单的生命会长久，也意味着自然之“道”不会因为生命的简单而放弃它。鸡头寨最后又开始大迁徙，迁徙前焚烧房舍、毒杀老小弱残的描写，可以理解为一种隐喻：新生命只能诞生在火的洗礼与去腐生肌的蜕变中，然而对“道”的寻觅会由此来最后完成吗？

二、《树王》：“道”的显现

中篇小说《树王》叙述了人间“树王”如何保护自然界“树王”的故事。批评界对于《树王》的理解，大多是针对小说表现出来的道家思想精神，但具体评价却大为不同。李文田认为，小说对肖疙瘩的描写表现了老庄“形神相合相离”的思想，完全是主观唯心主义，带有浓厚的宗教色彩。[②] 季红真指出：“宇宙的永恒，自然的神秘，生命的庄严，积淀在肖疙瘩平凡博大的人格中，使之超越了那个畸形的时代，象征着宇宙生命永恒和谐的理想。”[③] 苏丁、仲呈祥认为，阿城着力表现了肖疙瘩与自然的默契感合，自然成了人的天机身律和精神寄托。这种天人合一的关系，这种人与自然的内在和谐，这种和谐在人的潜意识里的律动，以及这种律动对人的精神的慰藉和灵魂的调节，正是阿城通过描写肖疙瘩与大树同归于尽所

---

① 冯友兰：《中国哲学史》，华东师范大学出版社2000年版，第169页。

② 李文田：《阿城小说及文化回归的消极倾向》，《批评家》1986年第7期。

③ 季红真：《宇宙·自然·生命·人》，《读书》1986年第1期。

要表现的。[1] 我们将从道家文化角度进一步阐释《树王》的意义，发现它可以被看作是对“道”的隐喻表达，是一个关于“道”的显现的故事。

在道家学说中，“道”本是一个抽象概念，但又是通过具体事物来表现的，老子、庄子所谓的“得道之人”就是“道”的显现者，庄子说得更直接，“道”无所不在，所以我们也是通过对具体事物的分析来揭示“道”的显现问题的。“道”为什么存在显现问题呢？这是因为“道”许多时候被隐没了。老子对“大道”之隐有深刻体会，确信天下若失去了“大道”，则无物可以补救，所以他锲而不舍地寻求“大道”，对仁义道德等说教不以为然，对于人之间的纷争更是竭力反对了。

《树王》的故事背景是“文革”时期知识青年下乡锻炼，改造自然，“向大自然进军”的政治形势。在知青奉命砍伐原始森林的故事中，肖疙瘩在“我”的叙述中一开始是断断续续地出现，后来却基本占据了小说的叙述中心。小说中，天人合一的“大道”隐没了，肖疙瘩以一个独特的艺术形象出现在世人面前，实际扮演的角色正是“道”的显现者。肖疙瘩首先是一个活生生的人，但这并不影响他显现“道”的能力。肖疙瘩形象蕴涵着“道”的特性，表现在“朴”、“静”、“虚”三个方面。

首先，肖疙瘩形象具有“朴”的特性。肖疙瘩在帮知青搬运东西时表现为力气特大，但这样一个成年人在与知青见面接触中却“慌慌地”。在搬运“四个人才移得动”的书箱时，大家说四个人一齐搬，肖疙瘩却是一个人默默做好。在帮知青营火晚会劈柴之后，“我”招呼他来坐，他“有些不好意思”。肖疙瘩的语言与知青李立的对比最鲜明，李立的语言带有强烈的政治意识形态色彩，如“人定胜天”，“教育农民”，“旧的东西，是要具体去破的”等；而肖疙瘩的语言却极其普通，没有一点儿政治色彩，他保护自然界“树王”也是出于非常朴质的道理。肖疙瘩的长相也有“朴”的特性，如个子矮，嘴唇动过手术而显得异样，手极硬，手指短而粗等。从肖疙瘩的行为、语言以及长相都可以看出他的“朴”的特性。

道家学说对于“朴”有充分的阐述。老子说：“见素抱朴”[2]，“常德

---

① 苏丁、仲呈祥：《论阿城的美学追求》，《文学评论》1985 年第 6 期。

② 《老子·十九章》。

乃足，复归于朴”[1]。在老子哲学中，“朴”代表完整无缺的自然的本体存在，“复归于朴”，在某种意义上就是复归到未分化的整体状态。当然，它不是也不可能回到完全的原始状态，而是达到生命的超越，达到整体和谐的心灵境界。在老子哲学中，“婴儿”也用来比喻“道”的特性，“朴”的特性与老子所说的“婴儿”的特性相同。“常德不离，复归于婴儿”[2]，老子的真正用意是借婴儿之喻说明心灵境界之本真状态或自然状态。把肖疙瘩形象与“道”的“朴”及“婴儿”特性相比照，我们可以发现他们的相通之处。

再看肖疙瘩形象表现出来的“静”和“虚”的特性。在小说中，肖疙瘩多数时候是“不说话”的，只是默默地做事情。帮知青搬东西时，不说话；帮知青准备营火晚会时，不说话；听到巨树被知青伐倒时，不说话；当李立询问如何砍伐“树王”时，不说话。肖不说话，并不是他没有意见可表达，而是他觉得没有说的必要，一切顺其自然或者以沉默表示反对。他的“静”不仅是外表的，更是内心的。他反对针对自然界的毁坏行为，自然界在他的意识中是有生命的存在，是应该和谐相处的，自然界的博大、深沉与安宁培养了肖疙瘩的个性特征和精神世界。肖疙瘩也表现出“虚”的特性，在以上所说的“朴”和“静”里面就蕴涵了“虚”的含义。肖疙瘩的“虚”表现为没有名利缠绕情绪，没有过多的事物填塞内心，一切都是向自然而生，因自然而死也是那么从从容容。

道家对“静”和“虚”有不少论述。老子说，“致虚极，守静笃”[3]，《庄子》说，“夫虚静恬淡寂寞无为者，万物之本也”[4]。“虚”、“静”连说，它们的意义有相同的一面，都是指心灵的空明宁静状态，但二者也有不同的侧重点：“虚”的对立面是“实”，是从有无着眼的，是知觉的综合感受；“静”的对立面是“动”，是平衡觉和运动觉的体验。[5] 老庄都要求心灵静寂、冲虚。由“虚”得“静”，或者由“静”入“虚”，都是指无心而纯任自然的心灵境界，并且“虚”和“静”都是来自对玄理的冥会潜

---

① 《老子·二十八章》。

② 《老子·二十八章》。

③ 《老子·十六章》。

④ 《庄子·天道》。

⑤ 李炳海：《道家与道家文学》，东北师范大学出版社 1992 年版，第 192～193 页。

通，是进入“道”的境界的表现和方法。对照肖疙瘩的形象特性和“道”的特性，它们确有诸多会通之处，无论是“静”、“虚”，还是上文所说的“朴”，都体现出肖疙瘩这个人物形象所蕴涵的“道性”。

肖疙瘩作为一个普通的人，他的“道性”一般不被那些受政治意识形态影响的人所认同，但这反而突出了肖疙瘩与“道”的亲近状态。这点在《树王》的最后部分表现得更为充分。人间的“树王”以自己的血肉身躯保护自然界的“树王”，是整篇小说的高潮部分，小说的意义也主要是通过这一部分体现出来的。当李立举刀时，肖疙瘩以身体护住树，理由是这个巨树长这么大，不容易，它要是一个娃儿，养它的人不能砍它。一个世界都砍光了，也要留下一棵，证明老天爷干过的事情。后来在队支书的干涉下，其实也就是在强大的意识形态力量的压迫下，肖疙瘩没有能够保护那棵自然界的“树王”，他这个人间“树王”也就“失了精神”。半月后，这个队里力气最大的人便离开了人世。

肖疙瘩的棺木被同意葬在离自然界“树王”一丈远的地方，但大雨之后，坟胀开了，只好火化并葬回原处。“这地方渐渐就长出一片草，生白花……便能看到那棵巨大的树桩，有如人跌破后留下的疤；也能看到那片白花，有如肢体被砍伤，露出白白的骨。”（《树王》）在叙述者饱含刺痛和深情的叙事中，我们看到人间的“树王”和自然界“树王”的精神和命运达到了融通的境界。

老子在谈到世人对“道”的反应时，说：“上士闻道，勤而行之；中士闻道，若存若亡；下士闻道，大笑之。不笑不足以为道。”[①] 这段话表明，“道”只有少数人能够理解并实行，大部分人置若罔闻，“下士”甚至嘲笑讥讽。老子认为，只有不是通过人的学问，而是通过“无为”到达“无不为”，才能得到“道”的启示。《树王》中的肖疙瘩具有“道”的特性，却不被周围人所理解，可是“大道”的启示是通过这个人物来完成的。换句话说，“树王”肖疙瘩是在“道”的指引下去做那些李立们看作是“迷信”的事情的，而“道”却通过他的行为得到诗性的显现。

---

① 《老子·四十一章》。

第十三章

阿城小说的欲望叙述策略

阿城认为，“文化是一个绝大的命题，文学不认真对待这个高于自己的命题，是不会有出息的”[①]，“三王”系列小说就是他的这种文学主张的实践。“三王”发表后，很快引起文坛的关注及社会反响，直到近年来仍有研究者继续阐释和探讨。人们关注的问题主要有两个：一是“三王”是不是真正地体现了道家文化精神；二是阿城的这种书写究竟是落后于时代的，还是具有积极意义的。问题探讨仅止于此是不够的，我想进一步追问：阿城这样书写的深层目的到底在哪里？这些论争的背后有什么样的内在原因？又具有什么样的当代意义？

为了回答这个问题，我认为可以运用“欲望叙述”理论[②]来进行讨论。该理论认为，文化（包括文学）是对“欲望”的叙述，每个时代都对“欲望”进行重新叙述，以引导人们对“欲望”的选择和追求，从而达到社会和谐、稳定和发展的目的。由此，我们在分析“三王”系列及有关评论、研究文章时，需要做两项工作：一是揭示阿城小说的欲望叙述策略及其深层目的；二是探讨批评家们对阿城小说进行不同阐释的内在原因和当代意义。

一、革命时代与“奇人”形象

欲望的叙述机制是压抑/激活机制，它在压抑人们一些欲望的同时，总是激活另一些欲望，这一机制的实现方式就是利用话语对欲望进行重新叙述。“三王”系列在欲望叙述上的第一种策略就是书写两种显著不同的欲望方式：一种是与“文革”时代的政治意识形态保持一致的欲望方式；另一种是“奇人”们所代表的欲望方式。后者之所以被称为“奇人”，是因为他们的精神世界、生活方式与当时的政治意识形态所提倡的价值规范相矛盾，灌注了道家哲学思想、人生观、价值观。阿城正是通过对这些“奇人”形象的塑造，使得久违的道家文化在中国当代文学中得以正面呈现，并由此完成对欲望的重新叙述和话语转移。

“三王”系列主要写知青生活。知青是“文革”时代比较特殊的一个

---

① 阿城：《文化制约着人类》，《文艺报》1985 年 7 月 6 日。

② 程文超：《欲望的重新叙述》《反叛之路》，中山大学出版社 1999 年版，第 51 ~61页。

群体，他们的欲望方式正是整个时代的欲望缩影。“文革”时代，国家要求社会成员在欲望上大致相同或平均，革命、工作、劳动是人们主要的欲望方式，对吃、住、穿等欲望的追求则不被提倡，爱情、性本能的欲望更是受到压抑，一切与享受有关联的欲望都被视为资产阶级的腐朽东西。那个时代的核心欲望是“革命”，当然“革命”在各个社会群体中有不同的表现形式。对于广大知青来说，“广阔农村，大有作为”，是对他们离开城市之后的前途预设。“到农村去，接受贫下中农的再教育”，则要求他们在思想行为上和农民群众打成一片，破除“小资产阶级”作风，“反修防修”，从而完成毛泽东所设计的“文化革命”和“社会平等”的社会理想。

《树王》中的李立就是表现上述欲望方式的典型形象，这种欲望方式与“文革”时代的政治意识形态保持一致。从小说中可以看出，李立“个人”取向的思想感情并没有被开发，而是处于压抑或蒙蔽状态。他的人生目标就是听从上级指示，参加劳动锻炼，搞好“革命”工作。以李立为代表的知青们到农村去，说是接受贫下中农的再教育，其实是按照政治意识形态的要求去改造农村的“落后面貌”。为了种上“有用的”树，他们砍掉了原始山林。见到“树王”，李立认为它的树荫太大，遮住了照耀大地的阳光，而“遮住太阳的光辉”在当时是能上升到政治高度来理解的。李立认为：“重要的问题是教育农民。旧的东西，是要具体去破的，树王砍不砍，说到底没什么。可是，树王一倒，一种观念就被破除了，迷信还在其次，重要的是人在如何建设的问题上将会思想为之一新，得到净化。”这是那个时代典型的思维方式，即从政治角度思考一切问题，人们的欲望都集中到一个方向。最终，以李立为首的知青们怀着“崇高的”革命斗志参与了砍伐树王的行动，而当地的老职工却躲开了，这突显出李立们在表达欲望时所具有的独特性和坚定性。

不过，在“三王”系列中，阿城正面书写的却是与李立们迥然不同的欲望方式。“文革”结束之后，随着思想解放运动的逐步深入，人们的欲望内容和形式也发生了变化，开始脱离政治意识形态的全面控制，个人取向的欲望话语逐步被宽容或得到认可。阿城小说正是适应了这种时代思潮，同时也是对思潮的一种推进。在阿城小说中，知青群体中有李立这样的代表，也有一些“奇人”。“奇人”在那个时代是被批评、被遮蔽的对象，然而在阿城小说里，这些人却被赋予了主角的位置，替代了有浓厚意识形态色彩的“工农兵”的主角地位。这种变更本身就是对欲望的重新叙述，目的是张扬中国传统文化——道家所宣扬的欲望方式，以改造“文革”时代欲望话语的偏颇特性。

“三王”系列塑造了“文革”时代的三个“奇人”形象：《棋王》中的王一生、《树王》中的肖疙瘩和《孩子王》中的“我”。他们的精神世界、生活方式在当时一般人看来是“奇”的，是属于“异己分子”的。他们的“奇人”形象有共同的一面，也各有独特的表现。

王一生的“奇”表现在：只专注于“吃”和“下棋”两件事，这当然也是两种欲望方式。王一生家境贫寒，在饥饿中长大，一切生存的欲望都集中在“吃”这一生理动作上。他饥不择食，吃相极恶，还把“吃”作为生活哲学的基点。在物质贫乏的时代，受他自由支配的只有“下棋”。“何以解不痛快，唯有下象棋”，“下棋”是与“吃”这种物质欲望不同的精神欲望，是王一生的精神依托。人在无法改变现实的时候，就只好对自身进行适应性调整，王一生专注于“吃”和“下棋”的欲望选择，正是不得已而为之。

肖疙瘩的“奇”则表现在：坚信自然界“树王”的存在理由，认为树王证明了“老天爷干过的事”，因而也被当地人称作人间“树王”。在知青们要砍掉被他认为是无用的树王时，身矮体壮、沉默寡言的肖疙瘩挺身而出，劝说他们：“我看有用，我是粗人，说不来有什么用。可它长成这么大不容易。它要是个娃儿，养它的人不能砍它。”在肖疙瘩的眼里，大自然和人一样，是充满生命和感情的，是不能随意亵渎的。自然界的树王是肖疙瘩精神欲望的依托，后来树王还是被砍倒了，他因此病了，无力无魂，不久就死去，临终要求葬在树王根桩的旁边，以便与树王永远相伴。

《孩子王》中“我”也有令人称“奇”的地方：在政治挂帅的时代里，他顶住上级的压力，用教改唤醒孩子们的求知欲。小说中的“我”一旦发现当地的乡村教育非常落后，学生念到初三也认识不了多少字，作文是抄社论，就大胆而果断地开始教学改革：从头教识字，不准作文抄社论，只要求写清楚自己的事情和个人的想法就行了。这里，“我”的欲望就是自由地表达自己，也让孩子们能自由地表达自己，这也是一种精神欲望，然而“我”的这点对孩子有用的做法却被认为是离经叛道的，欲望表达自然受到打压和阻止，但在孩子们的心灵中，“我”却播下了欲望转型的种子，将“求知”和“自由”植入他们的心中。

二、欲望设置与道家文化

阿城在欲望叙述上，除了塑造“奇人”形象这种策略之外，与此相关的另一个策略就是对小说人物的欲望内容进行重新设置。“三王”的欲望表达方式虽然各有不同，却有一个共同特点，即在“革命”欲望话语盛行的年代里，自觉地与政治意识形态和社会习见的思想行为保持一定的距离，同时把道家哲学思想、人生观、价值观作为他们的追求目标或处世准则，具体表现为：他们思想行为上具有道家所提倡的知足不争、无为而为、人格独立、精神自由和天人合一的文化精神。

先从《棋王》谈起。阿城在王一生身上倾注了自己的文化理想，并在这一形象塑造上抛弃了以往工农兵文学的创作模式。王一生不同于各种革命者形象，他“呆”在棋里，不近流俗。虽身处“文革”乱世，但红卫兵的派系冲突、大串联狂热、上山下乡的离愁别绪、乡间生活的清苦等都没有搅乱他内心的平静，显示出他知足、与世无争的一面。阿城故意先写出他的痴呆和愚顽，而本意却是要突出王一生拥有同辈知青所欠缺的聪慧，这种聪慧的根基就是道家文化精神。

王一生身上的道家文化精神除了“知足不争”之外，重点是“无为而为”。后者主要是通过下棋这件事体现出来的。小说《棋王》有两处明确地把下棋和道家文化联系起来，一处是拾破烂的老头儿教王一生如何下好棋。老头儿说，下棋和道家一样要讲阴阳之气，阴阳之气相游相交，初不可太盛，“太盛则折，太弱则泻”，“若对手盛，则以柔化之，可要在化的同时，造成克势。柔不是弱，是容，是收，是含，含而化之，让对手入你的势。这势要你造，需无为而无不为”。王一生下棋就是接受了这种道家哲学的指导。还有一处，王一生和众高手连环大战下盲棋，一位棋坛高手这样评价王一生的棋艺：“你小小年纪，就有这般棋道，我看了，汇道禅于一炉，神机妙算，先声有势，后发制人，遣龙治水，气贯阴阳，古今儒将，不过如此。”正是由于对棋道有了深刻把握，王一生才在赛棋时展现出出神入化的棋艺。

在下放岁月，王一生无视红卫兵纪律和农场规矩，独自徜徉于江湖，四处寻觅棋友和奇人，来去无踪，逍遥自在，可谓“独与天地精神往来”。而王一生下盲棋（“以神遇而不以目视”），视母亲留下的一副无字棋为生命（“大音希声，大象无形”），也体现出他身上的道家玄思境界。至于王一生“怕江湖不怕朝廷”，不屑给国内名手当徒弟，却对一位棋艺非凡的拾废纸的老头儿顶礼膜拜，在物质上只求吃饱就满足了，而下棋只是为了解忧，这些也都是道家做派，表现出他人格独立和精神自由的一面。小说结尾，作家对王一生连环大战众高手的场面极力渲染，则突显了他与道契合、与天地合一的精神面貌。

《树王》中的肖疙瘩其貌不扬，朴实木讷，又踏实肯干，正符合道家“见素抱朴”的价值追求。他对于自然的亲近和执著，最后与树王的誓死相伴，则体现了道家“致虚极，守静笃”和“顺应自然”、“天人合一”的精神理想。在“文革”时代，不仅人，还包括自然界的生灵和生态在内，都受到“喝令三山五岳开道”式“英雄”的亵渎，《树王》表现了这种人与自然之间的冲突，同时也表现了肖疙瘩与李立们之间的，即人与人之间的对立。肖疙瘩要护树，而被狂热时代烧昏了头脑的李立们则要砍树，树王被砍倒了，冲天的大火燃起，“山如同烫伤一般发出种种怪叫，一个宇宙都惊慌起来”。这里，何尝不是自然哀鸣，天谴地怒呢？小说结尾写道：那棵巨大的树桩，远远望去“有如人跌破后留下的疤”，而肖疙瘩坟上长出一片白花，也有如人“白白的骨”。这是阿城用伤感的笔触渲染了人与树、人与自然在承受苦难之后达到的宁静和冥合境界。正所谓万物始于道，又归于道。

《孩子王》中的“我”对教改执著，对政治意识形态逃避和反叛，按自己的方式教给孩子有用的东西，体现的正是道家所倡导的独立人格和精神自由。上级后来解除了“我”那令知青羡慕的教书职业，而“我”并不后悔自己所做过的一切，最后专程把象征知识的字典送给学生王福，“了却了一桩心事”，心里却“不觉轻松起来”。此时，“我”的超然世事纷扰的心态跃然纸上。

与同时代的知青小说相比，阿城小说中的“奇人”在精神气质、人生态度上有着鲜明特点。他们和王安忆、孔捷生笔下的知青形象不同，后者在“文革”岁月有着浓厚而痛苦的自我意识和失落感，总在追求个人在社会中的位置和价值。他们也不同于叶辛笔下的知青形象，后者的心路历程是：从下乡时的狂热到下乡后的消沉、思考，再到新时期走向奋进。他们更不同于梁晓声笔下那些在“神奇的土地”和“暴风雪”中搏击的垦荒战士，后者敏感冲动，哀怨悲壮。王一生等“奇人”的心境是知足、平和的，没有那么强烈的外在欲求和内心挣扎，他们追求独立人格和精神自由，“安时而处顺，哀乐不能入”，“无为而为”。他们不为浮沉荣辱、贫富苦乐而闷闷不乐，有一种“纵浪大化中，不喜亦不惧，应尽便须尽，无复独多虑”[①] 的超脱旷达。

总而言之，阿城在“三王”系列中正面书写了王一生等“奇人”的生活，有意识地将道家哲学思想、人生观、价值观设置为人物精神结构的核心要素，以使他们的人生追求与道家文化建立起一种亲和的承继关系，同时也为道家文化与中国当代生活架起连通的桥梁。这种书写是为了对“欲望”进行重新叙述和话语转移，深层目的在于引导人们对“欲望”进行选择和追求。

三、“三王”的阐释意义

“三王”发表之后，很快引起文坛的关注，并产生了社会反响。怎样理解王一生们的形象内涵？如何看待阿城小说的创作追求和欲望叙述？这不仅牵涉到阿城文学创作及小说人物的阐释和评价问题，也是针对当代欲望话语的交锋和调整问题的直接讨论，那么，批评家们对阿城小说进行不同阐释有什么样的内在原因和当代意义呢？

对于王一生的“棋道”问题，有人认为，“讲究造势，讲究弱而化之、无为而无不为，这是王一生的棋道，也正是道家哲学的精义”[②]。有人则认为，王一生的棋“够不上真正道家的资格”[③]。这两种结论虽然不同，但它们都是把阿城小说放在中国传统文化的背景中进行考察，并以之为标准来回答问题。在“文革”期间，以这种思想标准来讨论、评价问题显然是不可能的；在80年代中期，批评家之所以能够这么回答问题，是因为时代思

---

① 陶渊明：《形影神》，《陶渊明集》，中华书局1979年版，第37页。
② 苏丁、仲呈祥：《〈棋王〉与道家美学》，《当代文学评论》1985年第3期。
③ 黄凤祝：《试论〈棋王〉》，《文艺理论研究》1987年第2期。

潮发生了很大转变，人们对中国传统文化的态度相对客观、理性一些了，这种评论的目的就是为当代文学寻找中国传统文化之根，并调整当代人的欲望方式。

对于阿城小说，有人认为，阿城小说对于庄禅境界的追求，绝无扭捏作态之势，而是发自内心的赞美，出于本能的追求，但他所表现的却是“弱者的哲学”①。有人进而指出，阿城小说所反映的“文化”大多属于儒道学说中的糟粕部分，具有“文化回归的消极倾向”②。有人则作了辩解：阿城对王一生们的态度多是哀其不幸，而少怒其不争，虽有些消极意义，但是“这种含蓄深沉的批判指向所蕴涵的正面力量，就完全可以作为‘化消极为积极’的补偿了”③。三种观点反映出80年代中期一部分人对道家文化的基本看法：道家欲望话语在现代社会是没有出路的，也不能或不应该为现代人所接受。然而，二十年后我们重读阿城小说，对于道家文化已经不会持有这种否定立场了，而会看到“三王”系列在对抗物质主义、人类中心主义文化方面具有积极意义。“三王”系列“主旋律是倾向于中国传统文化的美德和人情味”④，它重新审视了人与人、人与自然之间的关系，目的是找寻人失落的本性，以及人的灵魂与外在世界和解的希望。

另有一些评论家则从现代意识、精神角度阐释阿城小说及王一生等“奇人”形象。有人认为，“王一生的棋道并不仅仅是道家文化的体现，其中又含着现代的精神，是一种东西方精神互相交融渗透而成的道”⑤。与此类似，有人认为，阿城在塑造王一生形象时，“把这种传统文化精神与当代人生联系起来，赋予其进取的现代意义”⑥。对于阿城小说，有人认为，“民族心灵的形式与现代意识的有机融合，则构成了他个性化的感知方式”，所谓现代意识是指“在普通人的真切平凡的人生状况描述中，升华

---

① 陈炎：《弱者的哲学——由阿城小说引起的文化反思》，《文学自由谈》1988年第5期。

② 李文田：《阿城小说及文化回归的消极倾向》，《批评家》1986年第7期。

③ 苏丁、仲呈祥：《论阿城的美学追求》，《文学评论》1985年第6期。

④ 赵映显：《重读阿城的“三王”》，《南京师范大学文学院学报》2000年第3期。

⑤ 胡河清：《论阿城、马原、张炜：道家文化智慧的沿革》，《文学评论》1989年第2期。

⑥ 陈思和：《中国当代文学史教程》，复旦大学出版社1999年版，第283页。

出对宇宙、自然、生命、人的玄思默想”①。可以看出，这些评价是把阿城小说和王一生等人物形象放在中国传统文化与西方现代文化相融汇的大背景中进行考察的，对西方现代文化的思考和对中国传统文化的认识都更深入了一层，对中国传统文化没有简单地否定，对西方文化也没有一味地信奉，立场和态度都相对客观、理性。阿城小说及王一生等“奇人”形象到底有没有现代“道”的内涵暂且不论，但用“现代”意识、精神来对其进行重新阐释，则是为了用“现代”这个标志使道家文化重新获得话语的合法性，使之能够参与当代欲望话语的调整过程，并成为当代欲望话语的有机组成部分。这样一来，道家欲望话语的当代意义也就呈现出来了。

① 季红真：《宇宙·自然·生命·人》，《读书》1986年第1期。

第十四章

90 年代作家的欲望叙事

消费主义以其摧枯拉朽的扩张形势迅速占领精神文化领域，人们的思想观念、道德准则、价值取向、人生态度等都发生了巨大变化。当我们把视野集中到90年代的中国文学时，我们深切感受到人们审美视点的重大蜕变：文学书写的内容从以精神性追求为主转向以物质性满足为主，文学的目的从追求心灵提升为主转向以张扬欲望为主，文学人物从理性主体、德性主体转变为欲望主体。90年代作家对自我实现欲、成名欲、权力欲、财富欲等欲望的书写随处可见，更广泛更典型的则是对“物欲”和“情欲”的书写，前者表现为对物质奢华的追求，后者则表现为对以性本能为主的感官享乐的追求，由此建构了90年代欲望叙事的主要内容。

欲望的满足遵循的是快乐原则，追求欲望从本质上讲就是追求快乐。我们意欲探讨90年代作家的欲望叙事与传统道家的快乐观之间的关系。道家快乐观有两种：一种是以老庄哲学为代表的无为论快乐观，另一种是以魏晋玄学为代表的纵欲论快乐观。经过考察，我们发现，90年代作家的欲望叙事与道家快乐观构成了比较复杂的关系：与纵欲论快乐观形成契合关系，与无为论快乐观则构成拆解关系。

一、90年代欲望叙事与纵欲论快乐观

我们讨论90年代作家的欲望叙事与道家纵欲论快乐观的契合关系，以女性主义作家的文学创作为分析对象。以林白、陈染、徐坤、海男、卫慧、棉棉等为代表的女性主义作家，对欲望的书写更大胆更全面。女性主义作家引人注目的是“私人化写作”，最具挑战性和最具争议性的书写方式是“躯体写作”（或称作“身体叙事”）。所谓躯体写作是以女性的欲望、形体、感觉、想象等为写作对象和修辞方法，是女性对被压抑到无意识领域中的各种经验的直率表达。而在父权制时代，女性的欲望一直被男性书写，使女性成为男性欲望的象征，而女性的欲望一直被强大的菲勒斯中心主义所控制，剥夺了自由书写的权利，处于失语状态。现在，女性主义要反抗这种被控制被压抑的处境就必须寻找自己的语言，她们发现自己的语言或话语之源就来自于女性的身体，而女性的身体“曾经被从她身上收缴去，而且更糟的是这身体曾经被变成供陈列的神秘怪异的病态或死亡的陌生形象，这身体常常成了她的讨厌的同伴，成了她被压制的原因和场

所。身体被压制的同时，呼吸和言论也被压制了”[①]。女性主义作家就是要通过对女性独特经验的书写表达女性被压抑的欲望话语。

林白是女性主义文学中运用“躯体写作”的代表作家之一。她在《致命的飞翔》中说，“在这个时代里我们丧失了家园，肉体就是我们的家园”，明确表达了对身体家园的亲切认同感。在林白的小说中，女性写作以其欲望本体的形式呈现出空前的自由，迥异于传统写作对女性欲望的取消，也不同于一般女性写作中欲望的空缺或遮遮掩掩。她的作品与80年代张洁等人的女性写作大为不同，后者强调女人是人而不是“性”，并且女人是作为社会价值的体现者而成为作家表达的重心的，而在社会理想这一高悬的光环之下，女性实现社会价值的艰难令张洁们感到痛苦和焦灼。而林白则大胆地书写女人作为爱欲主体的真切的生命体验，将女性鲜活的生命激情、旺盛的性爱能力惊世骇俗地呈现于文本之中。

在《一个人的战争》中，林白将大量涉及少女和成年女性的爱欲心理和行为借多米的成长史表述出来，细腻地描写了主人公多米自慰、焦渴、性好奇、性幻想以及富有冒险和挑战色彩的性爱经历，述说了“一个巴掌自己拍自己，一面墙自己挡住自己，一朵花自己毁灭自己”的女性个人的战争。在小说一开始作家就展现了多米对自己的女性身体的发现和好奇，这种不同寻常的叙事特征贯穿于整个小说之中：“那种对自己的凝视很早就开始了，令人难以置信地早。那种对自己的抚摸也从那个时候开始，在幼儿园，五六岁。”这种“开始”是对被压抑的欲望的觉醒，是为女性的欲望正名，表明从一开始女性的身体就是自足的。然而这种自足后来在男人的诱惑中被强行打破了。在小说第三章“随意挑选的风景”中，多米参照各种文化范本把自己想象成充满个人英雄主义、敢于进入任何可怕的事件中的奇女子，并深信自己能抗拒来自男人的诱惑。她一次次拒绝那个男人的要求，然而当那个男人在她面前下跪，发誓不跟她同住一个房间时，这种在电影中才能看到的场面使这个耳目闭塞、不谙世事的女孩感到一种触目惊心的诗意，这时她已经开始不自觉地陷入诱惑的深渊，在男人步步进逼的诱惑下，她来不及绝望就被吞没了，她的初夜使她感到的只是痛

① ［法］埃莱娜·西苏：《美杜莎的笑声》，张京媛：《当代女性主义文学批评》，北京大学出版社1992年版，第193页。

感。林白在《回廊之椅》中则描述了朱凉太太和使女七叶以洗澡的独特方式寻求肌肤相亲之悦，性与生命自娱的同性之爱。过去总是难以启齿、羞于言说的女性情欲体验，尤其是自慰、同性恋等得以全方位展示，正是这些具有自主自足特征的生命体验帮助女性重新发现和认识了自己。然而，90 年代“欲望至上”观念的盛行以及与之相应的内在心灵的浮泛，使得为寻求独立话语权的私人化的女性欲望经验表露，反倒成为当代商业文化情境中为满足情趣低下的窥视心理和感官刺激的奇观。

以卫慧、棉棉为代表的“另类”作家更是将欲望书写推向极致化，她们更多地感受并接纳了时下消费主义的社会时尚与后现代的文化氛围，体现于她们的作品中，不仅性爱欲望的隐秘性和羞耻感已不复存在，而且情爱欲望的书写也不再作为反抗某种观念意识的手段，而是直接变成写作目的。她们的小说情节大同小异，多半是青春少女在酒吧歌厅与一些男性之间的情爱故事，爵士乐、大麻、嬉皮士、同性恋、高潮、同居、酗酒等是小说叙述中常见的意象和内容。她们为凸显欲望，不惜将那些最具欲望表现性的器官从人体中分离出去，不再受生理限度的约束，以实现对欲望的无节制的表现。《上海宝贝》中与德国男人无间歇做爱的那个叫伊可的女人，在性爱方面所显现出的特异的生理能力，表达了她对于欲望的崇尚和膜拜。她们的生存态度正如卫慧在《像卫慧那样疯狂》中所写的：“我们的生活哲学由此而得以体现，那就是简简单单的物质消费，无拘无束的精神游戏，任何时候都相信内心的冲动，服从灵魂深处的燃烧，对即兴的疯狂不作抵抗，对各种欲望顶礼膜拜，尽情地交流各种生命狂喜包括性高潮的奥秘，同时对媚俗肤浅、小市民、地痞作风敬而远之。”

“欲望”和“快乐”总是联系在一起的，欲望满足遵循着快乐原则，欲望问题实际上就是快乐问题。考察 90 年代作家的欲望叙事与道家纵欲论快乐观的关系，我们发现，90 年代作家的欲望叙事与以魏晋玄学为代表的纵欲论快乐观相对应，尽管没有显在的直接影响，却在本质上有着相通之处，从而形成了契合关系。

人类生活有“自然的”和“伦理的”两种，儒家所讲求的齐家治国平天下，全是以修身为基础，而修身的本意就是大家排除自然人的情欲生活，建设伦理人的理智生活。以玄学为主导的魏晋思想反对违反本性的人生伦理化，而是要求那种人生自然化的解放生活，这种人生观彰显了人性的觉醒，使得人生有趣味，从虚伪束缚的生活中解脱出来，返回到真实自由的生活中去。魏晋人对人性觉醒的理解各有侧重："逍遥论者是追求心灵的自由和满足，养生论者是追求心身的修养，纵欲论者是偏重官能的物质的快乐。"[①] 反映门阀士族需要的纵欲论快乐观在魏晋时代广为流传，对后世人也产生了极大的启发和影响。这种快乐观在《列子·杨朱》中有较为系统的阐述：首先，纵欲论者认为只有官能物质的快乐才是人生的本性，是人生真正的幸福和趣味。"丰屋、美服、原味、姣色，有此四者，何求于外？有此而外求者无厌之性。"[②] 这就是说，肉体感官的享乐就是一切。对于感官享乐应该是"恣耳之所欲听，恣目之所欲视，恣鼻之所欲向，恣口之所欲言，恣体之所欲安，恣意之所欲行"[③]。这种思想和养生论者的观点显然不同，后者认为人生的本性只是清静素朴，所以要节情制物以养身。其次，纵欲论者认为人生是短暂的，所以人应当及时行乐。"百年，寿之大齐，得百年者千无一焉……则人之生也奚为哉？奚乐哉？为美厚尔，为声色尔。"[④] 再次，纵欲论者认为应该像太古之人一样"从心而动，不违自然所好"，"从性而游，不逆万物所好"。[⑤] 法律和道德不应成为纵欲享乐的障碍，甚至要排除对寿命长短的顾虑，活得越短越要纵情享乐。

90 年代作家的欲望叙事与上述魏晋玄学的纵欲论快乐观实质上恰恰相通和契合，林白、卫慧等人创作的女性主义文学所表达的快乐，就是纵欲论者所追求的"偏重官能的物质的快乐"。在 90 年代作家的欲望叙事中，伦理人的生活被彻底唾弃。"在这种性本能的叙事中，由于性的快乐得到了空前的高扬，人的欲望放逐不仅变得合理，而且成为一种必需。这种完全摆脱了生存伦理的审美追求，致使作家们津津乐道于自我体验的微妙状态，标榜着自我独有的性经验，从而让话语滑入一个带有自传性色彩的极

① 刘大杰：《魏晋思想论》，上海古籍出版社 1998 年版，第 122 页。
② 《列子·杨朱》。
③ 《列子·杨朱》。
④ 《列子·杨朱》。
⑤ 《列子·杨朱》。

端个人化写作状态。”[1] 有时候，小说中的人物虽然感到一种伦理道德的压力，但最终指向是冲破伦理规范。在他们那里，性与爱、灵与肉、情与欲之间的纠缠逐渐消失了，爱情的意义已被彻底掏空，性已成了一种娱乐方式，一种人生享受，甚至一种消费行为。它是真正意义上纯属个体的事情，不仅涉及个体的隐秘和私人的快乐，对肉体过度的欲望和内心幻想，还意味着它逐渐被看作是个体的本质和特性的核心。在性的背后所蕴藏的那些复杂性和深度感消失了，话语成为性传奇、性冒险、性征服的过程。

二、90 年代欲望叙事与无为论快乐观

我们考察 90 年代作家的欲望叙事与道家无为论快乐观的拆解关系，以新生代作家的文学创作为分析对象。以韩东、朱文、毕飞宇、邱华栋、何顿等为代表的新生代作家，徜徉于消费主义的社会环境中，更加关注现实中人对物质的渴望与情欲的宣泄，用个人化的叙事书写了当下社会的生活状态，用直观的经验化意识构建了文学的欲望话语。

新生代作家第一个主要书写对象是“物欲”，最突出的是对人的金钱欲望的书写，因为金钱是一切物质享受的基础，是物欲实现的必要条件。从作品中我们看到，实利主义取代了人的精神追求，并将人的一切需要都简化成对金钱、实惠的欲望。他们的价值判断根源于一种金钱意识，金钱意识作为小说人物的一种人格准则，成为判定人物是否成功的先决性条件。[2] 在新生代作家的小说中，发财致富成为小说人物共同的行为驱动力和人生追求。

邱华栋《哭泣游戏》中的黄红梅，原本是一个由四川来北京的打工妹，以自己的肉体与机智在都市人中间周旋，逐步由一个小保姆和按摩女变为餐饮业新秀、成功人士、公众人物。物质的极大满足使她的精神走向空虚，灵魂变得虚妄，被放逐到欲望之壑的边缘。在《哭泣游戏》中，欲

---

① 洪治纲、凤群：《欲望的舞蹈——晚生代作家论之三》，《文艺评论》1996 年第 4 期。

② 赵小琪：《金钱和金钱崇拜——新生代小说中金钱欲的文化阐释》，《天津社会科学》2001 年第 1 期。

望被描述为人的根本特征："人们像幽灵一样在走动，他们全是欲望的容器，在城市里昼夜不息地活动。"欲望还被描述为人的人生目标："更为阔大的远方图景在召唤着每一个人，那是欲望的旗帜在人们头上高高飘扬。"邱华栋《生活之恶》中的尚西林，由于"不仅没有钱，也没有权力、荣誉和其他任何让他能感到骄傲的东西"，惧怕失去相爱四年的女友眉宁。为了摆脱这种对贫困的恐惧和焦虑，将获取和占有金钱视为自己的奋斗目标，不择手段地加入市场经济社会的利益竞争与搏斗中。对于金钱，小说家邱华栋的表白非常直接："既然机会这么多，那么赶紧捞上几把吧，否则，在利益分化期结束以后，社会重新稳固，社会分层时期结束，下层人就很难跃上上层社会了。"①"捞上几把"的想法被认为是正常的社会心态，作家表达得那么迫切，其实正是整个社会的心理写照。

何顿的《太阳很好》中的宁洁丽，从医院辞职来到龙百万的百叶窗厂，是因为这个厂的工资比她原来工作的医院的工资高出一倍多。然而，随着与龙百万关系的不断加深，她"暗暗有那种把龙百万占为己有的想法"，而将龙百万占为己有的心理根源，则在于对龙百万百万钱财的觊觎。何顿的《无所谓》中，不仅罗平、王志强等人对知识不感兴趣，在一起谈论的是赚钱，认为赚钱才是他们的"正事"，就连一直在追求理想、企图在追求理想中找到自身价值的李建国，在现实环境的逼迫下，最后也不得不为金钱而奔波、劳碌。此外，《弟弟你好》、《只要你过得比我好》、《告别自己》中的主要人物，都无一例外地将道德理想和文化精神抛诸脑后，投身到对物质利益的追逐之中，不由自主地向精神劳作投去鄙夷不屑的目光。

新生代作家的另一个主要书写对象是"情欲"（或曰性爱、性欲）。情爱与性欲，在本质上一直被看作是一体化的生命状态，由爱生欲，或由情生欲，都是人性的诗性显现，然而在新生代作家那里，它们分裂了，爱情被解构和放逐。他们在情、理、欲三方面开始背离传统的价值观念，强调消费主义的日常情理，把人的欲望看成是现世的享乐，而拒绝将之作为一种生命力来崇拜与敬畏。"他们首先要否定的就是爱情的飞翔性、心灵中的理想成分，他们消弭的正是由爱而升华出的那种超越任何历史时空的传

① 刘心武、邱华栋：《在多元文学格局中寻找定位》，《上海文学》1995年第8期。

奇本质，而唯一对位于他们欲望化生存现实的只有本能性欲了。”① 于是，爱情书写蜕变为欲望书写，男女之间没有了欲说还休的羞怯，没有了心灵之间的相融相交，剩下的只有对性欲的张扬。肉体气息充斥小说的文本空间，有的甚至从正常的性行为发展到变态的窥淫和乱伦，性的诱惑完全淹没了爱情的光芒。

韩东的小说《障碍》、《交叉跑动》和《我的柏拉图》都集中写到性爱。在《障碍》中，夫妻间的情感、朋友间的友谊、恋人之间的爱情虽然原本不是那么动人和牢靠，却也相对稳定，但这些都随着“黑裙女”王玉的到来，在其引发的性之狂欢中风雨飘摇、面目全非。《障碍》以人物“我”这个内在叙述者来叙事，性的书写大胆而直接：“王玉向我历数了她有过的情人，描绘和示范她的性经验。她对我在这一方面无所保留。朱浩以外她还和四个男人睡过觉，有一个是有妇之夫。”在《交叉跑动》中，浪子回头的李红兵倾心于女大学生毛洁，但他满怀的挚爱同样很快窒息于性的奴役之中，小说从男女双方的体验出发，触及性对爱的背离、遮蔽和对人的完整性的彻底粉碎，热血、眼泪、潮湿、疯狂、痴情最终成了通往冰冷的绝望之路的铺垫。《我的柏拉图》更是对纯洁的爱恋的凭吊，在空荡的房里响起主人公王舒无奈的“不诚实的声音”：“我是一个不相信爱情的人。”从韩东的这些作品里，我们可以看到，性与爱、灵与肉、情与欲之间已没有了任何纠缠，爱情的意义已被彻底掏空。

90 年代作家的欲望叙事，无论是“物欲”的还是“情欲”的，都极大地唤起人们的享乐感，同时也将传统理想原则支配下的文学转化为消费和享乐的生活方式。物欲和情欲的张扬体现了一种快乐原则，这种原则成为新生代小说的主要审美价值。考察 90 年代作家的欲望叙事与道家无为论快乐观的关系，我们发现，90 年代作家的欲望叙事与老庄哲学的无为论快乐观是冲突的，实质上构成了一种拆解关系。以老庄哲学为代表的无为论快乐观，对“欲望”和“快乐”的理解，与深受杨朱思想影响、以魏晋玄学为代表的纵欲论快乐观是大相异趣的。虽然两者都主张遵循人的本性，要求人的生活顺应“自然”，但对人的本性内涵的理解却存在天壤之别：

---

① 洪治纲、凤群：《欲望的舞蹈——晚生代作家论之三》，《文艺评论》1996 年第 4 期。

老庄主张“见素抱朴”的自然人性，而纵欲论者所言的人性则要求感官物质享乐得到无限制的满足。正因为如此，他们对欲望的态度迥然不同，在快乐观上有着鲜明的分野。

《老子》一书多处提到“欲”字，除了作为动词的“欲”之外，就是表示欲望意思的“欲”字，它清楚地表明了老子对人的欲望的理解和要求：“不见可欲，使民心不乱……常使民无知无欲，使夫智者不敢为也。”① “无名之朴亦将无欲，不欲以静，天下将自定。”②“金玉满堂，莫之能守；富贵而骄，自遗其咎。功遂身退，天之道也。”③ 可见，老子没有把人生目标建立在欲望张扬上，而是建立在“寡欲”、“无欲”之上。人的欲望有两种，一种是自然之欲，一种是人为之欲。自然之欲乃是生存之欲，为生理上需要之欲，如食色也，食为保身，色为保种。人为之欲是指超出自然之欲之外的各种欲望，是享受之欲。这些欲望或发自人的欲念，或生于人的心志，都包含了人为的因素在内。利欲、名欲、过多的感官之欲就属于人为之欲。老子有关欲望的学说，肯定了自然之欲，而对人为之欲则持反对态度，提倡节欲。

庄子哲学继承并发展了老子自然无为的节欲思想。《庄子》提倡“达生”，“达生”就是要畅达生命，与身外的各种欲望划清界限，就是不追求生命所不必要的东西，不追求命运所无可奈何的事务，舍弃俗事俗务而使身体不劳累，精神不亏损。庄子认为，人的快乐并不在于欲望的充分满足和肆意张扬。世上所尊贵的是富有、华贵、长寿、善名，所享乐的是身体的安适、丰盛的饮食、华丽的服装、美好的颜色、悦耳的声音，人们一窝蜂地追逐这些欲望，都说这就是快乐。庄子对此提出了质疑，认为富者、贵者、烈士、忠谏者虽然满足了不同形式的欲望，但在保全、护养、完善生命这点上却都有欠缺。因而，庄子提出“至乐无乐”的观点：“至乐无乐，至誉无誉。……至乐活身，唯无为几存。”④

所谓“至乐无乐”，就是将“无为”的生活方式，即不妄为，顺应自然，与天合一的生活方式，作为人生至极的欢乐。所谓“无乐”，是说从

---

① 《老子·三章》。
② 《老子·三十七章》。
③ 《老子·九章》。
④ 《庄子·至乐》。

世俗来看没有快乐，或者体察不出快乐，而不是真的没有任何快乐，这种快乐只有“清静无为”之人才能深切体会到。天无为却自然清虚，地无为却自然宁静，天地无为而相合，万物乃变化生长。人作为宇宙中“四大”之一，也应该和天地一样无为处世，这样才能活身，才能得到至乐。是不是说庄子彻底地抛弃人的欲望呢？不是，庄子抛弃的只是世俗的欲望，而肯定的是顺应自然的、无为的欲望。“庄子并不能消解人的欲望，而只是消解了关于功名利禄等关于欲望的话语，并对人的本能欲望进行话语转移而将人的欲望集中于追求‘至乐’的审美人生。”①

老子提倡“寡欲”、“少欲”，庄子提倡“达生”、“至乐无乐”，而消费主义时代的人们则肆意地张扬欲望，认为“物欲”和“情欲”等欲望的极大满足才是快乐，才是幸福生活之所在。由于受到消费主义思潮的熏染以及自身的生存经验和价值取向的决定，当下文化消费群体的生活目标指向现时性、肉体性的娱乐，而少有对心灵内在困苦的投入和关注。新兴商业文化的一个显在征象就是遵循消费主义的快乐原则，努力回避对精神作形而上的思考。一切现实的欲望被加以合法化、正当化，娱乐代替了理想，性欲代替了情爱，本能满足代替了精神信条。90 年代作家的欲望叙事对于“物欲”和“情欲”的崇拜，以及消费主义时代的文化生产的复制性，正在深刻改变着我们的生存方式，同时也对我们的精神世界产生了巨大的、无孔不入的影响，这种追求无限感官享乐的快乐观对道家纵欲论快乐观是一种契合，而对道家无为论快乐观则进行拆解，也就不可避免了。

---

① 程文超：《意义的诱惑》，时代文艺出版社 1993 年版，第 181 页。

第十五章

鄢烈山现象的形成及其意义

鄢烈山以《一个人的经典》获得第三届（2001—2003）鲁迅文学奖散文杂文奖。该奖项评委会副主任高洪波为鄢烈山授奖时说："社会责任感造就他犀利的文风，在杂文界人望相当高。"终审评委张守仁认为鄢烈山杂文获奖的理由是："针砭时弊，指斥腐败；讽刺辛辣，爱憎分明；关心民生疾苦，充满人文精神。"[①] 这些都是对鄢烈山及其杂文的高度肯定。一直以来，各类人士对鄢烈山杂文存在着不同的看法和评价，这次获得文学界的最高奖项，显示了权威机构对于鄢烈山杂文创作的认可和接受，也表明了他的杂文具有巨大的思想艺术魅力。

不过，如果把鄢烈山的杂文写作仅仅看作是一种文学行为，那就大大低估了它的实际意义，应该说，鄢烈山的杂文写作已经形成一种"鄢烈山现象"。这种现象的形成有一个比较长的过程，是由多种条件和原因促成的，而且包含着独特的思想内涵，在当代呈现出不可忽视的社会意义。

一、在多元评价中形成的鄢烈山现象

鄢烈山从1984年开始写杂文，至今已有二十多年时间。20世纪90年代，当文人纷纷下海经商或由文入仕的时候，鄢烈山坚守住自己热心的文化阵地，爆发出旺盛的创作力，不断向现实发出质询和拷问。目前已出版17本杂文集：《假辫子·真辫子》（1989）、《冷门话题》（1995）、《正义的激情》（1997）、《中国的个案》（1997）、《此情只可成追忆》（1998）、《追问的权利》（2001）、《中国的羞愧》（2001）、《一个人的经典》（2003）、《丢脸》（2004）、《年龄的魔力》（2005）等。这些散见于各大报刊，后又结集为书的杂文正是"鄢烈山现象"形成的前提条件之一。不过，著述时间长，作品丰硕，并不是"鄢烈山现象"的主要成因。因为创作数量更多的作家并不鲜见，一个作家也不能因为出书比别人多就必然成为社会关注和争议的对象。

鄢烈山杂文的名声远播海内外，这种名声也是"鄢烈山现象"形成的前提条件之一，但它同样不是"鄢烈山现象"的主要成因。在当今传媒发达的后工业社会，要想赢得一点名声并不难，如果想名声被社会所认可，

① 张恩超、鄢烈山：《杂文应是银针手术》，《南方周末》2005年7月7日。

并被人们由衷感佩，那就非常难了。鄢烈山以其文章兼备思想穿透力和艺术感染力而名扬于世，出的是后面这种有难度的名。尤其是1996年至2001年4月的六年间，他曾用本名或笔名为《南方周末》开设时评专栏，更是引起大家的热切关注，他的名声因此达到了顶点。鄢烈山的杂文创作还被写进文学史教材，《二十世纪中国杂文史》（姚春树、袁勇麟著）就辟专节介绍鄢烈山杂文，《中国当代文学发展史》（金汉主编）也把鄢烈山作为新生代杂文的代表作家来介绍。这些是学术界对鄢烈山及其杂文创作的肯定和认可，鄢烈山由此而进入当代文学史的叙述之中。

既然创作数量和名声都不是"鄢烈山现象"的主要成因，那么是什么使得"鄢烈山现象"得以形成呢？就像"王朔现象"和"张艺谋现象"是由社会文化原因造成的一样，"鄢烈山现象"的主要成因同样需要从社会文化层面去寻找。通观"鄢烈山现象"，我们可以看出主要成因在于当今社会对鄢烈山杂文的阅读和接受态度。

在阅读和接受鄢烈山杂文这个问题上，当今社会一直存在着一种多元矛盾现象：鄢烈山的杂文一方面被很多读者喜爱着，认为读起来痛快，有启迪性，有思想冲击力；另一方面也被某些权威人士批评着，认为不宜在某些场合露面。但是，鄢烈山杂文所宣扬的那种现代思想、价值、精神以及其中透露出的满腔正气又是无法否定的，他在文章中倡言人权、民主与法治，反腐倡廉，针砭时弊等做法，这显然又都与我国现行法律政策等主流意识形态相一致。正如他自己所言："我没有写过一篇犯什么严重政治错误的文章，也没有写过一篇让领导作检讨的东西。"① 于是，第三届鲁迅文学奖散文杂文奖授予鄢烈山也是情理中事。这个奖项由文学界有影响的作家、批评家、专家学者联合评出，同时又以中国作协这个权威文学机构的名义颁发，可以看出文学界、知识界和权威机构对鄢烈山的共同认可。

鄢烈山一直坚持着边缘化写作，曾被《南方人物周刊》评为"影响中国的公共知识分子50人"之一。这次人物评选的标准为：一是具有学术背景和专业素质的知识者；二是对社会进言并参与公共事务的行动者；三是具有批判精神和道义担当的理想者。这种评选具有民间性质，体现的是

---

① 李深明：《思想情感的激荡——访全国第三届"鲁迅文学奖"获得者杨黎光和鄢烈山》，《新世纪文坛》2005年2月18日。

正在成长的民间力量的价值取向和目标追求。于是我们又看到，鄢烈山的领奖行为又引起了很大争议：赞扬、肯定并感到欣慰者有之，批评者亦有之，有人著文称这是向“体制内”投降，是被“招安”。真是众说纷纭，莫衷一是。

正是以上阅读和接受上的多元矛盾，才最终导致鄢烈山的杂文写作形成一种“鄢烈山现象”。

二、鄢烈山的写作立场转向

“鄢烈山现象”的具体内涵首先表现在创作转型方面。鄢烈山曾表明，他1996年以前比较多地写杂文，之后就开始写时评。对于“杂文”和“时评”，鄢烈山认为它们之间有共性，同时又作了明确的区分，认为前者不必非要具有后者的民间性、新闻性和当下性不可。鄢烈山把时评从鲁迅的那种杂文论述中独立出来，实际上表明了他在文学创作及其理论上开始转型（为了易于一般人理解，我们暂且把时评归入杂文这个大类进行讨论）。通观鄢烈山的杂文创作，我们可以1996年为界，把它分成前后两个阶段：前一个阶段是以“平民写作”为创作追求，后一个阶段则转而追求“公民写作”。虽然“公民”与“平民”只是一字之差，在思想精神上也有承继的一面，但作品的思想倾向却发生了一种转换，可以说它们之间有着很大的价值分野。

从一开始写杂文，鄢烈山就着力避免杂文沦落为一般短论，不像某些人那样满足于对现实、社会发表一些人云亦云的比较肤浅的看法，或是发一通牢骚解气了事。因而，鄢烈山杂文一直以来就表现出与众不同的地方，可贵之处在于：“关心人民疾苦，又善于思考和敢于思考，突破了一些思维定式，从一些人们习见的世态、现象、问题中，进行挖掘和探究，说出了自己的看法和见解。”[①] 在20世纪80年代，“与一般同龄的杂文家比，鄢烈山的优势确实表现在他勤奋读书带来的较为深厚的学识根底。他读历史，读野史，对当代的东西也不生疏”[②]。这些因素使得鄢烈山的早期

① 鄢烈山：《冷门话题·序》，成都出版社1995年版，第2页。

② 鄢烈山：《假辫子·真辫子·序》，光明日报出版社1989年版，第2页。

杂文形成自己的特色：雄辩而又深沉，明快而又含蓄，热情而又隽永，既具有说服力又具有感染力，因而能给读者带来审美愉悦和思想艺术上的冲击力。

1995 年出版的《冷门话题》在“内容提要”里这样写道，该书杂文随笔“以平民百姓的视角观察中国的现状，表达了普通民众的喜怒哀乐，涉及社会生活的方方面面，有相当的广度和深度；以渴望民族进步的文化人心态，审视五千年文化传统及其在今日中国的表现，洞幽烛微，时有独到见解”[①]。不难看出，这个阶段的鄢烈山杂文在价值倾向上明显带有 20 世纪 80 年代思想启蒙的风气。作者是“文化人”，是知识分子，却采用“平民百姓”的立场和视角去观察问题，体现了对某种社会观、历史观的自觉坚守。

在维护人民大众利益、为人民大众说话这一点上，鄢烈山杂文一直以来并没有改变，但 1996 年以后的写作立场却有了调整，即从“平民写作”转向了“公民写作”。一般来说，在专制社会里，对现实持激烈批判姿态的知识分子常以“平民”身份居之，以区别于有权有势的统治者，作为批判者、反抗者自觉地站在人民大众一边。而在宪政社会里就不同了，“公民”成为每个人当然的第一身份，且在这一身份上人人是平等的。作为“公民”，每一个人其实就是国家的共同主人。对于“公民写作”与“平民写作”，以及与“知识分子写作”之间的关系，鄢烈山认为它们在现阶段并不是对立的，三种类型的写作都“不过是一种观点，一种说法，不妨并存”[②]。由此可以看出，鄢烈山以一种非常宽容的态度扬弃了“平民写作”，转而扛起“公民写作”的旗帜。

鄢烈山 1996 年前的不少杂文里也表现出一种公民意识，不过那只是法制意义上的公民，而没有达到宪政意义上的公民这个层次。在 1997 年出版的《中国的个案》的自序里，鄢烈山肯定了卫人新妇难能可贵的地方正是“一种当家主事人的心理、气概和责任感”，认为“咱们的杂文家本来就是中国公民”，[③] 以卫人新妇那样的心态和口吻讲话就更是当仁不让了。从那

---

① 鄢烈山：《冷门话题》，成都出版社 1995 年版。

② 鄢烈山：《告别“翻身”观——论“公民”与“战士”的分别》，《作品》2005 年第 5 期。

③ 鄢烈山：《中国的个案·自序》，青岛出版社 1997 年版，第 4 页。

以后，鄢烈山对“公民写作”立场的选择更加自觉，与之前的“平民写作”拉开了距离，渐行渐远，并向80年代那种启蒙主义作了最终告别。鄢烈山宣称杂文家不比谁高尚，不比谁卑贱，不是当权者，也不是反对派，这种自我定位显然与80年代启蒙主义的知识分子是不一样的，与90年代以来市场经济时代的知识分子在思想精神、价值取向上则趋向一致。

三、鄢烈山的“公民写作”内涵

“鄢烈山现象”的具体内涵也表现在他对创作理论的阐发和选择上。在创作理论上，鄢烈山虽然不是“公民写作”概念的首创者，但对“公民写作”的倡导却不遗余力，并作出了很大的贡献。有关“公民写作”，鄢烈山发表了三篇文章对其进行阐述。这三篇文章是《杂文新概念：公民写作》、《一个公民的杂文写作》和《告别“翻身”观——论“公民”与“战士”的分别》。

鄢烈山认为，“公民写作”中的“公民”是杂文作者的自我定位，并认为与“公民”相对立的有四种人：一是奴才与驯服工具，二是蛊惑人心的阴谋家和只为发泄仇恨的暴民，三是自以为高明的“王者师”与“传教士”，四是不甘心做奴隶的反抗者。[①] 这四种人的写作都不是“公民写作”。因为“公民写作”要求作者有自由的心态、平等的观念以及法治、人权、宪政等现代意识，要清醒地体认到自己作为共和国的一个公民，依法享有思想自由、言论自由，有参与国家与公共事务管理的权利，可以是我所是，非我所非，又有强烈的社会责任感与使命感。[②] 此外，“公民写作”还是一种“个人化写作”，也是一种“社会性写作”，因为它不仅关心私生活领域的个人权利，而且更多地关心公共生活领域的公民权利，即关心社会问题，关注公共利益，自觉地为沉默的弱势群体讲话。可以说，秉持“公民写作”立场的人，是不甘受人压制的“个人主义者”，也是路见不平拔刀相助的“独行侠”。

“公民写作”与“平民写作”、“知识分子写作”是有显著区别的。它没有“平民写作”的自我标榜意味和民粹主义嫌疑，也没有“启蒙”、

---

①② 鄢烈山：《一个公民的杂文写作》，《杂文选刊》（下半月版）2005年第2期。

“知识分子写作”的自命不凡和精英主义嫌疑，它是一面鲜艳又朴素，人人扛得动，狂风吹不倒的旗帜。[①]

“公民写作”也与“战士”的写作不同。“公民写作”这种自觉的精神追求，不是“投枪”、“匕首”之类杂文旧概念所能涵盖的。在对杂文写作的理解上，鄢烈山不隐藏自己“先胡后鲁”的倾向，认为鲁迅是“不甘心做奴隶的反抗者”，用现代宪政理念来审视，鲁迅不可能或没有现代公民的自我定位，而是精神界、文化界、思想界的“战士”。与鲁迅不同的是，胡适的写作则更接近今天所说的“公民写作”。

这种价值判断和立场选择引起了文化界、学术界的很大争议。有人认为，现在提倡“公民写作”是“压制‘鲁迅风’”，是“向杂文套绞索”，是“顺应既得利益”，甚至是“投降”。有人甚至认为，一些人之所以贬低鲁迅，是因为当今社会学胡适容易，学鲁迅艰难。目前中国还没有进入公民社会，因而缺少“真正的公民”，所以“公民写作”实际上并不存在。“公民写作”只是一种“犬儒化”主张。对此，鄢烈山则声称，中国的现代化尚在建设中，公民社会不可能一蹴而就，但我们可以这样自我期许，循名责实去努力，走向公民社会。今天所说的“公民写作”，对现实虽然持批判态度，却不认同“翻身”闹革命，而持改良、改革、改造现实的立场。

相关争论其实有简单化之嫌。因为单一地否定鲁迅或否定胡适，和单一地肯定鲁迅或肯定胡适，都是不恰当的，在鄢烈山看来也正是这样，所以他表明有“先胡后鲁”的倾向，而不是说“扬胡抑鲁”。为什么会出现“先胡后鲁”，而不是一些人在争论的“扬胡抑鲁”的倾向？这与鄢烈山坚持的“公民写作”立场有关，还与他对杂文写作的理解有关。一方面，鄢烈山认为民主宪政理念已经渐入人心，也在现实中逐步构建，现在杂文家要做的是用“公民”立场的杂文写作来推进中国的公民社会实现。他不赞成袭用匕首、投枪这类暴力喻体，认为用治病救人的银针手术刀比喻杂文更合适。另一方面，鄢烈山认为，杂文最重要的是有风骨，不媚权，不媚

---

① 鄢烈山：《杂文新概念：公民写作》，《当代文坛》2002 年第 4 期。

俗，是我所是，非我所非，心忧天下，为民请命，匡扶正义，寻求公道。[①]正因为这样，鄢烈山才作出了“先胡后鲁”的价值选择，这里是先后之分，而不是扬抑之别，进一步说，鄢烈山是从时代背景和社会需求出发来判定当下更需要哪一种文化策略和写作立场的。

四、鄢烈山杂文的基本主题

“鄢烈山现象”的具体内涵更突出地表现在他的杂文的思想主题方面。这是鄢烈山杂文最为重要的价值所在，是“鄢烈山现象”内涵的基本依托。通观《一个人的经典》以及鄢烈山的其他杂文，我们发现鄢烈山的杂文谈的都是关于“人”的经典话题，具体地说，又可以分成三种基本主题：一是关于人权，二是关于改造国民性，三是关于民主、法治和反腐倡廉。

鄢烈山写杂文最关心的就是“人权”。“谈关于人权的话题，一是要勇气，二是要智慧，这里面有良知与胆识，也有表达技巧。”[②]几十年以来，“人权”一度成了西方发达国家的专利和社会主义国家的忌讳，一谈人权，似乎就是向资本主义意识形态投降。如今，“尊重和保障人权”已经被写进中华人民共和国宪法，中国不再讳言人权，不再拒绝“人权对话”，尊重和保障人权终于成了光明正大的话语。在一直以来的杂文写作中，鄢烈山不断地呼吁尊重和保障人权，在《人权：人的权利》一文中他把“人权”解释为“人的权利”，这种理解的精髓就是表明人权是固有性的，是普遍性的，体现着人应有的尊严感。而在《人为贵》中，鄢烈山则批判了流行甚广的“职责是保护国家财产，而没有义务对个人负责”的物贵人轻思想。在《谁的“大局”》中，则批判了一些人借维护大局之名，谋一己之私，侵犯公民的合法权益的遮羞言行。在《“明目张胆”何罪》中，鄢烈山让人耳目一新地了解到，“明目张胆”原来不过是人之所以为人的自然状态，是人的天赋权利，而在现实生活中人们却用“驯良”作为人的道德标准来压制人性。在《“国家”之名》中，鄢烈山指出，作为国民“有

①② 鄢烈山、吴小樊：《在别人思想止步的地方——鄢烈山访谈录》，《羊城晚报》2005 年 1 月 15 日。

权利要求国家提供安全、秩序、公正等‘公共物口’，但切莫指望‘国家’和‘公仆’们会自动兑现承诺”。在《向谁要真相》中，鄢烈山指出，在寻求真相和知情权的过程中要做到“程序公正”，调查工作肯定不能完全由官方或有官方背景的人暗箱操作，否则会南辕北辙。

与倡导“人权”密切相关的，是改造国民性，是对国民奴性意识的批判。这个主题是20世纪以来中国启蒙主义的基本主题，由鲁迅等人极力提倡，后人积极响应，取得了很多思想成果。鄢烈山的很多杂文都以此为指归，而且又作出了许多精彩的论述。在人们习以为常的“二狗”、“狗娃”之类随处可见的名字中，鄢烈山发现了取名背后的文化密码：“人只有轻贱自己，才能获得保全；人只要轻贱自己，就可能全身远祸。”这种苟且偷生，以活命为第一追求的求生哲学就是“二狗哲学”。鄢烈山声言，这种哲学不彻底清除，“中国人民站起来了”就是一句空话。（《二狗哲学》）对于广为传颂的忠臣讽谏的故事，鄢烈山则认为讽谏是“一门该诅咒的学问”，因为讽谏是臣下对主上进言，必以效忠为基础，它不过是奴才“参政”的方式，与现代民主精神格格不入。（《一门该诅咒的学问》）而在《陈奂生主义》中，鄢烈山则指出这种主义的核心观念是“只要不是欺我一个人的事，就不算是欺我”，这种被普遍奉行的处世哲学实质上是一种“缩头乌龟哲学”。在《砍头还要谢恩》中，鄢烈山则批判了封建统治者向来施行的“恩威并用”的牧民手段，指出这种手段致使人民饱受专制压迫，习染封建观念，久而久之就形成了奴性的社会心态和扭曲的思维逻辑。诸如此类的分析与批判，还有“太监学”、“敬官传统”、“造假本能”、“独夫民贼的政治哲学”等。这种批判是一个“公民”、一个“主人”对奴隶意识及其深层原因的清算，发人深省。

民主、法治和反腐倡廉同样与“人权”有关。前者的实践就是为了更好地建设一种保护人权、激励人性之善的社会制度，鄢烈山的很多杂文对此都作出了精彩的论述。“专制”、“人治”、“腐败”这些东西在现代已经失去了合法性，但它们并不会自动退出历史舞台，而是乔扮成人民的意志、民主的形态或合理的利益享有者。鄢烈山指出，在高度专权的社会里，人们都戴着防护面具，都会演戏，所谓“一致通过”其实是虚假的，是把“民主”作为遮羞布而已。（《论“一致通过”》）为了遏制权力成为资本，有人提出首先从体制上挖掉权力寻租的基础，同时要扩大民主，加强对各级权力的监督。这种说法固然不错，但很长时间以来却没有取得现实效果，为此鄢烈山一语中的地指出，所有问题的关键“在于怎么做”，而不能停留于理论设计。(《“权力资本”》)在江西省查禁中央政策汇编《减轻农民负担工作手册》的事件中，鄢烈山发现了一种比远华案更为严重的政治信号，即一些地方已经形成了与普通民众特别是农民的利益尖锐对立的权势利益集团，这种腐败集团是非常可怕的，因为他们掌管的国家公共权力已被异化为谋取特殊利益的私器。(《比远华案更严重的信号》)其他杂文像《孩子，你为什么会这样想》批评了“萨达姆崇拜”，《“一人化”领导》批评了“一把手”破坏民主集中制，《论段小楼的被驯服》、《哀陈伯达》等则透露着对个人命运与时代、与制度之间关系的深入思考。

通观而言，鄢烈山对现实生活高度关注，思考和写作都非常勤奋，一旦新闻事件出现，他必能以敏锐的目光穿透事件表层而抵达内核，发出独特而富有见解的声音。他站在公民写作的立场上，对现实生活中的人、事、理进行剖析，写的题材哪怕在有些人看来是一桩小事，其实都是重大题材，因为它攸关人权和公民权利，攸关民主和法制，攸关我们的未来社会如何建设和发展。这种争权利尽责任的公民写作，顶住诱惑和压力，坚持独立立场、坚守知识分子的良知而不逢迎统治者，确是难能可贵的。一直以来，鄢烈山坚持以公民的姿态现身于这个世界，批判奴性毫不留情，秉公直言决不含糊，为民请命从不推托。《一个人的经典》等杂文集，正是他做“人”的记录，也是立“人”的记录，还是他为“人”鼓而呼的记录。

五、鄢烈山现象的意义

鄢烈山的杂文写作由一种文学行为而形成“鄢烈山现象”，它的产生意义的场所可以说已经越出了文学的边界，更多地介入广阔的社会现实生活之中，这就是鄢烈山现象的价值、意义之真正所在。说鄢烈山杂文喜欢唱反调也好，说它总在惹是非，引起相当广泛而热烈的争论也好，这些都表明他的杂文因其现实介入性而成为我们思考和理解这个变革时代的一种有效媒介。“每一位严肃杂文家的每一篇杂文都在对现实进行历史拷问。

而他自己，也被历史拷问着。”[①] 鄢烈山杂文所做的除了对现实和自我进行拷问之外，也是在对每一个世人的灵魂进行拷问。这些拷问使人反省、醒悟和得到启发与慰藉，有时也令人痛苦和尴尬，同时使其得到某种疗救。

“鄢烈山现象”在当代社会的根本意义在于：它实际上是多个社会阶层思想交锋和利益博弈的一种场所，是我们这个时代思想精神的一种晴雨表，是当代中国政治、社会、文化转型和现代性追求的一种踪迹。在这里，各个社会阶层的声音并不都是整齐划一的，而是多元化、差异性的，而且各个阶层本身的声音也存在着矛盾、冲突的一面。在这个新旧交替、破坏与建设并行的时代，都争相行使自己发言的权利，或者依托代言人来表达自己的心声。这种多元共生、众声喧哗的话语实践，是我们这个时代和社会的巨大进步，是改革开放的最好成果之一，其中伴随着激情、进取、满足，也包含着痛苦、迷茫、徘徊。我们只有把“鄢烈山现象”放回到这样的时代背景中去讨论并发掘其具体内涵，才是恰当的。概而言之，鄢烈山作为知识分子，他的杂文创作更多地代表着当代社会的现代性追求倾向，它以“公民社会”建设为指归，体现的是民主、法治、人权、自由、平等等现代价值精神。这些价值精神在我们长期而艰难的努力过程中正一步步地变为现实的组成部分。

---

① 鄢烈山：《一个人的经典·前言》，长江文艺出版社 2003 年版，第 1 页。

第十六章

目标的窘困与意义的迷失

女性主义及其文学的蓬勃发展是20世纪文化史和文学史的重要事件，它对有史以来以男性为中心的文化进行了抗争和拆解，尤其在20世纪下半叶，它尖锐的声音响彻我们的耳畔，令任何批评家哪怕是有性别歧视的批评家都不得不刮目相看、叹为观止。总体来看，女性主义运动推动了社会向完善方向发展，但某些女性主义的理论和文学作品却显示出过度的偏激。女性主义的某些理论和文学作品希望通过对女性的性心理、性体验的言说和对传统的性观念的反叛来提高女性的自我觉悟，解放女性自身的身体，反对针对妇女的性暴力而为妇女争取到更大的生存空间和更多的思想自由。我们对这种“妇女解放”的思路和方法心存疑问，着重从目标实现和意义显现两个层面进行了反思。

一、女性解放及其目标窘困

艾晓明发表在《作家》杂志2000年第10期上的《V日风潮》评述了当代美国的校园性别文化。论文开篇由一出戏剧及其引起的文化风潮切入。今年在美国的150多所校园里，因为一出戏剧的上演，情人节被赋予了新的含义。发起活动的女性主义团体以它作为“妇女战胜暴力纪念日”(Victory over Violence)，而对此持反对意见的人则认为，这个活动的灵感来自一出戏剧《阴道独白》(*The Vagina Monologues*)。至此，“女性主义者把‘情人节’(Valentine's Day)变成了‘阴道节’(Vagina-day)”[①]。该文介绍了《阴道独白》的主要内容和演出盛况，并着力剖析了校园及其他场合的性暴力现象，最后对解决这一问题的方法也作了探讨和推介。

《阴道独白》是美国女作家伊娃·恩斯勒自编自演的单人剧，该剧1997年获奥比奖，1998年成书出版。该剧通过对阴道的大胆言说，把过去人们不敢公开谈论的女性隐秘的性心理，用戏剧表演这种形式表现出来。人们过去一直认为，阴道是一个脏词，淫秽的词，是我们不能随意说出口的词，以及我们不能在公共场合大声说出的词。恩斯勒认为，这个词曾经使绝大多数女孩或女人感到尴尬和痛苦，这是过去文化教育的结果，是男性中心主义文化对女性的压迫。恩斯勒在演出该剧时，把“阴道”这个词

---

① 艾晓明:《V日风潮——美国校园里的性别文化观察》,《作家》2000年第10期。

连续不断地说出来，全剧有一百多遍。应该说在特定的场合谈论阴道以及其他称谓性器官的词，无可厚非。而且有关性器官的词不是一个“恶”词，至少是一个中性词，它还是与我们认为“美”的性爱联系在一起的。毕竟现在人们对“性”这个东西给予了适当的地位，在有些场合可以比较自由地谈论“性”了。

问题出在另一种意义层面上，当我们为阴道和其他性器官“正名”，对性器官不分场合、不分时间毫无顾忌地谈论的时候，我们是在敞亮“性”的感官及其意义，是在消解人们对“性”的朦胧诗意的想象，实际上也是在消解文明的一些基本规范和根本精神。同时是在把我们过去认为是隐私的东西暴露出来，把它放在光亮下，放在我们目光随时可以到达的地方。而我们的目光可以亲近它，也可以虐待它、嘲弄它。说到阴茎，其实它和阴道等性器官一样，主要是“隐词”，并不是我们的文化允许的可以在任何场合下随意说出的词。女性主义者把说出阴道作为思想解放的一种途径，或者把它作为对男权的颠覆和反抗，其实并不可能达到目标，妇女的解放根本上是经济上的解放和精神上的解放。至于有些“压迫”则是男性和女性所共同承受的，这是人类的宿命，是我们永远的痛苦和无奈。所以说，如果只是或主要是从谈论性开始反抗男权或走向解放之路，其实是实现不了女性主义目标的，它只能导致女性主义及其文学在意义上的迷失。

女性主义者认为，针对性暴力，要把“讲出来”作为身心解放之路，作为反抗性政治的策略。妇女的心智健康会因为这种努力得到拯救，通过公开这些隐藏的经验，给它们命名，就把女性的愤怒转化为了积极的行动。而且“讲真实，这是自我认识之路，也是解放的道路。女性主义运动在这条路上，为今天的大学女生争取到更多的思想自由，也为妇女开辟了更大的生存空间”[①]。

这里把“讲出来”作为实现“反抗性暴力，争取妇女解放”这一女性主义目标的策略和手段，应该说是抓住了问题的核心，但对“讲什么”，我却心存疑问。冲破思想顾虑和风俗压力，讲出自己遭受性虐待、性侵犯、性骚扰的经历，从而争取正义和公道，无疑是值得提倡和肯定的。性

---

① 艾晓明：《V 日风潮——美国校园里的性别文化观察》，《作家》2000 年第 10 期。

暴力是我们共同所不齿的。

但在另一些场合下，肆无忌惮地言说性器官和性经历，我想问：这种“讲什么”是不是有必要呢？在这些言说中，过分地强调两性之间的对立，其实是没有必要的。男女两性之间毕竟有依赖与和谐的一面，而且是主要的方面。从言说性出发来解决妇女解放问题以至人的解放问题，其实并不能最后解决我们共同的问题。再从性文化传播角度看，我们大人的言说是否还应该恪守一个与“少年儿童不宜”相类似的原则？应该说是应该的。大人和少年儿童生活在共同的社会环境里，但生活所要求的内容却是不同的，在不同年龄段，每个人的人生目标和追求不断在变化，所以大人和少年儿童要有不同的生存语境，大人对性的大胆言说不能扰乱少年儿童对世界纯真的感觉和想象，这是男人和女人在世间共同的义务和责任。现在，不少的女性主义文学作品、影视剧和戏剧表演过分专注地言说“性”，并以此作为表现的主要内容，其实是走入了女性主义目标的反面。

如果按照这种女性主义的文化观去发展今天乃至未来的文化，我们的文化面貌将是什么样子？我现在还很难作出比较全面的判断，因为各种判断总要受到历史和时代的局限，只有到了一定的历史阶段，才能看清楚事实的真相。所以我只能说，至少从现在的迹象看，这种思考路向和行为方式只是市场经济社会里的一种后现代主义的做法；在消解或者颠覆之后，我们生存的意义大概就只剩下“欲望的狂欢”了，而且它和金钱一样，是赤裸裸的。

再看另一段文字。美国学者玛瑞兰·雅龙在《乳房史》中回顾了文化对乳房塑造的历史。针对80年代以来女权日益受到反挫，逐渐耸起的胸脯又开始释放出颇有感召力的魅力，并鉴于在非洲和太平洋岛屿上，男女全都裸露上身的部落根本就不存在文明社会里有关乳房的顽固观念，她提出了“自由乳房”的设想，她建议女人好好想想，到底是舒服重要还是美观重要？一些女权主义者甚至提出了烧掉乳罩、裸露上身的倡议。雅龙还针对美国法律不准妇女公开把乳房暴露到乳晕部位的规定，反诘说：“我们该不该把它视为对妇女的一种歧视呢？男人都有赤膊的自由，妇女就该在公园和运动场上头顶烈日捂一身汗吗？难道这一规定只是为了加强女人的乳房天生就诱人而男人一见女人的裸胸就不能自持的成见吗？制定这样的法律是不是旨在为色情图像和影视广告保存赤裸的乳房，好让它们由于在私人身上的隐藏而在公开场合显得更加珍贵?”① 女性主义者认为以往的乳房观念都是男性从外部对女人的乳房作这样或那样的规定，如今女人要解脱这些束缚，从个人内心的感受出发，要利用各种媒体重构妇女的身体，或消解传统的理想美。被再现的乳房不再是男性欲望的对象，而是妇女开始辨认自身，展示女性中心的性逗趣。女性主义者专注于自身身体的解放，要表现乳房的各种形态。

“自由乳房”的目标正如有人所展望的：“大概只有到了有一天，当大多数女人把身体的舒适看得比美观重要，当乳罩已毫无用处，当乳房已同脖子或脚一样失去性感，被同身体的其他部位一样看待，女人才有可能挺起自由的乳房走向人群。”② 其实，女性主义有关乳房的这些观念，实质上是否定了两性生活的特点，有意否定了文明的进步意义，所以这种反叛在实践上终究走不出文化的制约。女性主义者同时忽略了现存的文化对男性的规定和对女性的规定是一样多的，男性在性观念等方面和女性一样受到文明的制约。可以说，女性主义者有关乳房的这些观念实际上是反文明的，而对文明的一些根本精神的颠覆，无论是男性所为还是女性所为，注定都会得到纠正。

二、意义迷失及其救赎可能

20 世纪 80 年代末之前，我们还只能说中国文学中有女性文学，而且这种女性文学还处于羞羞答答的位置，但到了 90 年代，女性主义及女性主义文学在中国就很昌盛了，女作家创作的影响远远超过了男作家。如果只是从影响的程度来衡定女作家、男作家的创作水平的高低，那就走入了判断的误区。为什么女性主义文学在中国迅速流行，并占据了大众阅读的主要方面？连一些评论家，不管是男性还是女性，都把它作为研究的主要甚至是首选兴趣？女性主义及女性主义文学之所以兴盛，个中秘密不难看

---

① ［美］康正果：《面对乳房》，叶舒宪：《性别诗学》，社会科学文献出版社 1999 年版，第 106 页。

② ［美］康正果：《面对乳房》，叶舒宪：《性别诗学》，社会科学文献出版社 1999 年版，第 107 页。

出，尽管一些持女性主义立场和观点的人不愿赞同。大致可以这样说，女性主义及女性主义文学的一些文化倡导正好与市场经济的消费特征达到了契合，它本身就为消费社会提供了一种文化消费需求，为“欲望的狂欢”提供了消费品。

女性主义的目标或者理想“表白”不能说是这样的，但女性主义及其文学的某些实践结果却落到如此地步。女性主义用来批评现存文化的核心思想是性政治。女性主义者高举“政治标准第一”的旗帜，认为性别关系不仅是一种自然关系，而且更重要的是一种政治关系。凯特·米利特指出：“一种最巧妙的‘内部殖民’在这种体制中得以实现，而且它往往比任何形式的种族隔离更为坚固，比阶级的壁垒更为严酷、更为普遍，当然也更为持久。无论性支配在目前显得多么沉寂，它也许仍是我们文化中最普遍的思想意识、最根本的权力概念。”① 女性主义者在两性关系之中发现了政治关系，并且把对这种关系的分析扩充到现存文化中的方方面面，可以说是夸大了这种关系在现存文化中的统治地位和作用。女性主义作家和批评家力求建造女性写作独特的话语系统和表达方式，力求根治女性失语症。她们既要颠覆男性写作方式，又要创造自己的文本系统。“女性文学无论在题材上，还是在主题上，都追求理想，追求与男性政治上平等和属于女性自身意识的理想，向往自由，憧憬未来。”②

女性主义的这种目标和理想在消费主义社会里能不能实现？对这一问题目前还很难作出回答。在90年代，林白、陈染、虹影、海男、徐坤等中国女作家的创作带有较为鲜明的女权主义色彩，力图颠覆男性话语权力，争夺应该属于女性的一切权力，如爱与被爱的权力、性的权力、选择生活方式的权力、自我发展的权力等。对于这些目标，女性作家企图通过对女性意识、欲望、生命的体验，通过对女性的性心理、性体验的极端化表现来实现。有些目标可以说是实现了，有些则不能说是实现了。在林白、陈染的一些作品里，她们写了女性对爱欲的渴望、恐惧、追求以及爱欲受阻后的孤独、苦闷、烦忧，写了女性的同性恋、自恋，写了女性对自我身体

---

① ［美］凯特·米利特著，宋文伟译：《性政治》，江苏人民出版社2000年版，第33页。

② 张首映：《西方二十世纪文论史》，北京大学出版社1999年版，第505页。

的欣赏、探索、抚摸等。在市场经济社会里，“女性文学在这种另眼相待的定势里，一味强化男女之别的底线，反抗也就成了迎取，颠覆反而演变为展示，如此这般的女性文学就会落入圈套，在笼中作‘解放秀’”①。女性写作，特别是那些暴露隐私的典型叙事，实际上已经走向了女性主义立场的反面。“不仅未能抵达反抗男权文化的创作初衷，反而不自觉地让身体化、私语化的叙事成为男性实现窥视欲望的空间，还有那袒露出来却被消费了的女性潜意识，那被作为商家卖点的掀起了盖头的女性隐私，这一切都或隐或显地显现了当下女性写作的危机。”② 而那些更年轻一些女性主义的写作，如70年代出生的一些女作家如卫慧、棉棉等人的一些作品，更倾向于把商业炒作的时尚与女性的欲望相接合，制造了为这个时代普遍关注的意淫景观。

女性主义文学拒绝宏大叙事，提倡个人化叙事。有人认为，它“把个人化的叙事文学从内容和形式都推向极致，使个人化的文学创作由个体的自出机杼而达到整体的花样翻新，而这恰巧适应了市场经济下越来越多的读者渴望心灵慰藉的审美需要”③。实际上，女性主义作家把“个人化”叙事更推向了“私人化”的地步，它的功绩与缺陷并存。它的通病是以一种偏执代替了另一种偏执，尽管这种偏执的表达之中也流露出诗性，但偏执毕竟是偏执，当它超越了性别话语，或者在性别上不存在歧视时，偏执才会少一些。而一些女性主义作品在张扬女性意识时，也遗憾地落入歧视另一性别的陷阱中，对男性的全面敌意是她们反抗的策略，也是注定荒谬的宿命，就像一些男性作家在作品中表现对女性的歧视一样，注定了在这个时代的落伍。两性的和谐、依赖和共存才是符合人性和道德的理想状态。

在一些女性主义的作品里，把肉体当作我们的家园，肉体靠在了一起就回到了家，把肉体和性的欢娱当作女性寻找的心灵栖息地。这种以肉体为精神栖息地的选择，恰恰抽空了文学独特的对灵魂的关注和拷问。私人化的叙事建立在“自己的房间”里，这种“自己的房间”隔开了时代的生存问题，当女性写作沉浸在梦幻的诗意的私语中，咀嚼着性别的悲欢时，

---

① 施战军：《女性文学的自在形态》，《百花洲》2000年第4期。

② 朱水涌：《女性写作的危机》，《百花洲》2000年第4期。

③ 白烨：《读解女性文学》，《百花洲》2000年第4期。

实际上就远离了对当下生存困境的关怀和同情。而在市场经济社会里，个人化、私人化的隐私书写实际上成为反女性主义本身的一种力量。

令人欣慰的是另一些女性主义作品的成功，如陈染新近发表的《声声断断》，它对事物的穿透力，对生活灵敏的触感，对平凡生活的诗意发现，都给读者留下了深刻的印象，让我们深深感动。也许可以这样说，当女作家选择对生活怎样书写的同时，生活、时代本身也在规范作家写作的可行性，并校正女性主义文学的方向，而女性主义及其文学在目标上的窘困和意义上的迷失，或许并不会使我们永远悲观，因为它还有着被救赎的可能。

第十七章

寒山碧的传记文学观与文学史写作

20 世纪 50 年代以来，香港传记文学上承儒家文化，下得自由沐浴，佳作名著，琳琅满目，因而写一本“香港传记文学史”应该是顺理成章而又亟待完成的工作。香港知名作家寒山碧先生历经八百个日夜奋笔疾书，论及一百多部传记文学著作，终于完成了四十万言的《香港传记文学发展史》，此举为两岸三地的香港文学研究作出了新的贡献。

寒山碧是香港文坛的多面手，写作上尤以传记文学名扬海内外。《香港传记文学发展史》乃是他的新作，也是一部力作。从这部著作中，我们可以清楚地看到，寒山碧在传记文学写作上具有深刻的体验和感悟，并形成了个性独特的传记文学观，同时在传记文学史的研究和写作中，他还展现了特色鲜明的文学史观。我们将以寒山碧对香港传记文学发展史的鲜活描述为讨论起点，进一步探讨他的传记文学观和文学史观，并揭示他的传记文学史的写作方式。

一、香港传记文学扫描

寒山碧对香港传记文学给予了非常高的评价，在《香港传记文学发展史》的导言中说道：“近五十年香港传记文学的蓬勃发展，无论对海峡两岸或海外华人社会，乃至西方国家研究中国问题的学者，都有巨大、深远、长久的影响。”[①] 该书的自序又说：“香港传记文学者，中国之传记文学也。”[②] 对于这个论断，大陆和台湾的学者大概有人会提出不同的意见，因为自 90 年代以来，大陆的思想开放和台湾的民主运动都促生了一批传记文学力作。笔者认为，这可能只是问题的一方面，另一方面是，如果把寒山碧的这个论断放在 20 世纪 50 年代以来两岸三地的传记文学史的整体进程中考察，这种说法确实有很大的合理性，大量的传记文学史事实可资证明。

支持寒山碧论断的主要有两个论据：其一，香港是一个自由开放的社会，传记作家可以无所顾忌地在史料的海洋中畅游，可以大胆地放言高论而无须担忧人身安全，这就为传记文学这种特殊体裁的成功写作提供了社

---

① 寒山碧：《香港传记文学发展史》，香港东西文化事业公司 2003 年版，第 54 页。
② 寒山碧：《香港传记文学发展史》，香港东西文化事业公司 2003 年版，第 2 页。

会环境和创作主体的保证。其二，香港作家并非戚戚于本地之鸡零狗碎，而是胸怀祖国、放眼世界，传记文学作品的传主都是中国杰出的人物，如毛泽东、周恩来、邓小平、蒋经国、鲁迅等，而这在两岸曾经都难以如实书写，如有也是以说好话为主，神化领袖过多，没有把他们作为平等的人来对待。当然，这种状况现在已经大为改观，一些领域的思想禁锢也慢慢解开，思想自由逐渐成破冰之势。

以上是寒山碧对香港传记文学的总体评价。基于对香港传记文学历史发展的深入了解和亲身经历，以及对传记文学这种体裁的感性体验和理性认识，寒山碧对香港传记文学发展历史有了系统而客观的把握，时时闪现着作者的真知灼见和独到见解。《香港传记文学发展史》对香港各个时期传记文学的发展概况和创作成就作了宏观扫描。“自由”是寒山碧对香港传记文学发展关键原因的总体说明，正是在自由的文化背景下，各个时期的香港传记文学得以达成逐步繁荣的进程。在传记文学史书写中，寒山碧共述及五个年代，但并不是按照年代进行机械分期，而是按传记文学发展的史实展开叙述，分为萌芽期、开花结果期和收获期。

第一，50年代为萌芽期。兴起的机缘是1949年前后大批国民党军政要员和汪伪政权官员逃亡到香港，他们立功无望，立德不成，只得在立言上争一席之地。同时从内地来了一批自由主义作家、学者和青年学生等，于是香港不仅人口骤增，文学艺术也逐渐繁荣起来。由于这一时期真正有崇高地位的人还没有执笔，或者虽然开始写作，但还不愿公开发表，因此真正有影响的回忆录、自传凤毛麟角，独有曹聚仁的《鲁迅评传》具有较高成就和深远的影响。

第二，60年代为开花结果期。本年代中期开始直至70年代末，香港诞生了多家以人文科学为主的新刊物，如《明报月刊》、《万人杂志》、《南北极》、《中华月刊》、《东西方》等，它们对推动香港传记文学的发展作出了重大贡献。这个时期的代表作有《我的回忆》（张国焘）、《我与毛泽东行乞记》（萧瑜）和《学纯室回忆录》（李璜）三本，其中《我的回忆》代表了60年代传记文学的最高水平。

第三，70年代至90年代为收获期。这个时期不只是一般的收获，而是大丰收。70年代，出版了三个版本的周恩来传，写得最好和影响最大的首推许芥昱的《周恩来传》，其他两本是李天民的《周恩来评传》和司马长风的《周恩来评传》。此外，还出版了《蒋经国评传》（江南）、《毛泽东评传》（司马长风）、《张学良评传》（司马桑敦）、《李宗仁回忆录》（李宗仁口述，唐德刚撰写）等有影响的政治人物传记。80 年代，寒山碧出版了《邓小平评传》第一、二、三卷，后来在 90 年代补充出版了《邓小平的最后岁月》。作者站在个人立场上，对传主取平视视角，为 80 年代香港传记文学的代表作。另外，本年代有影响的传记还有《毛泽东评传》（寒山碧）、《蒋经国评传》（寒山碧）和《胡耀邦评传》（杨中美）。90 年代，在政治人物传记写作方面，郑义脱颖而出，写有《江泽民传奇》、《李瑞环传奇》、《邹家华和他的父亲》等十本传记作品，此外还有《江泽民传》（杨中美）、《董建华评传》（李晓庄）、《许家屯香港回忆录》（许家屯）等创作。

《香港传记文学发展史》一书论及五十年的传记文学创作。传主主要有三类人物：一是军政界人物，如政治领袖、政坛人杰、军人等；二是作家、学者等文化人物；三是富豪等经济界人物。这三类人物之所以成为传记文学传主的主体，是因为这些人物对政治、经济、文化发挥了巨大的影响；同时，读者和社会对他们的生平思想也抱有神秘感和浓厚兴趣。上述三个分期主要论及那些写军政界人物的传记作品，现补述作家和富豪部分的传记如下：从50 年代迄今，传记作家为中国著名作家、学者立传工作从未间断，50 年代以曹聚仁为主，写有《鲁迅评传》、《文坛三忆》等，60 年代主要有赵聪（《五四文坛点滴》、《三十年代文坛点将录》）、余思牧（《作家巴金》）和丁望（《大陆文坛与文人》），70 年代新出现林曼叔（《闻一多研究》）、寒山碧、黄俊东、李立明等，90 年代又涌现彦火、丁淼、王一桃、慕容羽军、李远荣、黄南翔等传记作家。为富豪写的传记类文字到70 年代末才在《南北极》、《名流》等杂志上出现，80 年代开始蔚然成风，以何文翔用功最多，90 年代冷夏成为写作主力。70 年代末至 80 年代初，想为自己立传的富豪只是自鸣得意，90 年代后富而立传渐成风气，大家相率效尤。

香港传记文学在五十年的发展过程中形成了自己的特色，寒山碧概括为四点：首先，几乎每本传记作品都由刊物连载，杂志和传记写作起到相辅相成的作用。其次，香港的传记文学是比较客观中立的，把传主当作人来勾画描绘，不神圣化，也不妖魔化。再次，六七十年代的传记作家有三类人：一是政客，自己口述，请人撰写；二是学者；三是作家，后两类人的写作态度都是严谨的，讲究治史方法。最后，香港传记作家畅所欲言，言辞直接，百无禁忌。由于香港传记文学取得的成就之高，在两岸三地为最，因而自然而然也在海峡两岸和国际社会上产生了巨大而深远的影响。

二、传记文学观与文学史观

寒山碧在对香港传记文学的评述中构建了自己的文学史观，同时也在写作过程中不断发表对传记文学写作的看法，因而当阅读《香港传记文学发展史》这本著作时，读者会有另一番收获，即加深对传记文学和文学史的认识。

先谈传记文学观问题。寒山碧对“传记文学”的本质有自己的理解，一部作品是否属于传记文学，或者说一部传记是否具有文学价值，对此他提出了严格标准：“传记是否具有文学价值，不在于‘传记’这种体裁的本身，而在于作者有没有把传记写好。写得好的传记，既是历史也是文学，兼备历史和文学价值。写得不好的传记，既不是历史也不是文学，或许仅仅是简单的编年史。其他体裁也如此，糟的诗不是诗，不具备文学价值；糟的小说也不是小说，同样不具备文学价值。”① 由此可以看出，寒山碧对传记文学提出了“历史”与“文学”两个方面的严格标准，传记文学是历史与文学的结合，既要有文学的性质，又要有历史的意蕴。我们可以进一步看出，传记文学家的身份也是兼备“文学家”与“史学家”的双重身份。这些观点是对中国“文史不分家”悠久传统的继承，寒山碧于此很明确，所以在撰写香港传记文学史时，首先汲取这种传统的营养，开篇便是从这种传统道来，而不是借助西方现代文化作为自己的理论资源。

那么，一个传记作家在写作中怎样才能较好地体现对“传记文学”的本质认识呢？这就需要对传记作家的个人素质提出严格的要求。对此，寒山碧借鉴中国传统中对史学家的要求，即“史才”、“史识”、“史德”来要求传记作家。他本人就是这么身体力行的。他说：“要写好一部历史人物传记，除了要有扎实的文字基础和表达技巧（即‘史才’）之外，还要

① 寒山碧：《香港传记文学发展史》，香港东西文化事业公司2003年版，第27页。

掌握丰富的史料，但更重要的是要有足够的‘史识’和‘史德’。所谓‘史识’就是要求作者有足够的历史知识和文化知识，使自己能够站在高处观看历史长河，并把传主放到历史长河中去评估。所谓‘史德’就是要秉笔直书，忠于史实，不贪财富，不惧权威。只有具有足够的‘史才’、‘史识’、‘史德’的作者，才不会仰视和膜拜传主，才可以站在老百姓的立场、史家的立场对传主作平视的观察和描绘。”① 这段话除了谈传记作家的个人素质问题外，实际上也阐述了传记作者的身份定位问题，还有写作立场问题、对传主的态度问题。以下分别讨论之。

作者身份定位问题，寒山碧在另一处有更明确的看法：“传记文学跟其他文学体裁有很大不同，写小说，作者是上帝，是万能的，无所不知，无处不在，要你生就生，要你死就死；传记文学却大大不同，作者不能幻想，不能创作，不能任意发挥。……作者只能根据传主的原本面貌来勾勒描绘。这就存在作者自身的定位问题，你到底是要当美化传主的化妆师，还是想做丑化传主的涂鸦者？抑或要当一个写出历史真实的史学家？”② 从寒山碧的传记创作和传记文学史写作中不难得出结论：传记作家同时应该是史学家。

传记作家的写作立场与他的“史德”紧密相连，寒山碧要求的是个人立场，而非官方立场，作家应该采取的是“老百姓的立场”和“史家的立场”，这与中国的优秀传统和现代的自由民主精神是相吻合的。而且“作家的这种个人立场其实决不仅仅是立场问题，而是一种独立的姿态，一种自由的体现，更是作家灵魂之存在，精神之活跃，生命之所系”③。

传记作家对传主的态度问题也非常重要。传记作家要把历史人物真实地写出来，对传主既不能恶意污蔑，也不能膜拜、仰视。曹聚仁在写《鲁迅评传》时，曾引法国传记作家莫罗亚的一段话表明心迹，寒山碧对此颇有同感：“一个现代的传记作者，如果他是诚实的，便不会容许自己这样想：‘这是一个伟大的帝王，一位伟大的政治家，一位伟大的作家；在他

---

① 寒山碧：《香港传记文学发展史》，香港东西文化事业公司 2003 年版，第 55 ~ 56 页。

② 寒山碧：《香港传记文学发展史》，香港东西文化事业公司 2003 年版，第 107 页。

③ 孙帆：《在自由中逼近真理》，《香港传记文学的发展特色及其影响》，香港东西文化事业公司 2000 年版。

的名字的周围，已经建立一个神话一般的传说，我所想要叙述的，就是这个传说，而且仅是这个传说。’他的想法应该是：‘这是一个人。关于他，我拥有相当数量的文件和证据。我要试行画出一幅真实的肖像。’……我们不会让传记作者由先入为主的观念来左右他的判断；我们要求他根据对于事实的观察来做出整个的叙述。”① 传记作家对传主的态度问题在这段话中得到了精辟的阐述，寒山碧的观点正与它一致。他不仅这么说，也是这么做的，例如，他写的《邓小平评传》，有人是这样评价的：“我们在《邓传》中看到作家超脱了政治集团的利益斗争、意识形态与政治观念的局限，站在个人立场上，对传主取平视视角，将传主视为各种社会、历史等因素的综合体而加以研究。这样作家才能在客观、科学的基础上探寻历史真实，毫无顾忌地对传主及其他历史人物、历史现象和历史事件加以自由的评述和议论。”②

上述四个问题，即传记作家的个人素质、身份定位、写作立场、对传主的态度等是密切相关而又相辅相成的，在创作的最终成果——传记作品上，集中反映为文风问题。寒山碧认为，传记作品的文风应该是实事求是、客观中立、严谨负责。这种文风也是香港传记文学的主流文风，它对后世传记创作、中文世界的影响巨大。寒山碧在传记文学写作上，如人物勾画、作品布局、议论评价等方面都积累了丰富的经验，也有深刻的认识，这些也属于他的传记文学观，此处不再赘述。

现在谈寒山碧的文学史观问题，此问题与传记文学观问题其实是紧密联系的。传记文学与文学史之间的关系不同于小说、诗歌等体裁文学作品与文学史之间的关系：小说、诗歌等纯粹是文学，而文学史是关于文学的历史，属于历史学科，它们分属不同学科；传记文学则是历史与文学的结合，既属于历史也属于文学，而文学史或传记文学史属于历史学科，这样它们的性质就有了交叉的地方。辨明了这种关系，我们就可以说，寒山碧的传记文学观很多方面同时也是文学史观。结合他写的《香港传记文学发展史》和《邓小平评传》两部著作来比较，就可以看出它们之间的联系。

---

① 曹聚仁：《谈传记文学》，《我与我的世界》，人民文学出版社1983年版。

② 孙帆：《在自由中逼近真理》，《香港传记文学的发展特色及其影响》，香港东西文化事业公司2000年版。

从很大程度上讲，寒山碧是用传记文学的写作要求来写传记文学史的，当然这不是说它们等同，是说它们在精神、品质上相通。

《香港传记文学发展史》的开头是“自序：信言不美，美言不信”。这句话最初来自《老子》八十一章。这里，“信言不美”是对传记作品特征的概括，也是对文学史著作的要求。要追求“信”（即真实），哪怕不“美”（即华美），让别人听了刺耳，看了生气。寒山碧认为，要达成“信言”，在写作目标上要“求真”，在解决问题途径上要“旁征博引，孜孜求证”，在写作态度上要“胸怀坦荡，秉笔直书”。在写作这本文学史著作时，寒山碧正是抱着这样的文学史信念。

由于上述阐明了传记文学与文学史之间的相通性质，因此在讨论寒山碧文学史观时，我们只是摆出观点而不再阐发。寒山碧认为，传记文学史在写作时要做到：一是对待研究对象（传记作家作品）的态度应该像传记作家对待传主一样；二是文学史写作要坚持个人立场，不为权势、金钱、意识形态等外在东西所左右；三是作者定位为史学家，以淡泊、正直的情怀，严谨负责的态度，科学和理性的精神来对待手头的文学史写作；四是文风上客观公允，不美化也不恶意贬抑。

这种文学史观在《香港传记文学发展史》的写作中都得到了具体体现，如对一些军政要员（包括汪伪政权官员）有意歪曲事实、美化自己的做法提出了一针见血的批评，认为要写好回忆录等传记，“这不是当过一两任高官者所能胜任的”，还必须具备其他素质。再如在富豪传记中，一些作家“收取巨额利益，奉传主之命而书，言传主所喜，避传主之所忌，扬传主之善，瞒传主之恶；夸传主之威，隐传主之败”，[①] 对此寒山碧也提出了尖锐的批评。抑恶的同时也要扬善，如对曹聚仁、许芥昱等大批作家的“信言”作品都加以肯定。全书对每个作家作品，都既肯定、赞扬他们的成就和价值，也指出、批驳他们的缺点和错误。

当然，文学史与传记文学相比有它独特的地方，这一点寒山碧并没有忽视，所以从《香港传记文学发展史》中我们可以看到，作者在不忽视文学性和可读性的同时，反对那种书话式的写法，而是增强著作的学术性，

---

① 寒山碧：《香港传记文学发展史》，香港东西文化事业公司 2003 年版，第 51 ~ 52 页。

如深入分析、逻辑论证、系统构架等。

三、文学史的写作方式

寒山碧的《香港传记文学发展史》的写作方式具有独特性，在与其他文学史写作的比较中，我们会有深刻的体会和认识。在“中国当代文学史”方面，近年大陆出版了洪子诚著的《中国当代文学史》[①] 和陈思和主编的《中国当代文学史教程》[②]，这两本著作在大陆学界获得了很高的评价，产生了广泛的影响，是“重写文学史”工作的重要成果。我们就拿这两本著作和《香港传记文学发展史》作个比较，它们的写作方式有明显的差异，各有特色。导致差异的原因在于，写作者对写作目的或阅读对象的定位是不同的。洪子诚与陈思和的文学史主要用于高等院校中文系的教学，具有一般教科书的特点，当然它们与以往的教科书也有很大区别；寒山碧的文学史写作面对的则是社会读者，具有一般历史著作的特点，同时由于寒山碧本人是传记文学作家，由此形成的文学观在这本著作中也体现出来，他的文学史很大程度上符合传记文学的写作要求。

先看洪子诚与陈思和的文学史写作，它们都突出了“个人化写作”的特点，《中国当代文学史》为洪子诚一人所著，《中国当代文学史教程》为陈思和主编，与其他六人共同写作，但在整体构架、写作方式上，陈思和发挥了主导作用。虽然这两本著作都定位为教科书式的文学史写作，但与大陆过去几十年的绝大多数文学史教科书相比，在思想观念、写作方式上已有显著的革新和进步。这两本书在写作方式上也有很大相同：《中国当代文学史》主要选择大陆当代主要作家和重要的文学运动、文学现象进入“文学史”视野，优先分析这些作品的独特经验和表达上的独创性，在对文学现象、艺术形式、理论模式等的分析中，努力将问题放到历史情境中去审察。从全书来看，着重于文学史的总体特征和发展脉络的勾画。《中国当代文学史教程》作为教科书，定位更明确和具体，是为大学本科的教学服务的，由此形成写作方式上的特色。全书开头有陈思和的“前言”和

---

① 洪子诚：《中国当代文学史》，北京大学出版社 1999 年版。

② 陈思和：《中国当代文学史教程》，复旦大学出版社 1999 年版。

“绪论”，“前言”对文学史教学对象、编写特点和该书关键词作了阐述；“绪论”则对中国当代文学史的源流、分期和发展概况作了描述，以后的每章写作都是先从民间、审美等视角概述文学发展和文学现象的主要特征，然后选取三篇左右典型作品进行分析。在文本分析上有独到之处，为中文系本科生深入理解作品、学习分析作品的技巧提供了范例。

寒山碧的文学史当然也属于个人化写作，这里不在于寻找它们的共同点，而在于见出差别。那么，《香港传记文学发展史》是用什么方式写作的呢？当一种写作方式在一本或多本著作中得到较好的贯彻时，可以说就形成了一种写作模式。说到写作模式，在有些人那里会误解成“僵化”、“刻板”等负面的东西。其实不然，好的学术写作（如历史写作）总因认识水平、思想观念、写作风格等不同而形成个性化的写作模式。只是在别人或自己的多次模仿和重复中，这种模式才会消耗掉它初现时的独特性和陌生性，引起读者的反感。所以，我说寒山碧的传记文学写作也形成了一种写作模式，并不是带否定的论断，关键问题是要揭示这种模式的结构和特点。

《香港传记文学发展史》一书以时间为经，以作家作品为纬来进行总体构架，主体部分有十六章，外加一篇导言、两个附录及自序、后记。这种结构体例从外在角度看应该说比较常见，但只要它与写作对象内在地切合，就是合适的、可取的。寒山碧的写作方式或写作模式具有个人特色，通过对该书的主体部分进行分析就可以揭示出来。

主体部分的章节设置方法是：总体上都是按时序编排；把同时期的同类作品归为一章，章下设节；节按作品来设，作家辅之，作品以发表时间来排先后。写作方式或模式重点体现在每节的写作上。且以第一章第一节为例。此节的标题为“左舜生的回忆录和传记著作”，结构上包含作家生平、著作版本、著作内容形式评价等三个方面。作家生平部分，以年谱形式来介绍左舜生，具体而客观，不加任何评论，却对了解该作家及所写的传记很有帮助。著作版本部分，介绍《万竹楼随笔》与《中国现代名人轶事》的出版时间、版次、印数、再版、编辑等情况，使读者对版本流传一目了然。这两个部分如此细致，以后的各章各节都延续了这种写作体例，足见作者资料掌握之翔实，实属不易。与大陆编写的众多“香港文学史”相比，其长处可见一斑。

著作内容形式的评价部分，着重介绍新版《万竹楼随笔》（由《万竹楼随笔》与《中国现代名人轶事》两本书合编而成）的目次、内容等，并以“文体特别半文半白，记述平实可资参考”为题对该作品进行评价，抓住了最有特色和价值的东西。这个部分在以后的每章每节中都是最重要的部分，作者用力最深。再以第二章第一节“曹聚仁的《鲁迅评传》”为例。寒山碧认为“《鲁迅评传》是曹聚仁来港后最重要也是最成功的一部著作，这部著作不仅使他赢得人们的尊敬，而且使他至少名垂百载”[①]。该书在两岸三地广泛印行，是鲁迅研究者和想了解鲁迅的读者必备的读物，代表香港50年代传记文学的最高成就。寒山碧从“定位正确，立志颇高”、“准备充足，材料丰富”、“勾勒神貌甚似”、“了望鲁迅颇深”、“探索鲁迅的精神世界”、“持论较公允”等六个方面评价该书，涉及该书的准备、写作、内容、观点等方面，论述可谓全面而深入。

总体来说，著作内容形式的评价部分在写作上具有三大特点：一是抓住核心部分进行重点评价，凸现传记作品的价值和缺失所在。评价时既抓内容，也抓写作特色。二是持论公允、客观，敢于直言，凸现寒山碧的史学家本色。一切以事实说话，对传记作品中存在的问题进行辨析、考证，力求还历史之本相；对于有错误的观点，若没有事实证据推翻，则存疑，不妄下结论，所以可信度高。三是以引用和概述方式把传记作品中的精彩部分介绍给读者，读者即使没有接触原来的作品，也能对该作品有点与面的了解。加之，书中选载了大量的图片，图文并茂，真实感和趣味性兼而得之。

该书在作家生平、著作版本、著作内容形式的评价三个方面一直坚持着上述的写作方式，也可以说构建了一种写作模式，体现出寒山碧的文学史观。这种写作方式或写作模式的形成，还与他作为传记文学作家的身份，与他对这段时期的传记文学历史的参与程度和深切体会等有比较深的联系。通读全书，不难得出这样的结论：寒山碧是“香港传记文学史”适合且出色的写作者。

---

① 寒山碧：《香港传记文学发展史》，香港东西文化事业公司2003年版，第106～107页。

下　编

第十八章

戴望舒诗作的语言策略

一、诗歌抗拒语言的耗损

人类通过语言来理解世界和改造世界，所谓世界秩序在某种程度上就是语言秩序。语言有两种作用：一种作为工具，更多地依赖逻辑，依赖理性；另一种表现美，这种诗性语言依赖直觉，依赖感性，更多地保存了语言的感性特质，并且力图返回到语言的原初状态。诗歌作为文学的最高形式，同样是通过语言达到目标的。诗歌向语言提出什么样的要求呢？—— 准确、生动、形象？凡文学体裁都有这样的基本要求，诗歌概莫能外。需要进一步探讨的是，诗歌对语言提出什么样的更深层次的要求？或者说什么样的语言使诗歌更富有诗味，更富有诗意，更像诗？

俄苏形式主义者雅各布森，后来发展为布拉格结构主义的代表人物，他在交际理论中指出，当信息强调自身，把注意力吸引到它的发音模式、措辞和句法时，我们将发现的东西就是出现在所有语言中的诗歌功能。诗歌功能在诗歌中表现自己的方法，是将语言的纵向聚合和隐喻方面投射到语言的横向组合方面，通过强调声音、韵律、意象的相似性，诗歌强调了语言，使得人们将注意力从它的关联意义转到它的形式特点上，从而更容易地感受到诗。诗歌功能在诗歌中运用，获得的是诗性的语言，一般文学体裁中的语言也具有诗性，但远远没有诗歌中的语言那么充分、彻底。

诗歌在发展过程中形成自己的规范特征，我们称之为“程式化”。“一首诗是以阅读程式为前提的，诗人可以参照这些程式写诗，他可以设法改变这些程式，但是这些程式却是他的话语之所以可能存在的条件。”① 这一程式并不是凝固僵死的模式，而是诗之为诗所特有的语音、语义、语法，乃至整体构架和风格等特点所共建的语言风貌。正是这种程式或语言风貌唤起读者的期待，暗示读者和文本建立特定的意向关系，以诗的独特方式看待世界。从这一角度看，诗的程式化导致了诗歌语言与日常语言的分离，使诗歌语言成为独立的系统，可是程式化本身也内含着自我否定的因素。尽管诗歌程式是不断被创造的，但一旦诗歌语言拘囿于独立系统之

---

① ［美］乔纳森·卡勒著，盛宁译：《结构主义诗学》，中国社会科学出版社1991年版，第59页。

内，也就必然会在循环使用的耗损中剥离光彩，造成习惯化，并且最终失却诗意。

如何抗拒诗歌的诗性语言的耗损，这已成为诗人们必须回答和完成的命题。汉语诗人一直在朝这个目标努力着。从诗到词，再到曲，从胡适的白话自由体诗，到徐志摩、闻一多的现代格律诗，再到李金发、戴望舒的象征主义诗歌，都在抗拒着诗性语言的耗损。尽管有程度上的不同，有侧重点的不同，但使诗摆脱习惯化，创造新的诗性语言，建立新的诗歌风貌的目标却是一致的。

抗拒诗性语言耗损和习惯化，重要方法就是陌生化。另一位俄苏形式主义者什克洛夫斯基提出“陌生化”原则，认为“艺术之所以存在，就是为了使人恢复对生活的感受，就是为了使人感觉到种种事物，感觉到石头是石头的，艺术的目的是要人感觉到事物，而不是仅仅知道事物，艺术的技巧就是使对象陌生化，使形式变得困难，增加感觉的难度和时间的长度，因为感觉过程本身就是审美目的，必须设法延长”①。什克洛夫斯基的陌生化原则强调艺术（诗歌）的感觉特征，认为诗歌要使实用语言经过形式化，从而使其吐字发音变得“曲折”、“艰难”和“不坦率”。这样实用语言顿时变得新奇，显示出它的文学性，即诗性。各位诗人对于陌生化原则的使用是不同的，如英国的华兹华斯主张放弃诗意辞藻，使日常语言诗化，从而获得新意的诗句。再如法国的波特莱尔，则在“象征的森林”中增加诗语的意蕴，使其模糊、多义。概而言之，陌生化原则作为抗拒诗性语言耗损和习惯化的重要方法，可以分为两个层次：一是对日常语言的陌生化，用诗而非日常语言的韵律、程式召唤读者，以审美态度看待诗；二是对原有的诗歌语言陌生化，以求不断更新语言，为诗歌语言注入新的生机，防止它们老化衰变，打破感觉习惯化，使语言闪耀出诗性光芒。

二、旧辞藻的借用

现代派诗人戴望舒以 92 首诗作卓然立于新诗史中，有他多方面的成

---

① ［美］罗伯特·休斯著，刘豫译：《文学结构主义》，生活·读书·新知三联书店 1988 年版，第 130 页。

功，也有他的发展过程。他的诗艺发展，按卞之琳的划分，大致可分为三个时期：第一个时期（即初期），“最初写诗，多少可以说，是对徐志摩、闻一多等诗风的一种反响。他这种诗倾向于把侧重西方诗风的吸取倒转过来为侧重中国古诗风的继承”。第二个时期（即中期）以《我的记忆》这首诗为变革先导，“发出了一种与众不同的声调，个人独具的风格，而又是名副其实的‘现代’的风味”。第三个时期（即后期）的转折点在他最后一部诗集《灾难的岁月》，“陆续产生的诗篇是自由体和近于格律体并用，试图协调个人哀乐和新的民族和社会意识，也试图使它的艺术适应开拓了的思想与感情的视野”①。卞之琳的论断是符合诗人创作实际的，客观地描述了诗人诗艺发展的线索。

戴望舒第一个时期的诗以《我的记忆》中“旧锦囊”一辑和“雨巷”一辑中部分诗为代表。艾青指出：“构成望舒的诗的艺术的，是中国古典文学和欧洲的文学的影响。他的诗，具有很高的语言的魅力。”② 艾青肯定了戴望舒诗作语言的艺术成就，但是具体到各个时期却是有差别的。戴望舒第一个时期的诗歌充满了旧辞藻的语言，这是他此期诗作语言的词汇特征，他对中国古典诗歌、文学的借鉴也突出表现在这一点上。

戴望舒对旧辞藻的借用不能说很成功，他的这种语言的自觉程度不够。古典诗文的词汇有很多是充满诗意的辞藻，但这种诗意却属于过去了的那些时代，尽管它依然有审美价值，甚至有些还是光彩夺目的诗作，却不能表达现代人的心境、情绪。这些诗意辞藻在不断的使用过程中被耗损，失去它原有的光芒。读者在阅读时，因为语言的惰性而感受不到诗味的浓郁。古典诗语不能表达现代意识和阅读惰性，必然导致古典诗歌及其诗歌语言的变革，这种在胡适那里就已开始的变革一直在进行着。

胡适为白话新诗寻找一种新语言。早在 1915 年留美期间，胡适就说，“诗国革命何自始，要须作诗如作文”③，次年进一步说，“诗界革命当从三事入手：第一，须言之有物，第二，须讲求文法，第三，当用‘文之文字’时，不可故意避之”④，这里主要谈的都是语言。后来的《文学改良刍

---

① 卞之琳：《戴望舒诗集·序》，四川人民出版社 1981 年版。

② 艾青：《戴望舒诗集·序》，四川人民出版社 1981 年版。

③ 胡适：《尝试集·自序》，人民文学出版社 1984 年版，第 138 页。

④ 胡适：《尝试集·自序》，人民文学出版社 1984 年版，第 139 页。

议》所说的“八事”，有不模仿古人，务去滥调套语，不用典，不讲对仗，不避俗字俗语等五项，以及《谈新诗》中“新文学的语言是白话的”，也都是谈文学或诗歌语言问题。胡适对语言问题的重视是基于他对古典诗歌飞跃性的深刻反思，从而结束了几千年中国诗歌、文学中言文分开的历史，给新诗发展注入了新的生机。胡适提倡用白话作诗，但并不完全反对文言词汇的运用，当用“文之文字”时，不可故意避开。胡适主要反对的是那种陈旧的、没有光彩的旧辞藻，这里旧辞藻已不能表达现代人的思想感情，或者表达得过分拘谨。

胡适自己写诗主要用白话，但也用到文言辞藻。他开始写诗时，很注意将文言改为白话，但是在诗体上还是沿用五七言、乐府、古风以及词曲等，“实在不过是一种刷洗过的旧诗”①，显示出他最初变革时的艰难，带着旧时代的痕迹。如《蝴蝶》一诗：

两个黄蝴蝶，双双飞上天。
不知为什么，一个忽飞还。
剩下那一个，孤单怪可怜；
也无心上天，天上太孤单。

这首诗保留了古代五言的格式，但又不讲严格音律，基本上是白话，个别地方为凑字数的整齐，也有违犯白话语法的。如“忽飞还”，就是旧辞藻，现代汉语应该说“忽然飞回来”。

旧辞藻在徐志摩那里得到与白话水乳交融的使用，没有显示他的惰性，表达的全然是现代的感受。仅以《黄鹂》为例，该诗写道：

一掠颜色飞上了树。
“看，一只黄鹂！”有人说。
翘着尾尖，它不作声，
艳异照亮了浓密——
象是春光，火焰，象是热情。

① 胡适：《尝试集·自序》，人民文学出版社 1984 年版，第 148 页。

等候它唱，我们静望着，
怕惊了它，但它一展翅，
冲破浓密，化一朵彩云，
它飞了，不见了，没了，
象是春光、火焰，象是热情。

这里，旧辞藻没有处在醒目的位置，白话词汇和文言词汇达到微妙的组合，诗语像饱蘸感情的音符，随着诗歌的旋律跳跃、流动。

戴望舒最初写诗是对徐志摩、闻一多一派诗风所作出的反响，但诗境却常是古典诗歌的化用，抒发那种孤独而不忘追求的情感。艾青说：“望舒初期作品，留着一些不健康的诗词的影响，常常流露一种哀叹的情调。他像一个没落的世家子弟，对人生采取消极的态度。”① 望舒对旧辞藻的借用正满足了诗人的这种表达需要。如《夕阳下》一首诗，抒发诗人在“夕阳下”的寂寞、孤独的情怀。综观全诗，有很多词汇是古典文学、古典诗歌里常用的：晚云、暮天、散锦流金、古树、幽灵、长终、幽夜、荒冢、幽古、老树、私语、晚烟、徘徊、消隐等。这样的诗缺乏时代精神的影子，明显带着旧诗的痕迹，有点像古人写的诗的翻译，意境是“枯藤老树昏鸦”式的。像这样的诗，还有《寒风中闻雀声》、《自家悲怨》、《凝泪出门》、《可知》等。甚至连《雨巷》这样初期有名的诗也难以完全避免，此诗有象征主义诗法的巧妙运用，但意境却“好像是旧诗名句‘丁香空结雨中愁’的现代白话版的补充或稀释”②，其中有“彷徨”、“悠长”、“寂寥”、“丁香”、“愁怨”这样的旧诗词的常用辞藻。

戴望舒对旧辞藻的借用，大多停留于白话诗萌芽时期——五四时期。尽管他有像徐志摩、闻一多一派的诗形和韵律，却没有突破旧辞藻固有的诗意，这一点比徐志摩逊色不少。余光中指出，“戴望舒接受古典的影响，往往消化不良，只具形象，未得风神。最显著的毛病，在于辞藻太旧，对

① 艾青：《戴望舒诗集·序》，四川人民出版社 1981 年版。
② 卞之琳：《戴望舒诗集·序》，四川人民出版社 1981 年版。

仗太板，押韵太不自然”①，余光中的话对戴望舒的早期诗作来说是有道理的。戴望舒早期有将古典与现代加以综合的企图，但是继承的成分太多，创造的东西太少。与另一位象征主义诗人李金发相比，情形也很有不同。李金发与早期的戴望舒有某种近似，在诗歌语词的选择上都倾向于借用旧辞藻，但戴望舒借用旧辞藻，主要是借用旧诗词的“诗意”和由它们构成的“诗境”，李金发则是另一番情形，他除了运用白话词汇外，借用旧辞藻的范围也很广，不仅有诗词方面的，也有其他文言体裁方面的。李金发借用文言实词，如“披遍”、“疾视”、“急流”、“联步徐来”、“越”、“狂呼”、“战栗”（见《弃妇》）等，也借用文言虚词如“其”、“之”、“惟有”、“惟”（见《里昂车中》）等，他有时甚至按文言构词规则造词。李金发并不是要借用传统语词的“诗意”，而是创造一种陌生的新奇的诗美，读李金发的诗没有读古诗词翻版的感觉，原因也就在这里。他将已有的诗歌语言（古诗词汇，也包括白话词汇）进行陌生化处理，将诗歌语言注入新的血液，防止它衰变。戴望舒在经历旧辞藻的直接借用阶段之后，迈向他诗艺发展的辉煌时期——创作的第二个时期，与李金发不同的是，他主要将日常语言陌生化，即诗化处理。

三、日常语言的诗化

戴望舒早期诗作实行的是把西诗形式“拿来”熔裁旧诗词的表现，充斥着旧诗韵味的“自家伤感”，后来钟情于魏尔伦，但时间很短。他从1928年起就开始翻译法国后期象征派诗人保尔·福尔、果尔蒙、耶麦等人的诗歌，并介绍他们的诗论到中国来。这些诗人不注重诗的音乐美而追求一种朴素、亲切、自由的诗风，显示了和魏尔伦等前期象征主义不同的诗歌主张，深深地影响了戴望舒。他开始试用一种新的韵律，以诗的情绪的抑扬顿挫来取代字的抑扬顿挫，以改造新月派的“三美”格律诗，到《望舒草》的出版，真正奠定了诗人在新诗史上的地位。在这部诗集的序言里，杜衡说，读完《我的记忆》后，感到非常新鲜。“从这首诗起，望舒

---

① 余光中：《评戴望舒的诗》，《余光中谈诗歌》，江西高校出版社 2003 年版，第 165 页。

可说是在无数的歧途中间找到了一条浩浩荡荡的大路，而且这样地完成了‘为自己制最合自己的脚的鞋子’（《零札》七）的工作。”而且“这以后，只除了格调一天比一天苍老、沉着，一方面又渐次地能够开径自行，摆脱下许多外来的影响外，我们便很难说望舒底诗作还有什么重大的改变；即使有，那也不再是属于形式的问题”①。杜衡的论断对于第三个时期写作《灾难的岁月》的戴望舒来说是符合实际的，《我的记忆》一诗确实标志着戴望舒独特诗风的确立。

由《我的记忆》开始的第二个时期的诗作，早期那种饱含传统性的古诗词辞藻已少见了，代之以现代口语（白话）词汇，因而有着更多的现代气息。按施蛰存的话就是“用现代的辞藻排列成的现代的诗形”②，这些词汇与旧辞藻不同，一个是日常语言的词，一个是华兹华斯说的那种现成的甚至僵化了的诗意辞藻，旧辞藻诗意已经耗损，而日常语言的正确使用会使诗歌语言的这种耗损得以制止，并改善诗语的整个机体。戴望舒诗作中的大量现代口语词汇，即日常语言词汇，突破了“一般的词”的范畴，不再是纯粹的“辞典的词”，而是有了更多更新的“诗意”因素，这种艺术效果是怎样达到的呢？

按照俄苏形式主义者的研究成果，词的意义构成有基本特征和次要特征。基本特征就是词的本义，一般不发生模糊或转变，但词的次要特征却在不同的诗句、不同的词语组合中发生变化。词的次要特征是在词的使用过程中逐渐获得的，由时代、民族、环境诸种因素所赋予。当词作为“一般的词”时，读者认识到的是它的基本特征，对它的次要特征却感受不到。戴望舒诗中的日常语言词汇及其组合，如“烟卷”、“笔杆”、“粉盒”、“木莓”、“喝了一半”、“像我在这世界一样”等，正是突破“一般的词”的范畴，现在放到诗（《我的记忆》）中，不仅给诗带来它们特有的亲切、朴素的气息及其对生活的整体暗示，而且作为诗句时，与诗歌传统发生的对比关系，使它们获得特殊的诗性特征，它们的次要特征此时就得到充分的显现。这种显现方法就是抗拒诗歌耗损的重要方法——陌生化

① 杜衡：《望舒草·序》，《戴望舒诗全编》，浙江文艺出版社1989年版，第53～54页。

② 施蛰存：《关于〈现代〉的诗》，《现代》1933年第4卷第1期。

原则。这些俚俗、平易之词进入诗语系统，在诗歌语言的整体背景和诗歌传统的衬托下，显示出陌生化效果，因而同时具有浓郁的诗意。“它们是现代人在现代生活中所感受到的现代情绪。”①

戴望舒日常语言的使用，表面上很近似胡适对白话的强调，实质上存在着很大的差别，甚至可以说是迥异的。胡适的诗中日常语言（即现代白话）成分很大，但是这种语言大多缺乏陌生化即诗化效果，诗意不浓。戴望舒的成功在于他对语言的暗示性的强调，他要表现的是绝端的微妙——心灵的微妙与感觉的微妙。而胡适不是写景就是说理，他强调的是语言的清楚明白。他主张用浅显的句子表达深刻的内容。他 1936 年在《谈谈“胡适之体”的诗》一文中依然说，“说话要明白清楚”，“一首诗尽可以有寄托，但除了寄托之外，还须要成一首明白清楚的诗”②。胡适的这个观点也是针对古典诗歌的难懂而发的，他提倡用明白清楚的白话来作诗，目的是想证明白话是否能作新诗。事实证明，胡适的尝试不能说是完全失败的，他的有些诗作如《乌鸦》、《一念》也可以算早期新诗的优秀之作。更重要的是，他的尝试引来更多的人尝试写新诗，促成了新诗最初的繁荣景象。但是应该了解，胡适要求用明白清楚的白话来写诗的这个主张同时存在着严重缺陷。由于当时的历史条件所限制，语言是用来进行文化革命和文学革命的工具，因此强调它使用时的科学性。于是现代汉语进入一种两难境地，为了适应科学发展，语言必须追求精确性、界定性，但这又必须以丧失传统语言方式所有的那种隐喻性、模糊性等文学色彩的风格为代价。胡适是新文化运动、文学革命的倡导者，自然注重文学语言的科学性的一面，强调诗歌意义要表达得清楚明白。他对新诗语言的把握和理解停留在较浅层面。他提出的“锻炼”、“琢磨”、“修饰”、“讲求文法之结构”等要求对于一般白话来说同样必要，诗歌常常要突破一般文体对词、文法结构和修辞等方面的表达方式，重建自己的诗语系统。胡适的诗作有一部分语言太直、太露，没有含蓄性和暗示性。

戴望舒日常语言的使用，与徐志摩相比，也是不同的。徐志摩不像戴

---

① 施蛰存:《关于〈现代〉的诗》,《现代》1933 年第 4 卷第 1 期。

② 胡适:《谈谈“胡适之体”的诗》,《胡适研究资料》, 北京十月文艺出版社 1989 年版, 第 421 页。

望舒那样将词的次要特征加以强化，以增加词的暗示力量，而是服从他的浪漫主义诗歌需要，让词饱蘸感情。他的音乐美追求使这一特点非常显著，无论思想怎样高尚，情绪怎样热烈，诗歌语言需要彻底的“音节化”，也就是诗化。我们可以说，戴望舒的诗化，是日常语言的陌生化，即暗示性功能的加强，而徐志摩的诗化则是诗歌语言的音节化，即增加音乐美。

在早期新诗史上与戴望舒将日常语言诗化相对的是，李金发将包括古诗词汇在内的诗歌语言诗化。他们所采取的方法是一样的，即增加词的暗示力量，只不过采用的词汇不一样，李金发用的大多是已有的诗意词汇，戴望舒大多用日常语言的词汇。下面以《不幸》一首诗为例分析李金发的语言诗化艺术。

我们折了灵魂的花，
所以痛哭在暗室里。
岭外的阳光不能晒干
我们的眼泪，惟把清晨的薄雾
吹散了。呵，我真羞怯，夜鸠在那里唱，
把你的琴来，我将全盘之不幸告诉他，
使他游行时到处宣布。

我们有愚笨的语言使用在交涉上，
但一个灵魂的崩败，惟有你的琴
能细诉，——晴春能了解。
除了真理，我们不识更大的事物，
一齐开张我们的手，黑夜正私语了！
夜鸠来了，我恐我们因之得到
无端之哀戚。

这首诗抒写丧失爱情后，灵魂感受到痛苦、悲哀、不幸，用了曲折的语言和暗示性的形象来传达，突出表现在诗歌措辞上，语词除了语义层面之处，还有含义层面。这首诗中使用了“花”、“阳光”、“薄雾”、“夜鸠”、“琴”、“晴春”、“真理”、“手”、“私语”等形象性的词，这些词除了它们的基本特征之外，还另有所指。在此诗中，基本特征是通过隐喻发生变化的。在隐喻里，词的意义扩大了，基本特征被不同程度地淡化或破坏，而次要特征却明显地表现出来。《不幸》诗中的一些词因此获得更丰富的意义。举例如下（①为基本特征，②为次要特征）：

花：①种子植物的有性繁殖器官。②灵魂、美丽、脆弱。

阳光：①太阳射出的光线。②温暖、拯救、美好事物。

薄雾：①浮在接近地面的空中，由空气中的水蒸气凝成的小水点。②与眼泪相对的事物，与“我”的痛苦不相关的另一事物。

夜鸠：①夜里的鸠鸟。②传播不祥、不幸、痛苦的鸟。

琴：①某些乐器的统称。②倾诉心声的东西。

晴春：①晴朗的春天。②生命、快乐、向上。

真理：①真实的道理。②伟大的、可触可感的事物。

手：①人体上肢前端可拿东西的部分。②反抗、挣扎、投向黑夜的力量。

私语：①低声说话。②侵犯、包围灵魂。

当然，戴望舒对早期直接借用古诗词辞藻进行了扬弃，在对日常语言诗化的同时，也没有忘记对已有诗意辞藻的陌生化处理。这点与李金发近似，只不过没有李金发借用的范围那样广泛，而且戴望舒的这种诗化处理，与日常语言的诗化已达到水乳交融的程度。如诗《深闭的园子》：

五月的园子，
已花繁叶满了，
浓荫里却静无鸟喧。

小径已铺满苔藓，
而篱门的锁也锈了——
主人却在迢遥的太阳下。

在迢遥的太阳下，
也有璀璨的园林吗？

陌生人在篱边探首，
空想着天外的主人。

这里借用了旧辞藻，却进行了陌生化处理，在总体象征和局部象征中，已有的诗意辞藻获得了新的诗意，并与诗化了的日常语言相协调。

戴望舒之所以倾向于对日常语言诗化，而少对已有的诗意辞藻再诗化，与他接受法国后期象征主义有关，他的艺术观念发生了变化，他在批评林庚的诗时指出，林庚的四行诗“所放射出来的，是一种古诗的氛围气，而这种古诗的氛围气，又绝对没有‘人力车’、‘马路’等现在的骚音所破坏了”。林庚不过是“寻扯一些古已有之的境界，衣之以有韵律的现代诗”。戴望舒认为“现代诗歌之所以与旧诗词不同者，是在于它们的形式，更在于它们的内容。结构、字汇、表现方法、语法等属于前者；题材、情感、思想等属于后者，这两者和时代之完全的调和之下的诗才是新诗”①。正是这种新的新诗观念导致了戴望舒第二个时期诗艺的巨大发展。

四、诗句：自然流动

诗句由词按照语法规则或诗歌独有的方式构成，词在诗句中获得确切意义。在大多数诗句中，词之间的联络十分牢固，并相互制约；词义常由上下文决定，而不取决于词本身。从诗句本身看，诗句处在与散文句子不同的地位，诗句通过独特的排列处在显著的位置。由这些诗句构成诗作系统，诗句与诗句之间的关系及诗句本身的特点，形成诗作的总体风貌。

戴望舒第二个时期的诗作对日常语言进行陌生化处理，必然与他对诗句的处理联系在一起。卞之琳称这种处理是日常语言的“自然流动”，“使一种远较有韧性因而远较适应于表达复杂化、精微化的现代感应的艺术手段，得到充分的发挥”。② 戴望舒第一个时期的诗作，和他缺乏词汇的自觉一样，也缺乏对诗句的足够自觉。戴望舒早期的诗句在文法上比较单纯，有三种句式频繁出现：一是单独的主谓结构成句，也常常省略主词。如

---

① 戴望舒：《谈林庚的诗见和“四行诗”》，《新诗》1936 年第 1 卷第 2 期。
② 卞之琳：《戴望舒诗集·序》，四川人民出版社 1981 年版。

“怀着热望来相见，/希冀从头细说，/偏你冷冷无言，/我只会踏着残叶，/远去了，自家伤感”（《自家伤感》）。第一、二句省略主词“我”，最后一句是倒装句，其他句主谓结构完整。这样的诗句讲求韵律，也有些变化，是戴望舒早期写得较好的诗句。二是古诗词句式的借用，如“否则悲苦难排解，/幽暗重重向我来，/我将含怨沉沉睡，/睡在那碧草青苔”（《可知》）。此类诗句明显带着旧诗词的味道，句式的安排也是旧诗词所惯用的，没有随情绪的变化而安排诗句的长短和结构。三是主语 + 介词结构 + 谓语句式，或介词结构独立成句，在戴望舒早期诗中也很常见。如“晚云在暮天上散锦，/溪水在残日里流金”（《夕阳下》），“枯枝在寒夜里悲叹；/死叶在大道上萎残”（《寒风中闻雀声》），这样的句式安排呆板，情绪表现得不够灵动。总而言之，戴望舒早期诗作大多为了字的抑扬顿挫而安排诗句，虽然每句有韵律，但诗句与诗句之间却不能形成参差变化，静态感有余，活力不足。

戴望舒第二个时期的诗作对早期诗作的毛病作了克服。在理论上，他认为“诗的韵律不在字的抑扬顿挫上，而在诗的情绪的抑扬顿挫上，即在诗情的程度上”；“新诗最重要的是诗情上的 nuance，而不是字句上的 nuance”；“韵和整齐的字句会妨碍诗情，或使诗情成为畸形的”；“诗不能借重音乐，它应该去了音乐的成分”。[①] 戴望舒的这种观点也是对以徐志摩、闻一多为代表的新月派诗歌主张的背离，特别是对“三美”主张的反驳，它在当时曾造成极大的影响，据施蛰存后来追忆说：“我以为……这十七条诗论，似乎在青年诗人中颇有启发，因而使自由诗摧毁了《新月》派的壁垒。”[②]

在情绪的抑扬顿挫的理论指导下，戴望舒一反早期对字句外在节奏的强调和单纯的句式安排，自《我的记忆》之后，代之而起的是，强调情绪的内在节奏，随着情绪的变化而安排诗句。这种安排有两个特点：一是散文句法的大量运用，句法结构比以前的诗复杂多变，这种句法与现代口语交融起来，活泼清新；诗作中有分节的，也有不分节的，每节的诗行数量

① 戴望舒：《诗论零札》，《戴望舒诗全编》，浙江文艺出版社 1989 年版，第 691 ~ 693页。

② 施蛰存：《“现代”杂忆》，《新文学史料》1981 年第 1 期。

不求划一，舒卷自如。如诗“园子里蝶褪了粉蜂褪了黄，/则木叶下的安息是允许的吧；/然而好弄玩的女孩是不肯休止的，/‘瞧我的眼睛’，他说，‘它们恨你’”（《微辞》）。诗句的句式变化、舒展，甚至加入了人物对话，读来诗意浓烈，也富有情趣，没有那种字句节奏的明显形式的干扰。二是虚词、连接词的运用使诗句一气呵成，使情绪的流程清晰可辨。如《梦都子》一首诗就用了“然后”、“诚然”、“但也”、“因为”、“而……还……”、“而”、“如果……那么……”等虚词、连接词。一般来说，诗是忌讳用过多的虚词、连接词的，用多了会使诗意丧失，缺乏跳跃感。但在戴望舒那里却没有这种毛病，这些词使每行诗句连接得更紧密，使诗句在用象征、暗示手段表现幽微的情绪时，多少有种明晰感。

将散文的艺术引入诗歌，在诗与散文之间寻找一种契合，并不自戴望舒始，不是他的独特发明，初期白话自由诗就已作了这种努力。胡适在倡导新诗变革时，就提出“须知作诗如作文”①，“有什么话，说什么话，话怎么说，就怎么说”②。这种理论，主张诗与散文的综合，但缺点在于没有节制，抹杀了诗与散文的界线。诗歌并不是可以毫无顾忌地引入散文句法的。胡适在这种理论指导下，有些成功的诗作（因为没有过分的散文化）如《鸽子》、《一颗星儿》等，更多是些不成功之作。成功的如《一颗星儿》写道：“我喜欢你这颗顶大的星儿。可惜我叫不出你的名字。”句子是散文的，且充满了诗意，不成功的如《一颗遭劫的星》写道：“热极了！/更没有一点风！/那又轻又细的马缨花须/动也不动一动！”句子是散文的，但没有诗意，意思太平常、琐碎。胡适之所以出现《一颗遭劫的星》这样不好的诗，原因有多方面：一是上面提到的不加节制地使用散文句法，二是没有提炼诗意，三是缺乏其他的诗歌手段，如修辞、表现手法等。戴望舒获得了成功，就是因为他在诗与散文的综合中强调了诗本身的特点。诗意浓郁，象征、暗示等手段的运用，以及用修辞来节制散文句法，这些正是他区别于胡适的地方，因而没有出现胡适诗作语言上太直、太露、散漫化的缺点。

戴望舒与新月派浪漫主义诗人徐志摩相比，有相通之处。这种相通表

---

① 胡适：《尝试集·自序》，人民文学出版社1984年版，第138页。
② 胡适：《尝试集·自序》，人民文学出版社1984年版，第149页。

现在：第一，按照情绪安排诗句，让诗句充满感情色彩，且自然流动。徐志摩虽然是新月派诗人，但他有他独特的地方，他不同于其他新月派诗人处处强调格律，讲求音尺的相等。他也讲音乐美，但他认为“一首诗的秘密也就是它的内含的音节的匀整与流动”①。他是“最不受羁勒的一匹野马”，在写诗过程中总脱不了“自己的野性”。朱自清评徐志摩时说“他是跳着溅着不舍昼夜的一道生命水”②。“跳着溅着”、“一道生命水”是徐志摩人格的特色，徐志摩是个理想主义者，胡适将他的理想概括为“美”、“爱”、“自由”③，徐志摩自称“我是个生命的信徒”④。另外，我认为“跳着溅着”、“生命水”也很形象地道出徐志摩安排词与词、句与句之间关系的特色，读徐志摩的诗，句子像是跃动着向前奔跑，一点不觉呆板、滞涩。如“但这莺，这一树花，这半轮月——/我独自沉吟，/对着我的身影——/她在那里，啊，为什么伤悲，凋谢，残缺?”（《客中》）句式与诗情发展和谐地统一起来。即使像《再别康桥》这样很讲究音乐美，写得较整饬的诗，也具有一种内在的流动感，随情绪的变化而不断变化着诗句的长短、结构。

第二，散文句式的运用。徐志摩并不因为格律的需要而伤及诗情的表达，常常是因为表达感情的需要而突破格律的束缚。他对散文句法的运用就是有说服力的例证。如诗《先生！先生!》、《天国的消息》、《谁知道》、《太平景象》、《卡尔佛里》、《翡冷翠的一夜》、《我等候你》等。这里散文句法的运用与戴望舒的诗一样，同样运用得舒卷自如，而且比戴望舒更彻底。戴望舒很少有徐志摩那样长长的诗，他的散文句法配以象征、暗示手法——主要是用隐喻来抒情；而徐志摩的散文句法，可以用来直接抒情，也可以用叙述、描写的方法来抒情，后来则用隐喻来抒情。

李金发在诗句处理上显示出与戴望舒不同的特点。李金发的诗歌用的也是散文句式，但主要倾向于欧化的句式和文言句式，这两类诗歌句式在戴望舒诗中也有，但在李金发诗中比戴望舒诗中要多得多。我们知道，有

---

① 徐志摩：《诗刊放假》，《诗镌》1926 年 6 月 10 日。

② 朱自清：《中国新文学大系 · 诗集导言》，上海文艺出版社 2003 年影印版，第 7 页。

③ 胡适：《追忆徐志摩》，《新月》1932 年第 4 卷第 1 期。

④ 徐志摩：《迎上前去》，《晨报副刊》1925 年 10 月 5 日。

部分欧化句式和文言句式是可以接受的，它们不同程度地弥补了现代汉语的不足。但是李金发这种句法的诗句在诗中滥用却是不好的，像“时代既迁移了，/惟剩下‘这可以说灰’的天色”（《春城》）。文言和欧化句式掺杂在一块，读来生涩，不顺口。李金发在句法上还常省略主词和连接词。前者如“弃妇的隐忧堆积在动作上”，隐忧是不能堆积的，省略了“神情”、“表情”这样的主词。这种省略增强了抒情的力度，同时使诗意难解。后者如诗句：

（我们）抱头爱去，她原是先代之女神，
如果残弃（是/不是）盲目，（她是）我们唯一崇拜者，
（你看，她的）锐敏之眼睛，环视一切，
（譬如）沉寂奔腾与荒榛之藏所。
（《生活》第一节）

括号内的词是笔者所加，省略这些具有连接作用的连接词、副词、代词等，李金发的诗作显得精练，同时生涩难懂。李金发诗句安排的这两个特点，造成与戴望舒诗作不同的面貌：戴望舒诗句自然流动，而李金发的诗句却显滞涩，他的词语陌生化处理所带来的艺术魅力，却因为“母舌太生疏，句法过分欧化”①，文言词过多使用而减去不少。

五、隐喻：重建语言的基础

词在诗歌中由于形式化等作用，常常居于显著的位置。比喻通常以句子的形式来实现，在诗歌中也比在其他文体中显得更为重要，比喻使万物接近，使诗充满诗意色彩。但是，词和比喻这两种重要的诗歌构成因素却在不断地耗损着。苏俄形式主义者什克洛夫斯基在《词语的复活》中曾指出：“造词是人类古老的诗歌创作。现在，词语僵死了，语言也宛若一座坟墓。但是词刚刚诞生时却是生动的、形象的。所有的词的基础都是譬

① 朱自清：《中国新文学大系·诗集导言》，上海文艺出版社2003年影印版，第8页。

喻。……常常有这样的事，当你说及以前曾经是，而现在却已丧失了，消失了作为词语的形象的时候，你会为它那曾经有过而现在却消失了的美丽感到震惊。”诚然，我们现在面临的现实是，词的形象性即词的基础譬喻在不断丧失，而且，为使语言生动形象而设的句中比喻——主要是近取譬——的新鲜性也在丧失。读者的心灵触及不到语词和比喻的生动部分，显得麻木、冷漠。诗歌的发展要求词语复活，要求重建语词以至语言的基础，要求比喻在诗歌中重放光芒。习见的比喻方式显得力不从心，不能挽救语言不断耗损的命运。只有隐喻——象征主义对比喻的扩展、深化使用后的形式，它不直接点明喻义，但更强调喻体与意义的关系，用暗示来“释放”意义——才能担此重任，让语词重获基础，让诗歌获得新鲜的意义。

象征主义诗歌用象征手法将诗意一点一点地暗示出来，并且大量使用了隐喻，其中的重要形式是远取譬，与传统的近取譬相对。戴望舒接受象征主义理论的影响，在诗歌创作中常常使用隐喻这种手段，常常将那些看似不相关的事物联系起来，或者拆除事物之间已有的“桥梁”，通过非逻辑组合和跳跃来使隐喻显得新颖奇特，诗意因此朦胧、多义。戴望舒使用隐喻（其中有很大一部分是远取譬）大致分为四种情况：一是将无生命的事物以有生命的事物来称呼，或者相反，“海上微风起来的时候，/暗水上开遍青色的蔷薇”（《游子谣》），以开着青色的蔷薇比喻波浪涌动。“清丽的小旅伴是更甜蜜的家园”（《游子谣》），以家园比喻小旅伴（即蔷薇）。二是以具体事物代替抽象事物，以物理现象代替道德和心理现象，或者相反。“明天梦已凝成了冰柱”（《妾薄命》），以冰柱比喻抽象事物梦。“河水已洗涤了碍人的礼仪”（《野宴》），以河水已洗涤了代替我们忘记了。三是以物质材料代替对象，以部分代替全部，或相反。“我的恋人的眼，/受我沉醉的顶礼”（《三顶礼》），以恋人的眼代替恋人本身。四是将不相关或相关的事物排列在几行诗句中，通过它们的共同作用，将诗义暗示出来。这种表现手段在戴望舒诗中也很常见，它们共同创造了一种氛围，实际上也是一种隐喻，是隐喻的扩展。如“故乡芦花开的时候，/旅人的鞋跟染着征泥，/粘住了鞋跟，粘住了心的征泥，/几时经可爱的手拂拭?”（《旅思》）诗中芦花、鞋跟、心的征泥、可爱的手拂拭等事物都是“旅思”的客观对应物，它们在诗中以诗句的形式联系起来，暗示出诗人对故乡的深切怀念。

戴望舒和李金发都使用隐喻，这点是相同的。但戴望舒使用远取譬这种隐喻方式要比李金发节制，李金发使用远取譬更奇特、更频繁。朱自清认为“象征派要表现的是些微妙的情境，比喻是他们的生命，但是‘远取譬’而不是‘近取譬’”[①]。这话适合于李金发，也适合于戴望舒。但李金发不是把自己的想象创造的比喻“放在明白的间架里”，这点却比戴望舒突出得多。如李金发写灵魂的孤寂与痛苦是“我的灵魂是荒野的钟声”（《我的》），写对爱情的期待是“希望成为朝雾，来往在我心头的小窗里”（《希望与怜悯》），这些远取譬都比戴望舒的比喻奇特得多。戴望舒常用到的远取譬是这种类型的：“我的记忆是忠实于我的，忠实得甚于我最好的友人”（《我的记忆》），将记忆比作友人，常人是不难想象和理解的。再如“梦会开出花来的”，比喻是新奇，但梦和花都具有柔软飘逸的特性，写梦中想着美好事物，也还是较易理解的。

戴望舒与李金发运用远取譬的另一区别是，戴望舒运用远取譬在广度上适可而止，不是每句都用，且每句使用时只用一次，适当时候还用到近取譬，而李金发则大量运用远取譬，常在一个诗句中使用不止一次，而且在一连串诗句中常常连续使用。戴望舒诗作盈目的是诗人的情绪流动，不像读李金发的诗被纷纭迭出的奇特比喻牵着到处跑。朱自清说戴望舒“也找一点朦胧的气氛，但让人可以看得懂，也有颜色，但不像冯乃超氏那样浓。他是要把握那幽微的去处”[②]。这种艺术效果正是由于象征主义的象征、远取譬的适当使用而取得的。

徐志摩也是善用比喻的诗人，但他的比喻与戴望舒的比喻是不同的。徐志摩的《沙扬娜拉》写道：“最是那一低头的温柔，/像一朵水莲花不胜凉风的娇羞。”以水莲花比喻日本女子的低头动作，很好地传达了她娇媚柔美的情态。再如《偶然》：“我是天空里的一片云，/偶尔投影在你的波心——/你不必讶异，/更无须欢喜——/在转瞬间消灭了踪影。”将“我”比作云，将“你”比作海，传达了这种相遇不能持久，转瞬即逝的爱情心理感受。徐志摩的比喻常具有浪漫主义特色，不管是明喻、暗喻、借喻都

---

① 朱自清：《新诗的进步》，《新诗杂话》，广西师范大学出版社2004年版，第2页。
② 朱自清：《中国新文学大系·诗集导言》，上海文艺出版社2003年影印版，第8页。

是先有了某种事物的形态或意义，然后比作另一事物，这种比喻是一种修辞，有时可能只是精致的修饰，但更多时候作用很大，使陈述、描写、抒情显得生动、形象。而在戴望舒那里，同样强调比喻的使用，甚至可以说比喻是他的象征主义诗歌的生命，但是这种比喻已突破修辞的范畴，更是一种艺术思维方式，它实质上是隐喻，即扩展、深化了的比喻，它给人的感觉是迷蒙的，不能有确定的意义，因而常常达到奇特的效果。在徐志摩那里，比喻只是明确的、新鲜的，也很巧妙，朱自清说他“最讲究比喻——他让你觉得世上一切都是活泼的，鲜明的”[①]，就是说他这种比喻带来的艺术美感。至于徐志摩后来接受象征主义诗人波特莱尔、哈代等人的影响，写出具有象征主义特色的作品，如《我等候你》、《秋虫》、《西窗》等《猛虎集》的部分诗作，其中的比喻、隐喻与戴望舒作品相比是很接近的。

徐志摩的浪漫主义诗作运用巧妙的比喻，使语言基础的耗损得到暂时遏制。他发现了一些别的诗人没有用到的比喻，但这种比喻方式是传统的，它的整个大厦式的衰变却没有改变。对于这种语言基础的耗损，胡适也曾努力加以遏制，胡适提倡“诗的具体作法”就是例证，但是胡适使用比喻却不够成功，朱自清曾批评他：“他的诗里所用的具体的譬喻似乎太明白，譬喻和理分为两橛，不能打成一片；因此缺乏暗示的力量，看起来好像是为了那理硬找一套譬喻配上去似的。”[②] 胡适的比喻只是为了说理，他的诗作理性过多地介入诗的思维方式（诗的创作过程）。另外，胡适诗中虽然也有具体的影像，如《一颗遭劫的星》一诗，呈现了马缨花、大星、黑云、雨等具体的影像，但这些影像却是死板的面目，本身没有暗示力量，不能将它的基础形象以及其他一些特性突现出来，读者没有重新发现的感觉，不像戴望舒诗中，语词是活动的，比喻是充满暗示力量的。因此我们说，胡适遏制语言基础的耗损的目的没有实现，方法、手段也不适当，他的努力大多失败了。

---

① 朱自清：《中国新文学大系·诗集导言》，上海文艺出版社 2003 年影印版，第 7 页。

② 朱自清：《诗与哲理》，《新诗杂话》，广西师范大学出版社 2004 年版，第 2 页。

第十九章

戴望舒诗作的意象方式

一、意象与诗

中国现代诗歌受意象理论的影响颇深，西方意象主义诗歌和中国古典诗歌意象诗论都是新诗诗人重点吸收的养分之一。意象之于诗的关系和作用，是新诗研究中不能忽略的问题。从这个角度可以看出戴望舒及其他诗人因为所持创作方法的不同和艺术趣味的不同而呈现出意象艺术的不同特征。

意象与诗的关系是我们首先接触到的问题。意象与诗的结缘由来已久，在中国最先出现“象”这个字的是《周易》。《周易》的卦象都是为表达“圣人之意”的。它有对客观物象的反映：“仰则观象于天，俯则观法于地”①，也有“圣人”按照主观意图创作出来的表意符号，“夫象者，出意也。言者，明象者也。尽意莫若象，尽象莫若言”②。“言生于象，故可寻言以观象。象生于意，故可寻象以观意。”③《周易》的“象”已具有主客观统一的特征，十分接近后世的意象的含义。

“意象”这个词最早见于王充的《论衡·乱龙篇》：“夫画布为熊麋之象，名布为侯，礼贵意象，示义取名也。”这个“意象”是指那些含有深意的画像，不是讲文艺创作。最早以意象来论文艺创作的是南朝的刘勰，他说：“独照之匠，窥意象而运斤；此盖驭文之首术，谋篇之大端。”④ 他认为有独特个性的作家，都是以显豁“意象”为最高目的，并说这是作文的首要技术，谋篇布局的关键。其后，唐人王昌龄《诗格》说：“久用精思，未契意象，力疲智竭，放安神思，心偶照境，率然而生。”唐朝另一位诗论家司空图《二十四诗品》的“缜密”品也说“意象欲生，造化已奇”。明人胡应麟有“意象浑融”⑤ 之说。清朝叶燮认为，“必有不可言之理，不可述之事，遇之于默会意象之表，而理与事无不粲然于前者也”⑥。

---

① 《周易·系辞下》。
② 王弼：《周易略例·明象》。
③ 王弼：《周易略例·明象》。
④ 刘勰：《文心雕龙·神思篇》。
⑤ 胡应麟：《诗薮·内篇卷五》。
⑥ 叶燮：《原诗·内篇下》。

现代美学家朱光潜先生在他的《诗论》第三章“诗的境界、情趣与意象”中提出两个基本观点：其一，意象即直觉；其二，意象必须与情趣相结合。这个理论受克罗齐的直觉主义学说影响，并吸收中国古典诗歌精神而得出。当代诗论家流沙河先生写过《三柱论》，认为诗是“三柱擎起平台，建筑空中花园”。其中的“三柱”指“情柱智柱象柱”，“情，心情也，构成诗之魂。智，心智也，构成诗之骨。象，心象也，构成诗之貌。诗之有情有智有象，亦犹人之有魂有骨有貌”。“平台”指语言。“三柱擎平台”，就是说“心情心智心象，必须透过平台，化为情语智语象语，方可成诗。这是语言化的过程，亦即艺术化的过程”。[①]流沙河先生说的“象”即意象，他从情、智、象以及它们与语言之间的关系论及意象，视野开阔，系统而深入，同时也借鉴了中国古典诗歌理论，是纯东方式的论断。

“意象”一词在西方产生较晚，是因意象主义者的倡导而得名的。意象主义是20世纪初英美诗坛上出现的一个新诗流派，它的创始人是休姆，经弗林特、艾兹拉·庞德等人发展到极致。1913年3月号的《诗刊》上发表了庞德的《意象主义者的几个“不”》和弗林特的《意象主义》诗论，庞德给意象定义为“在一刹那的时间里表现出一个理智和情绪复合物的东西”[②]。弗林特对意象提出三条原则：直接处理事物，不用无益于表现的词，用音乐性短句节奏。[③]由于这一派诗人要求诗只呈现一个意象，因此叫意象主义。

受法国象征主义和中国古典意象诗歌影响而产生的意象派诗歌，为现代诗歌开拓了一条新路，它的理论精髓表现在五个方面：其一，意象主义提倡诗歌要高度凝练、简洁和精确，反对无益于表现的修饰，反对套语。1915年出版的《意象主义诗人（1915）·序》[④]提出六条创作原则，其中第一条说：“运用日常会话语言，但要使用精确的词，不是几乎精确的词，

---

① 流沙河：《三柱论》，《诗刊》1988年第7期。

② 庞德：《意象主义者的几个“不”》，《意象派诗选》，漓江出版社1986年版，第152页。

③ 弗林特：《意象主义》，《意象派诗选》，漓江出版社1986年版，第150页。

④ 《意象主义诗人（1915）·序》，《意象派诗选》，漓江出版社1986年版，第157～159页。

更不仅仅是装饰性的词。”第六条说：“最后，我们大多数人都认为凝练是诗歌的灵魂。”这里谈的是诗歌语言问题。还有四个方面，彼德·琼斯在《意象派诗选·导论》[①] 中作了总结：其二，意象诗是“一种建筑在节奏上的诗”提出“创造新的节奏——作为新的情绪的表达——不要去模仿老的节奏，老的节奏只是老的情绪的回响”。这里谈的是意象诗的节奏和韵律问题。其三，意象主义诗人认为诗意是由一个个意象客观呈现的，意象就是诗人的语言，反对抽象，反对主观说教。指出“‘意象派’并不仅仅意味着画面的出现。‘意象主义’指的是呈现的方法，而不是指呈现的主题”。“他也许想要在读者眼前唤起那在一片风景上不断地变换着的光，或一个在激烈的情绪中变化着的思想的不同姿态，那么他们的诗也必须不断转换变化着，来清楚地呈现这一点。”这种意象呈现要做到“客观性，再一次客观性”。如果一个意象呈现不了，或者为了表达得更深广，还可以采用意象叠加或重合的方式来呈现。其四，意象诗表现的是一刹那的直觉和感受，意象就是直觉的产物。其五，意象诗诗意要含蓄、朦胧，具有不确定性、多义性。

古今中外的诗人、诗论家谈论意象的很多，但各家所言并不都是一个层次、一个角度，综述各家的观点，大致有六种：第一，从意象构成上说，意象是主观和客观材料的统一产物。第二，从创作思维上说，意是意匠、意想，象是形容、刻画，亦即据意匠以想象或意想中的形象。第三，从表意功能上说，意象包含、代表、隐喻、象征着并不明言的思想感情。第四，从艺术与生活的关系来看，意象不是生活中的原象，而是作者根据自己的审美理想意想出来的形象。第五，从意象生成上看，意象是作者为了表达主观意兴而任意对形象加工、改造乃至扭曲。第六，从构成艺术境界的直接性、虚活性、精约性及其艺术境界的多义性、开放性、辐射性的角度来看，意象可解为意与象直接并置。意与象没有相互制约的并置。

意象理论是诗歌重要的理论，诗歌语言从意象角度看是由意象综合组合而成的，但它们并不是对等的东西，意象尽管用语言作为物质载体，但它同语言一样，是诗歌的重要构成方式之一。从意象角度可以揭示诗的另

---

① ［英］彼德·琼斯编，裘小龙译：《意象派诗选·导论》，漓江出版社 1986 年版，第 1 ~ 50 页。

一侧面的特性。诗人运用意象，大致发挥它的三大功能：一是描述性功能。这是意象最直接的功能。诗人似乎在描摹实境，却是经过诗人改造，因心造境而得的虚境与幻象。意象的描述性并非单纯地表现为直接的精镂细刻，它并不排斥诸如比拟、变形、通感、夸饰、反衬等手法的运用，只是侧重点不同。二是拟情性功能，即用拟人、拟物、比兴等手法将抽象的、不可见的情感具象化。它的作用是对情感进行化解、阐释，然后呈现出可感可触的景象与画面。三是象征性功能。象征意味着既是所要说的，也是超过它所说的。意象的象征性功能，有时是通过意象的直接呈现来实现的，有时则依赖描述性达到。诗人运用意象的三大功能，在具体的作品中是有所侧重的，同时也存在着互相交错、糅为一体的情况。其中，描述性功能是意象最基本的功能，拟情性与象征性建立在描述性基础之上，而拟情性与象征性相比较，其区别在于：象征性的意象情与物合为一体，拟情性的意象则情与物构成比附、阐释关系。

二、意象的象征性

戴望舒的意象艺术是综合中外诗歌的艺术营养而成的。但是他在诗论中对此却闭口不提，仅仅留下箴言式的十七条《诗论零札》，主要谈的是诗的情绪。强调诗情在诗中的地位，第五、六、七、八、九、十、十一、十五、十六这九条都强调诗人写出好诗要有诗请。其他的诸如“去掉音乐的成分”，“不能借重绘画的长处”。反对单纯的“美的字眼的组合”不应该有“玄奇的装饰癖”等，其目的是强调诗情的抑扬顿挫。戴望舒对自己运用意象、象征、通感、隐喻等诗法只字不提，仔细搜索，仅可以找出一点联系的线索。如第八条“诗不是某一个官感的享乐，而是全官感或超官感的东西”，涉及通感，全官感即指感觉的丰富性和统一性，也即通感。超官感，主要指情绪。全官感和超官感的统一，表现出性灵与官感的狂欢。再如第十四条，“诗是由真实经过想象而得出来的，不单是真实，亦不单是想象”。联系戴望舒的诗作，诗人对想象与真实统一性的强调，也能推及意象的客观性与主观性的统一，意象的象征性必须以现实为出发点这个层面。总而言之，这种推论式的搜索还不足以作为研究戴望舒意象艺术的重要依据，重要的是从诗人接受的艺术影响和创作实践出发展开讨论。

戴望舒的意象艺术是中外诗歌的集成。这可以从诗人接受的诗歌营养得到佐证。戴望舒接受法国前后期象征主义诗人的影响，早期接受魏尔伦“万般事物，音乐位居第一”的诗论思想，后来转向法国后期象征主义，受他们的影响，他在耶麦那里发现了“没有辞藻的诗”——“抛弃了一切虚夸、精致、娇美，而以他自己的淳朴的心灵来写诗”；[①] 他在果尔蒙那里选择了很有个性音乐的“无韵诗”——“他的诗有着绝端的微妙——心灵的微妙与感觉的微妙，他的诗情完全是呈给读者的神经，给微细到纤毫的感觉的。”[②] 他在法国象征主义诗歌那里继承的主要东西是广泛象征，这点成为戴望舒诗歌艺术的基本特征之一。戴望舒又受过意象主义的影响，他译过意象主义的诗作，并将其介绍到中国来。在继承意象派诗歌的技巧与形式上，戴望舒主要继承了意象繁复和意象生成及意象呈现的艺术。戴望舒对上述两派诗歌的吸收，始终不忘把它们同中国古典诗歌精神结合起来，特别是那种文人式的感伤、忧郁。戴望舒将意象融进广泛的象征内涵和中国的古典诗歌精神，并实现与“时代之完全调和”[③]，这便是他意象艺术的基本点。

戴望舒意象的象征性，是指用象征的意象一点一点地将诗意暗示出来。诗中的意象既是它们本身，又超出它们本身，且包含了更深层次的意义。如《乐园鸟》，该诗以乐园鸟为中心意象，通过它的“飞着”、“饮露”以及诗人以“华羽的乐园鸟”呼语开头的提问，逐层展示了诗人对乐园鸟的命运的关注。乐园鸟这个意象是人的象征，所以该诗同时表达了诗人对人的命运与现实世界的关系的关注。戴望舒诗是以广泛象征为主的，这种象征范围广，次数多，可以是部分象征，可以是整体象征，也可以是部分象征和整体象征的综合。如《少年行》诗以“灰暗的篱笆披着茑萝”象征老人勉强地追着青春时光，以“旧曲在颤动的枝叶间死了”象征生命的消失，以“新蜕之蝉用单调的生命赓续”象征生命的再延，以“烂熟的果子平静地落下来”象征生命悄悄地结束。上述都是部分象征，这些象征

---

① 戴望舒：《耶麦译后记》，浙江文艺出版社 1989 年版，第 570 页。
② 戴望舒：《果尔蒙译后记》，浙江文艺出版社 1989 年版，第 570 页。
③ 戴望舒：《谈林庚的诗见和“四行诗”》《新诗》1936 年第 2 期。

综合在这首诗中，又总体象征了诗人对往日的追思和对生命的理解。

戴望舒意象的这种广泛象征大多是私立象征，这种象征意义都很朦胧、不确定，有象征体但并不指明象征义。如《印象》一诗写道：

是飘落深谷的/幽微的铃声吧，
是飘到烟水去的/小小的渔船吧，
如果是青色的真珠，
它已堕到古井的暗水里。

诗中以铃声、渔船、真珠来象征不同种类的东西“印象”，这种关系是作者临时找寻的，并不存在必然联系。铃声、渔船、真珠的消失与印象渐渐淡远确有一种相似，诗充分调动时间、空间的跨度，将听觉音响（幽微的铃声）、视觉形象（小小的渔船）以及幻觉假设（如果是青色的真珠）穿插类比，象征地表达了印象渐渐消失的心理感受，抒发了诗人空漠、寂寥、惆怅的情怀。

戴望舒意象的象征性总是与暗示性结合起来。象征主义诗歌是用象征的意象“一点一点地把对象暗示出来”，如果说明就使诗的诗味丧失了。如《三顶礼》一诗，全诗由“翻着软浪的暗暗的海”——“恋人的发”，“夜合花”——“恋人的眼”，“小小的红翅蜜蜂”——“恋人的唇”三组意象组成，这些意象并立，中间并不用连接词，但它们处在诗句的位置及彼此内涵特征的某种相似性，决定了它们有暗示功能，前者象征着后者，暗示诗人对恋人的倾慕心理，诗意氛围朦胧、低沉、轻柔而优美。

戴望舒对意象的象征性功能的运用，与接受象征主义诗歌影响是分不开的，但是同是接受象征主义诗歌的影响，与意象的象征性功能的运用并不完全一致，李金发就是一例。李金发诗作意象大多是象征性的，他认为象征之于诗“犹如人身上需要血液”[①]，诗并不在现实中而在象征的意象、形象中。如《里昂车中》写的是旅途中的见闻，那种生命易逝、世事不平的感觉就交织在景物描写的意象群中。李金发意象的象征性同样是同暗示性交织起来的，朱自清说：“他虽用文字却朦胧了文字的意义。用暗示来

---

① 李金发：《序林英强的〈凄凉之街〉》，《橄榄》1933年第35期。

表现情调。”① 如《弃妇》中一段意象创造：

靠一根草儿，与上帝之灵往返在空谷里。
我的哀戚唯游蜂之恼能深印着；
或与山泉长泻在悬崖，
然后随红叶而去。

写的是“我”的灵魂无法向上帝祷告，“我”的悲哀无人关心和理解，诗人却把这种情思在意象中朦胧化，暗示给读者，不是描述给读者，更不是说明。李金发的诗的意象象征性同戴望舒诗的意象象征性相比，有一点不同，即有更多的神秘性和内涵多义性，其原因在于讲求联系的经济，省去意象之间的联系。不过这种神秘性并不是没有一点客观性，因而读者要追寻作者的诗歌意义，通过充分的想象还是能找出来的。

在意象功能的发挥上，戴望舒诗作与浪漫主义、现实主义诗作相比，更是有着明显的不同。戴望舒诗作的意象也有描述性和拟情性功能，但这种功能却不突出，被意象的象征性淹没了。而浪漫主义诗人徐志摩在这三种功能上则倾向于发挥意象的拟情性功能，它的作用是用比喻、比兴、拟物等手法将抽象的、不可见的情感具象化，对情感进行化解、阐释，然后呈现可感可融的景象与画面。徐志摩在《杂记》中说：“真好人是人格和谐了自然流露的品性；真好诗是情绪和谐了（经过冲突以后）自然流露的产物。”② 这种说法源于华兹华斯“诗是强烈情感的自然流露，它起源于在平静中回忆起来的情感”③。徐志摩认为诗人的任务就在于表达这种内心情感流动的波纹，为此，他注重意象的拟情性，为渲染浓烈情绪，他做到形象捕捉的精妙，意象描摹的生动，有时他甚至采取喷发式直抒方式来传达情感。如《春》写道：

---

① 朱自清：《中国新文学大系·诗集导言》，上海文艺出版社 2003 年影印版，第 8 页。

② 徐志摩：《杂记》，《努力周报》1923 年第 51 期。

③ ［英］华兹华斯：《〈抒情歌谣集〉序言》，《英国作家论文学》，生活·读书·新知三联书店 1985 年版，第 31 页。

河水在夕阳中缓流，
暮霞胶抹树干树头；
蚱蜢飞，蚱蜢戏吻草光光，
我在春草里看看走走。
……
金花菜，银花菜，星星澜澜，
点缀着天然温暖的青毡，
青毡上青年的情耦，
情意胶胶，情话啾啾。

此诗意象丰富，但意象显然没有什么象征意义。尽管描摹细致，目的却不仅写春的美，而重在抒发作者对春的喜爱之情。不过，徐志摩在成功掌握浪漫主义诗法后，并不止于此，他译波特莱尔诗《死尸》的序说，《死尸》是《恶之花》诗集里最恶亦最奇艳的一朵不朽的花。“他的臭味是奇毒但也是奇香的”，“全欧洲都闻着他的臭味”，[①] 徐志摩由衷地表达了他对象征主义诗歌的喜爱之情，他后来注重意象的象征性和暗示性，与戴望舒很有几分相似。

现实主义诗人胡适则明显地发挥着意象的描述性功能，他讲求诗的具体做法，讲求的是意象的形象性，反对抽象性。他认为：“凡文学最忌用抽象的文字（虚的字），最宜用具体的字（实的字）。例如，说‘少年’不如说‘衫青鬓绿’；说‘女子’不如说‘红巾翠袖’；说‘春’不如说‘姹紫嫣红’、‘垂杨芳草’；说‘秋’不如说‘西风红叶’、‘落叶疏林’。”他还认为“这种具体的字最能引起一种浓厚实在的印象”。[②] 这种描述性意象带给我们的是诗人感觉中的直接现实，诗人似乎在描摹实境，却是经过诗人选择、加工、改造了的，因而也浸染着诗人的理想与情感。这种描述性意象主要给人的感觉是绘画美、画面感。如胡适的诗《鸽子》：

---

① 徐志摩：《译波特莱尔诗〈死尸〉的序》，《语丝》1924年第1期。

② 胡适：《读沈尹默的旧诗词》，《胡适学术文集·新文学运动》，中华书局1993年版，第368页。

云淡天高，好一片晚秋天气！
有一群鸽子，在空中游戏。
看他们三三两两，
回环来往，
夷犹如意，——
忽地里，翻身映日，白羽衬青天，
十分鲜丽！

此诗写一群鸽子在空中自由飞翔，给人以美的陶醉，曲折地反映着诗人对自由的向往。此诗如同传统诗歌中借物抒情的诗，意象以描述性为主，有一点象征的内涵，却只是总体上的象征。当然，胡适也有少数诗歌在意象的象征性上明显一些，如《蝴蝶》，通过黄蝴蝶这个意象，赋予它象征性内涵，表达了离群索居的寂寞情怀，也表达了那种卿卿我我的爱情的丧失及丧失后的痛苦。但是，这种意象的象征性与戴望舒诗作意象的象征性还是有明显的不同，即缺乏戴望舒诗中意象的丰富的暗示性特征和朦胧的诗意氛围，胡适诗中的意象不管是描述性的还是少数象征性的，组成诗歌时，意境总是明朗的。

三、意象的采撷倾向

意象的采撷倾向与诗人表达的思想感情和艺术风格有紧密关系。戴望舒取得巨大艺术成就的时候正是在大革命失败之后。那时出现了一种恐怖与阴霾的政治气候，血腥绞杀了一部分进步青年心中绚烂的长虹。戴望舒对黑暗的现实表示了不满，但没有引向抗争，而仅仅是逃避，正像他的好友杜衡在《望舒草》序中所说的：“这差不多是他灵魂底苏息、净化，从乌烟瘴气的现实生活中逃避过来。”戴望舒在诗中表达了这样的主题：大革命失败后那种普遍的幻灭感，进而变形为对生活绝望的自我陶醉和莫名的怅惘情绪，爱情追求中渴望、快乐、苦恼等情绪及心理感受，以及第三个时期诗歌中的主题：苦难与爱国。在艺术上，戴望舒渐渐摆脱了早期新月派的影响，寻找西方现代诗歌和中国古典诗歌的艺术融合点，用现代口语写作，创作了舒卷自如的无韵的现代自由体诗歌，形成了自己婉丽、亲切的诗歌风格。

由于主题思想和艺术风格的作用，戴望舒的意象艺术在意象采撷上表现出了两种倾向：一是在意象来源上，二是在意象的静态特征上。

第一，在意象来源方面，戴望舒诗歌有两个特点：其一，借用古典诗歌意象。早期常直接借用诗意，中期则主要赋予新意，表达他的现代人的感受。戴望舒在《诗论零札》中说："不必一定拿新的事物来做题材，旧的事物中也能找到新的诗情。""旧的古典的运用是无可反对的，在它给予我们一个新情绪的时候。"这种诗论正是诗人中期赋予古典意象以新意的理论基础。戴望舒早期常用到下列意象：夕阳、淫雨、寒风、老树、落花、枯树、死叶、孤雀、瘦猫、暝灯等，饱含古典诗意，以表达诗人感伤、孤寂、颓唐、悲痛的心境。而《我的记忆》之后的一些诗作，也用到古典意象：竹帘、木叶、蔷薇、檐溜、征泥等，古典诗意成分被现代情绪冲淡、取代，是作者现代意识的对应物。

其二，中期诗歌从日常生活中吸取的意象更多、更普遍。如《断指》中的诗句：

在一口老旧的，满积着灰尘的书橱中，
我保存着一个浸在酒精瓶中的断指；
每当无聊地去翻寻古籍的时候，
它就含愁地同我诉说一个使我悲哀的记忆。

再如《梦都子》诗句中的意象：

你的衬衣上已有了贯矢的心，
而我的指上又有了纸捻的约指，
如果我爱惜我的秀发，
那么你又该受那心愿的忤逆。

两首诗在日常生活的基础上生成的意象，如"满积着灰尘的书橱"、"浸在酒精瓶中的断指"、"你的衬衣"、"我的指"、"纸捻的约指"等，很好地表现了诗人的现代感受，既富有诗意又满含生活气息。

第二，从意象的静态特征看，戴望舒诗歌中的冷色意象居多。这些意象有“怀乡病者”（《对于天的还乡病》），“可怜的单恋者”（《单恋者》），连乡愁也没有的“游子”（《游子谣》），古怪的“夜行者”（《夜行者》），寻找坠梦的薄命妾（《妾薄命》），追寻梦境而深感疲倦的“寻梦者”（《寻梦者》），以及孤单衰老、难以生存的苍蝇（《秋蝇》），没有休止地飞翔着的“华羽的乐园鸟”（《乐园鸟》）。上述意象在诗中常为主导意象，以它展开构成意象系列，抒发诗人的各种心理感受和思想感情。诗人的这种冷色意象加上诗人女性化的气质特征形成戴望舒诗作婉丽的风格，使他的诗纤巧单纯而不呆板，柔婉空灵而不黏着，所提供的意境秀丽幽深，精致动人，尤其能让读者在欣赏中感知意象及意象构成诗之后的韵味。

李金发在意象采撷上与戴望舒是不同的，李金发的诗有四个方面的主题：歌唱人生和命运的悲哀；歌唱死亡和梦幻的境界；歌唱爱情的欢乐和失恋的痛苦；歌唱自然景色及自己的感受。他在艺术上接受象征主义的影响，消化程度不及戴望舒，因而在意象选择上也就存在差异。这表现在两个方面：其一，李金发的诗歌意象大多带有悲剧色彩，常出现死亡、衰败、痛苦、梦幻等内涵的意象。如诗《在淡死的灰里》写道：

在淡死的灰里，
可寻出当年的火焰。
惟过去之萧条。
不能给人温暖之摸索。

再如《诗人凝视》写道：

中伤的野鹤，
从未计算自己的命运，
折翼死于道途，
还念着，多么可惜的翱翔。

两诗中的意象：“淡死的灰”、“当年的火焰”、“过去之萧条”、“中伤的野鹤”、“折翼”、“死于道途”、“可惜的翱翔”等，无不浸染着诗人悲哀伤感的心理感受，抒发了诗人对青春的怀念及对人生命运感慨的心理情绪。

其二，李金发的诗大多写于异国他乡，因而意象上也打上异国情调，不像戴望舒诗歌的民族特色很浓厚。如 *Erika* 写道：

一个少女
简直是孩子
爱
一切香花，
睡眠，
但不认识哀戚之成分。

这首诗写一位异国乡村少女的爱情，她只知爱、香花和睡眠，她向恋人倾吐情话朴实而热烈，一派天真的情态。诗中意象“爱”、“香花”、“睡眠”等同诗的异国情调交融起来，获得异样的色彩。除此而外，李金发还直接借用外文词构成意象，增添了诗的异国他乡的情调，这种怡人的情调带给新诗以新鲜的气息，与其说是弱点，不如说是特色。

徐志摩在意象选择上也表现出与戴望舒不同的特点。徐志摩因主题和诗艺的需要，将采撷意象分为不同的两大类型。第一类是抒写爱情和自然的诗作中呈现出来的意象。这类诗代表了徐志摩诗歌的最高艺术成就，意象特色颇有“奇异的风”、“奇异的月色”的味道，柔美而轻浅。如《偶然》写道：

我是天空里的一片云，
偶尔投影在你的波心——
你不必讶异，
更无须欢喜——
在转瞬间消灭了踪影。

再如《沙扬娜拉》：

最是那一低头的温柔，
像一朵水莲花不胜凉风的娇羞，
道一声珍重，道一声珍重，
那一声珍重里有蜜甜的忧愁——
沙扬娜拉！

上面两首诗中的“云”、“投影”、“波心”、“踪影”、“低头”、“水莲花”、“不胜凉风的娇羞”等都是柔性的，且很美，表现了诗人爱情心理的轻烟似的感伤情怀和日本女子的娇柔。梁实秋说：“徐志摩的话之异于他人者，在于他的丰富的情感之中，带着一股不可抵抗的‘媚’。”“媚”正可以说是徐志摩诗歌中柔美而轻浅的意象的精神实质。

徐志摩是个富有正义感和同情心的诗人，因而他写有第二类诗作反映现实生活，并常采取批判的态度。徐志摩这类诗的意象是厚重的，甚至是丑陋、邪恶的，与爱情诗、风景诗中的柔美意象形成鲜明对比。如《毒药》的前两节：

今天不是我歌唱的日子，我口边涎着狞恶的微笑，不是我笑的日子，我胸怀间插着发冷光的利刃；

相信我，我的思想是恶毒的因为这世界是恶毒的，我的灵魂是黑暗的因为太阳已经灭绝了光彩，我的声调是像坟堆里的夜鸠因为人间已经杀尽了一切的和谐，我的口音像是冤鬼责问他的仇人因为一切恩已经让路给一切的怨；

诗人将“涎着狞恶的微笑”、“插着发冷光的利刃”、“灭绝了光彩”、“坟堆里的夜鸠”、“冤鬼责问他的仇人”等意象组织于诗中，发出对世界的诅咒。

胡适和戴望舒一样受意象主义诗歌和中国古典意象诗论的影响，但没有得到它们的真传，因而与戴望舒诗作在意象采撷上有很大不同。胡适采用的意象是多方面的，有古典诗歌中常见的意象，也有日常生活中的意象，但是胡适诗中说理成分重，意象只是为了形象地说理而存在，显得干枯、缺少活力。如诗《乐观》写道：

雪消了，
枯叶被春风吹跑了。
那有刺的壳都裂开了，
每个上面长出两瓣嫩叶，
笑迷迷的好像是说：
“我们又来了！”

诗只是以“长出两瓣嫩叶”图解乐观这个思想观念。这样的诗中意象，形象的成分有余，而诗意的成分少得可怜，读者得不到心灵上的愉悦，因为这种诗倾注的感情太少了，不像戴望舒那样，赋予意象以现代意识和饱满的情绪。

四、意象的组合方式

戴望舒诗歌在意象功能上不注重描述性、拟情性，而侧重于意象的象征性，他根据主题和风格的需要而采撷意象。这些被选取的具有更多象征性的意象是怎样安排在诗作中的呢？换一句话说，它们之间的关系是怎样的？总的看来，戴望舒借鉴了意象主义诗人意象生成、呈现和叠加的技巧，同时又像象征主义诗人那样注重象征和暗示的技巧，从而形成自己喜爱的意象组合方式。主要有三种：

第一，离奇的组合。如“我是一个年轻的老人”（《过时》），写出诗人心境的衰老。“荒冢里流出幽石的芬芳”（《夕阳下》），暗示出作者那种对幽古亲近的心理感受，顿然使荒冢有了迷人的色彩，与习见的感受形成对照。再如《灯》中有“替人匀着最宜雅的脂粉”、“灯光却作着亲切的密语的”以及“交头接耳的暗黑”等奇特组合，使灯光和暗黑有了灵气的感受。戴望舒的这种离奇组合的基础一般是比拟、通感，其中比拟总是超越了常规。它使缺乏灵性的事物灵性化，使抽象的东西具象化，使习惯的事物反常化，奇异的美感因此显现。

第二，梦幻般的跳跃。离奇的组合是指一个诗句中的意象组合方式，而梦幻般的跳跃是指意象小组合在一个大组合（如一个诗节或整首诗）中的关系。如《不寐》，这首诗写诗人晚间辗转不安，于是有许多“爱娇的影子”纷纷出现：

只是短促的瞬间，
然后列成桃色的队伍，
月移花影地淡然消溶，
飞机上的阅兵式。

最后一句很突兀，不仅活现了瞬间的幻象，而且提供了丰富的暗示。脑海中倩影的阵容多么庞大，使诗人“眩晕”不已，作“眩晕”状里又透出一种风趣的幽默。

第三，戴望舒的象征主义诗歌中，通感是特别重要的手法，不能不谈。它省略了中介，使各种感觉交融，乍一看不和谐，但确实把握了人在瞬间的印象直觉。如《独自的时候》：“但我知道今天我是流过眼泪，/而从外边，寂静是悄悄地进来。”听觉与视觉沟通。《款步》：“如果你再说；/我已闻到你的愿望气味。”五官之外的精神感觉同嗅觉连为一体。《小病》：“从竹帘里漏进来的泥土的香，/在浅春的风里几乎凝住了。”嗅觉转移成视觉。不过，戴望舒在突破一般通感体验，有更深的体验时，感觉的转移能尽量做到有迹可寻。如《妾薄命》：

明天的梦已凝成了冰柱；
还含有温煦的太阳吗？
纵然有温煦的太阳，跟着檐溜，
去寻坠梦的叮咚吧。

精神感觉的“梦”幻化成视觉形象的“冰柱”，使梦具有一定形体的实感，接着又转移为视觉形象流水的“叮咚”，随着檐溜的一声声滴水声，我们仿佛感觉到诗人因追求理想（“梦”）而失望的痛苦心弦。总体看来，戴望舒是用读者熟悉的意象概括日常生活中的通感心理，把握了一定的分寸，不追求过分的奇特和玄秘。他的这种通感手法，丰富了意象间的组合方式，增加了意象的内涵和厚度。

同为象征主义诗人的李金发在意象组合上与戴望舒表现出一点差别。首先，两位诗人都强调意象组合的离奇，但相比看来，李金发比戴望舒的意象组合更奇特，而且这种奇特组合更普遍，表现为意象离奇的暴力式嵌合，如写山崖间小羊的叫声是："他们的叫声，多么像温腻的轻纱"（《我的》），如写凉夜的感觉是："凉夜如温和之乳妪，徐吻吾苍白之颊"（《凉夜如……》），李金发的这种意象组合随意性更强，不像戴望舒还适当地节制。其次，都讲求意象组合的跳跃性，但李金发的这种跳跃性更大、更普遍，随意性也更强。诗人为了表现瞬间感受（包括个人意念、视觉印象等），常常将缺乏统一的内在逻辑的意象组合在一首诗中，如《弃妇》，"我"的哀戚是一种情绪，并不具象，偏要借奇特而流动的意象与幻想，印入"游峰之脑"或与"山泉长泻"，又"随红叶而俱去"。既已点明"夕阳之火不能把时间之烦闷，/化成灰烬"，还要连类引申下去，生发出一串"游鸦之羽"、"海啸之石"、"舟子之歌"等意象所构成的流动画面，显示出他在意象群的创造上的跳跃性、随意性和新奇性，与这种意象跳跃性相连的是，李金发诗歌的意象密度大，常常叠加，"仿佛是大大小小红红绿绿一串珠子"。读李金发的诗，意象扑面而来，靠读者的精心想象才能深入其中，这种繁复程度的意象在戴望舒诗中是少见的。

徐志摩对意象组合的奇特性不是着意为之，像"悄悄是别离的笙箫"、"沉默是今晚的康桥"这种组合意象是不多见的，特别是在他浪漫主义特色的诗中。徐志摩不讲求意象组合的跳跃性。他是按诗情安排意象，意象之间的联系是明晰而不朦胧的。徐志摩诗中的意象比较丰富，与意象的流动性很好地交融在一起，如《翡冷翠的一夜》这首诗中的意象饱蘸诗人的激情，随着诗人的诉说不断地流出来："走了"、"明天"、"记着我"、"这世界上有我"，"一个梦"、"一个幻想"、"我们见的残红"、"在风前抖擞"、"落地"、"叫人踩"、"变泥"等等。这种意象的丰富性不同于戴望舒的诗作，戴望舒的丰富性是为了暗示、隐喻的需要而存在，徐志摩则直接为感情的饱满丰富而存在。徐志摩强调灵感的作用，提出"充分地培养艺术本能，充分地鼓励创作的天才，在极深刻的快感与痛感的火焰中精炼我的生命的元素，在直接的经验的糙石上砥砺我们生命的纤微"①。徐志摩

① 徐志摩：《丹农雪鸟的作品》，《晨报副刊》1925年5月15日。

还非常重视音乐美，强调节奏流动，注重音韵美，认为“宇宙的底质，人生的底质，一切有形的事物和无形的底质——只是音乐，绝妙的音乐”①。因而，与徐志摩的语言流动美一样，他的意象的丰富性也总和意象的流动性相统一，构成徐志摩诗歌独有的情调。即使他后来更多地吸收象征主义营养，注意意象组合的新奇和跳跃时，也很少例外。

胡适的意象组合方式与戴望舒相比，更是有巨大的差异。新诗的意象组合艺术在胡适那里表现得非常粗糙，胡适也受意象主义的影响，却不曾学会意象派诗人意象呈现和意象叠加的技巧。只有极少数诗，如《湖上》，留有意象派的意象艺术的痕迹，还能吸收意象派“直接处理事物”而“绝对不使用任何无益于呈现的词”的方法。更多的诗是为了“说理”，将散文的技巧引入诗歌，却少了诗的特色。胡适的意象组合因而也以叙述、描写、议论等手法将意象串联起来。在叙述中，将意象按诗情（主要是思想、哲理）发展而逐渐呈现出来。如《希望 》写诗人急切盼望兰花草开放的心情，“兰花草”、“山中”、“小园”、“看花人”、“苞”等意象，在盼望的过程中随心理变化逐一出现。胡适诗作的意象在描写中比在叙述中密度要大，给人以绘画美、画面感，如《鸽子》、《乌鸦》等，这些诗作诗意较浓。当胡适以议论方式串联意象时，意象则非常稀薄，缺少形象感，诗味寡淡。胡适和戴望舒一样，将散文艺术引入诗歌，却未能把握其中的“度”，加上他注重传统的现实主义诗法，因而意象运用上不像戴望舒那样有诗韵，讲求新异的美，讲求跳跃的美，带给诗以广阔的审美空间。

---

① 徐志摩：《译波特莱尔诗〈死尸〉的序》，《语丝》1924 年第 1 期。

第二十章

李金发、戴望舒诗歌比较论

李金发、戴望舒是20世纪20—30年代中国现代主义诗歌阵营里的两面旗帜。他们所倡导和实践的诗歌与现实主义、浪漫主义诗歌一样，是新诗不可或缺的三个组成部分之一。但同为现代主义诗人，他们的诗歌主张和创作是有较大差别的，我们试作比较，以明晰其得失。

一、对待中西诗歌传统的态度比较

李金发、戴望舒处在中国新诗、中国现代主义诗歌的不同发展阶段，他们各自领导了影响一时的诗歌艺术潮流，其创作道路和艺术追求有不同的一面，更有差异的一面。

李金发从1920年开始新诗创作，是新文学史上第一位象征主义诗人。他于1925—1927年相继出版《微雨》等三本诗集，从而奠定了他在新诗史上的地位。李金发刚到法国，受到了种种压迫，同时陷入了“欲爱反失恋”的难处境地。他吟咏着波特莱尔的《恶之花》，阅读魏尔伦、瓦雷里等人的诗歌，同时写出《微雨》、《食客与凶年》两本诗集，主要表现“生命揶揄的神秘及悲哀的美丽”[①]。《食客与凶年》较《微雨》来说，象征的阴影和神秘的色彩渐趋淡化，也减少了波特莱尔式的苦涩，诗句变得较为流畅。他想把中国古典诗歌传统和西方诗风结合起来。他在《食客与凶年·自跋》中说：“东西作家随处有同一之思想、气息、眼光和取材，稍有留意，便不敢否认，余于他们的根本处，都不敢有所轻重，惟每欲把两家所有，试为沟通。或即调和之意。”[②] 1924年他与一位德国姑娘结婚，继而写作诗集《为幸福而歌》，惟妙惟肖地写出爱情心理体验，诗境更趋于明朗，诗人也明确表示“不用诗笔再写神秘”（《雨》）。

戴望舒比李金发晚两年开始写诗。1928年发表《雨巷》，得“雨巷诗人”称号。之后出版《我的记忆》、《望舒草》、《望舒诗稿》和《灾难的岁月》四个集子。戴望舒的诗艺发展分为三个阶段。第一阶段以《我的记忆·旧锦囊》一辑为代表，这些诗以爱情为契机而写个人哀愁，接受了徐志摩、朱湘等人创作格律整齐的诗歌的影响，但他努力捕捉心灵的微妙和

---

① 黄参岛：《〈微雨〉及其作者》，《美育》1928年第2期。

② 李金发：《食客与凶年·自跋》，北新书局1927年版。

感情的微妙，加强主观抒情的深度。第二阶段以创作象征主义诗歌为主。戴望舒直接阅读了保尔、魏尔伦和果尔蒙、耶麦、保尔·福尔等法国象征主义的作品，他的诗风开始发生变化；同时还吸收中国古典诗歌的营养，力图通过消化和锤炼将两者在诗作中结合起来。比较完备地体现这种变化的是《雨巷》，诗中"姑娘"、"丁香"、"雨巷"已成为抒情主人公的情感对应物，传达出诗人的愁怨和惆怅。稍后，戴望舒抛弃了诗中书卷味过浓的辞藻和韵律外壳，代之而起的是具有内在情感节奏的以现代汉语构建的自由诗体。这种诗体把外在韵律消融到诗的内部骨骼，形式沉淀到内容中。《望舒草》的成功标志着中国象征主义诗歌的成熟。最后阶段是在抗战前后，戴望舒写出了《灾难的岁月》这种诗风变化很大而趋向激进的诗作，"为灾难树里程碑"（《赠内》），并抒发炽烈的爱国情怀。这些趋于写实、贴近生活的作品已显露他诗观变化的端倪，亦是可贵的探索与发展。

综观李、戴的诗歌创作，在艺术追求上是存在很大差异的，主要是对待法国象征主义诗歌和中国古典诗歌传统的态度上有分歧，实质上也就是在对诗歌艺术的借鉴接受与批判继承上存在不同的价值取向。李金发主要接受法国象征主义诗人波特莱尔、保尔、魏尔伦、瓦雷里等人的影响，但是他使用象征主义的表现手法时主要采取"直译"态度，尽力保持原来的式样或形态。这种尝试不应完全否定，遗憾的是李金发国语的修养稍欠缺，他写的诗因而显得生硬，甚至怪异，难于为当时乃至后来读者所欣赏。另外，他同象征主义的先驱者波特莱尔一样，标举艺术的贵族化，认为诗纯粹是"个人精神与心灵的升华，多少是带着贵族气息的，故一个诗人的诗，不一定人人看了能懂才是好诗"①。这种艺术观使他不顾民族传统和大众欣赏习惯，导致作品的难解。后来李金发逐渐认识到这种不足，文句变得顺畅，试图寻找中西诗歌可以沟通的"根本处"。

戴望舒与李金发有些不同。他主要接受法国后期象征主义诗歌的影响，且不生硬照搬，而是自己积极地加以消化。杜衡认为"象征诗人之所以会对他有特殊的吸引力，却可说是为了那种特殊的手法恰巧合乎他底既不是隐藏自己，也不是表现自己的那种写诗的动机的缘故。同时，象征诗

① 李金发：《卢森著〈疗〉序》，转引自丘立才：《李金发生平及其创作》，《新文学史料》1985 年第 3 期。

派底独特的音节也曾使他感到莫大的兴味，使他以后不再斤斤于被中国旧诗词所笼罩住的平仄韵律的推敲”①。因而，戴望舒更注重从中国古典诗歌里吸取有益的营养，并寻求与象征派诗的融合。他将象征派诗歌的艺术表现技巧同中国古典诗歌单纯、集中、含蓄的长处结合起来；运用古典诗歌的常见意象，如蔷薇、春花、丁香等，赋予其具有象征意味的新的社会心理内涵。总之，由于对待中西诗歌的态度及受其影响的不同，戴望舒的诗歌比李金发的诗歌带有更加浓厚的东方情趣和色彩。

二、诗歌主题意蕴比较

诗歌创作由两个部分组成，即写什么和怎样写。李金发、戴望舒各自写了些什么？这是我们首先要探讨的。

李金发自一开始创作就表现出不同的声音，表现出与他之前的现实主义或浪漫主义的白话诗迥然相异的抒情内容。李金发的诗不再为社会呐喊，不再对光明灿烂的、人道主义的理想进行讴歌，而代之以对抒情主体内心情感的捕捉与审评。李金发的诗有四个方面的主题：歌唱人生和命运的悲哀；歌唱死亡和梦幻的境界；歌唱爱情的欢乐和失恋的痛苦；歌唱自然景色及自己的感受。戴望舒诗歌在专注内心世界这点上，与李金发相似。但同样是对抒情主体的强调，却表现了不同诗歌的主题内容：大革命失败后那种普遍的幻灭感，进而变为对生活绝望的自我陶醉和莫名的怅惘情绪，爱情追求中的渴望、快乐、苦恼等情绪和心理感受，以及后期诗作的苦难和爱国主题。

李、戴都对社会人生进行思考，但体验、感受方式不同，在诗作中呈现相应的情感色彩。李金发的诗更多的是以神秘的意象写痛苦的人生体验。名作《弃妇》写一个被遗弃的妇女的痛苦与悲哀，实际上在这悲剧性的象征形象中，抒发和流露了作者自己对人生命运的感慨和不平情绪。诗人使用一连串神秘诡异的意象，渲染了一种诗歌氛围和境界，暗示人生是一个“披着散乱头发”、“徜徉于丘墓之侧”的老丑的“弃妇”。孤独、哀伤、凄苦是其诗格调。

① 杜衡：《望舒草·序》，《戴望舒诗全编》，浙江文艺出版社 1989 年版，第 52 页。

李金发的诗还常常对生与死的人生命题作出更深层的哲理思考。《琴的哀》以琴声象征人生，抒发对“人生的美满”的追求及对这一追求难以实现的“忧愁”。《有感》则视人生“如残叶溅血在我们脚上/生命便是/死神唇边的笑”。李金发将悲观的人生哲学以神奇的形象比喻凝聚在抒情旋律中。当然，李金发的诗也有写欢乐气氛的，有时还偶尔赞颂“欢乐如同空气般普遍在人间”（《幻想》），甚至写道“你一步一步走来/微笑在牙缝里/多疑的手按着铃儿/裙带儿拂去了绒菊之朝露”（《晨》）。但这类诗不多，而且即使显露出绚烂色调，也浮荡着神秘的光影。

戴望舒的诗不同于李金发的诡秘，而善于用优美的意境包裹他淡淡的愁绪。戴望舒和其他现代派青年诗人一样，面对动荡、狰狞的现实大抵采取了逃避的态度，凝视内心世界，在追求艺术中寻找出路。《雨巷》、《乐园鸟》、《寻梦者》等诗作都是这样的代表。卞之琳还称赞《雨巷》是旧诗名句“丁香能结雨中愁”的现代白话版的稀释和扩充，一种回荡的旋律和一种流畅的节奏始终贯穿其中。诗人运用用惯了的意象和用滥了的辞藻，艺术化地轻吟曼咏，成功地把愁怨、惆怅、彷徨、孤苦的心理倏远忽近地显露出来。

戴望舒还以梦境营造意象，并以此试图对现实世界作出判断。他有时以乐园追念理想：“假使你是从乐园里来的/可以对我们说吗/华羽的乐园鸟/自从亚当、夏娃被逐后/那天上的花园已荒芜到怎样了？”（《乐园鸟》）甚至直接写梦：“你的梦开出花来了/你的梦开出娇妍的花来了/在你已衰老的时候。”无论是“华羽的乐园鸟”，还是追求梦境而深感疲惫的“寻梦者”，都可以看出诗人笔触所指，并不是变化的现实。诗人的情绪徘徊于梦幻和现实之间，有现实的梦境，也有梦境中的现实。当然诗人也写下《断指》这样深入现实的个别诗作，表现正义和良知的力量。由此可见，戴望舒在表现社会人生感受上，比李金发较为重视现实，尽管这种对现实的逼近情绪不够强烈，诗作也不多。

李、戴诗歌的另一部分是爱情诗，这在他们诗作中占有相当大的比重。李金发歌唱女性，歌唱爱情，抒发爱情体验中欢乐、痛苦的心理感受。爱情诗在《微雨》和《为幸福而歌》两个集子中占去多数篇章。李金发甚至认为“这种公开的谈心”（指爱情诗的创作）“或能补救中国人两性间的冷漠”。[1] 李金发的爱情诗无论是写对过去爱情的怀念，如《温柔》、《在淡死的灰里》等，还是写情人幽会的情景，如《记取我们简单的故事》，情调、意象及语言都比较活泼，较少有晦涩的毛病。在《温柔》诗中作者感言：“你明澈的笑来往在微网里/并灿烂在园里的花枝上/记取你所爱的裙裾般的草边/现为忠实之春天的呼唤而憔悴了。”这写出了爱情进程中那种很细腻独特的心理体验，爱人的“笑”具有难以言尽的魅力。

与李金发不同，戴望舒的爱情诗抒写自己对爱情的渴望、欢乐以及被它折磨得痛苦、忧郁和寂寞的情绪，而且同现代派强调感觉性相联系，他也是非常强调感觉性的，比李金发的诗更能直接诉诸日常感觉。如《百合子》一首：“她是冷漠的吗/不/因为我们眼睛是神秘地交谈着/而她是醉一样地合上了她的眼睛的/如果我轻轻地吻着她花一样的嘴唇。”诗人非常形象生动地传达了爱情体验过程中那种欣喜甜蜜的心情。《到我这里来》写道：“到我这里来/假如你还存在着/全裸着/披散了你的发丝/我将对你说那只是我们两人懂得的话。”这里诗人以非常具体的意象表达对爱的热切渴望。而另一首《夜》的“飘边风带着青春和爱的香味”，写出诗人对青春的珍视，对永恒之爱的追求。

除了以上两个方面外，李金发还写了一些歌咏自然风景的诗，戴望舒还写了一些爱国和苦难主题的诗。这是两位诗人迥然相异的诗歌内容开拓，这一点差异是不言自明的。

三、诗歌主张与技艺比较

尽管李、戴主要都是受法国象征主义诗歌的影响，但是他们接受和消化的程度存在差异，加上创作道路、艺术追求和创作主题等的差异，他们的诗作在“怎样写”方面，即艺术技巧的运用及体现的特征上表现出不同的倾向。

首先，在诗歌艺术主张方面，李金发和戴望舒确有相同之处，但他们的侧重点却不同。想象的独特性和强调写生命感受这两点在他们的诗歌中都有体现，不过李金发更重视想象和比喻的运用，戴望舒更重视诗歌的

---

① 李金发：《女性美》，《美育》1928 年创刊号。

“情绪性”，由此导致他们的诗歌在鉴赏难点上也不同。

李金发对想象的运用表现得更为偏激些。他指出：“诗意的想象，似乎需要一些迷信于其中，如此它不宜用冷酷的理性去解释其现象，以一些愚蒙朦胧，不显地尽情去描写事物的周围。”① 李金发强调不宜用理性，而要“不显地”“描写事物的周围”，他强调了想象和比喻的暗示性、模糊性。李金发甚至把想象和比喻当作诗的艺术生命的全部来加以强调。他通过艺术想象创造出来的比喻是“远取譬”，而不是“近取譬”，因为他能在普通人认为不同的事物中看出想象中的“同”来。如他的诗《我的》，以“我的灵魂是荒野的钟声”来拟写内心的孤寂和痛苦。《诗人凝视》以“他们的叫声，多么像温腻的轻纱”写山崖间山羊的叫声。但是由于李金发有时过分追求新奇、怪诞，以至于他的诗意常令人难解。

戴望舒的诗歌则更强调表现情绪。魏尔伦曾声称，诗歌是不可捉摸的内心情结和细微感觉的直接表现。李、戴都曾受此影响，但李金发在表现情绪和感觉上不像戴望舒那么注重，那么直接地强调。戴望舒多次强调诗歌的情绪性，他在《诗论零札》中指出，“诗的韵律不在字句的抑扬顿挫上，而在诗的情绪的抑扬顿挫上，即在诗情的程度上”；还认为“韵和整齐的字句会妨碍诗情，或使诗情成为畸形的”；他确认“新的诗应该有新的情绪和表现这情绪的形式”，因此，“旧的事物也能找到新的诗情”。② 由于他的倡导和包括他在内的现代派诗人的实践，新诗开始部分地走向内心，将心灵世界外化出来。如戴望舒的《流浪人的夜歌》以“残月”、“怪枭”的意象写出诗人心中的悲苦、孤独。《静夜》中的诗句“像侵晓蔷薇底蓓蕾/含着晶耀的香露/你盈盈地低泣/低着头/你在我心头开了烦忧路”，写出诗人心中的伤感和烦忧情绪。读戴望舒的诗，会感到情绪的氛围笼罩着整首诗，缥缈的，甚至不可捉摸的情绪始终流荡在字里行间。

其次，李金发和戴望舒的诗歌语言也呈现出各自的特色。朱自清评李金发的诗歌时指出：“他的诗不缺乏想象力，但不知是创造新语言的心太切，还是母舌太生疏，句法过分欧化，教人像读着翻译，又夹杂着些文言

---

① 李金发：《艺术之本质及其命运》，《美育》1929 年第 3 期。

② 戴望舒：《诗论零札》，《戴望舒诗全编》，浙江文艺出版社 1989 年版，第 691 ~ 692 页。

的叹词和语助词，更加不像——虽然也可说是自由诗的体制。”[①] 欧化和文言气息是李金发诗歌语言的一大特色，如《里昂车中》：“远市的灯光闪耀在小窗之口/惟无力显露倦睡人的小颊/和深沉在心底的烦闷。”李金发的语言还常省略去很多主词和连接词，如“弃妇的隐忧堆积在动作上”，“衰老的裙裾发出哀吟”，“隐忧”是不能“堆积”的，“裙裾”也不会“衰老”，更不会发出“哀吟”。这里诗人省略了一些连接词和喻体。诗人这样写一方面增强了诗的张力和意象的新奇感，另一方面使诗难于理解，读者需要调动充分的想象力。

戴望舒诗歌语言的运用与李金发的有很大不同。尽管他早期诗的语言运用书卷味很浓的辞藻，但后来却采用现代口语入诗。这种语言更易于让大家理解，使语言不成为传达诗情的障碍，便于形成自然、清新、亲切的诗风，有利于现代主义的诗歌走向中国化。这与李金发相比，显然进步了许多。象征主义手法和现代口语的巧妙结合，使戴望舒获得了极大成功。与此同时，戴望舒又受着后期象征主义的影响。保尔·福尔认为，诗形“介于诗与散文之间”，戴望舒因此改变了过去追求音乐性的原则，宣称“诗不能借重音乐，它应该去了音乐的成分”。诗也“不能借重绘画的长处”。[②] 他在创作实践中实现了新诗散文化的主张，像《我的记忆》一类诗，着重运用情绪的节奏，诗的语言活泼自由。戴望舒的具有散文美的现代口语诗不仅是对新月派格律诗主张的反拨，也是对象征派诗歌的通俗化，这种诗更易于为读者所接受。

在具体表现手段，尤其是通感的运用上，李金发、戴望舒也存在差异。李金发的通感运用常与“省略法”联系起来，这样诗歌语言就比戴望舒的更新奇。李金发还注重意象之间尽可能大的跳跃性，注重声音、色彩、形状等的融合，这样诗歌意象就比戴望舒的更繁复。戴望舒在《诗论零札》中指出“诗不是某一个官感的享乐，而是全官感或超官感的东西”。由于戴望舒主张以情绪为主，要求去掉音乐的成分和绘画的长处，因而戴望舒对通感的运用是很节制的，诗的意象组合也比较纯净，密度适中。这

---

① 朱自清：《中国新文学大系·诗集导言》，上海文艺出版社 2003 年影印版，第 8 页。

② 戴望舒：《诗论零札》，《戴望舒诗全编》，浙江文艺出版社 1989 年版，第 691 页。

种诗的情绪是以诗的感觉性来表现的，不是产生了自由联想，而是来自真切的内心体验。这种缥缈、流动性的情绪感觉，读者是容易体味到的。

最后，李金发、戴望舒的诗歌都呈现出朦胧的诗歌风貌，是与他们都接受法国象征主义诗歌传统的影响分不开的。朦胧成为他们共同的艺术原则，他们采取象征主义诗歌的象征和暗示手法，借助外界事物来象征，作为思想感情的对应物。与象征密切联系，他们不是直接描写对象和抒发情感，而是用意象、语言来暗示情绪。李、戴诗歌的朦胧特征还与追求意象跳跃、意象非逻辑组合有关。在这点上，李金发比戴望舒走得更远。如李金发《题自写像》："即月眠江底/还能与景色之林微笑/耶稣教徒之灵/吁，太多情了。"沉落江底的月亮还能与景色之林微笑，象征灵魂不死的追求。接着诗歌省略了一些词语，正常表述是：（我想如）耶稣教徒之灵（那样永生不死么）？吁，（这样）太多情了。其真实旨意是"我"没有永生不死的奢望。

戴望舒也主张抽掉意象到意象之间的连锁，好比他过了河流并不指点曾经踏过的那一座桥。这种主张与东方抒情方式始终相结合，读者不难创造性地感受到一种流动而完整的情绪。《独自的时候》正是这样的诗歌："房里曾充满过清朗的笑/正如花园里充满百合或素馨/人在满积着梦的灰尘中抽烟/沉想着凋残了的音乐。"诗句含蓄地表现了作者独自怀念逝去的美好东西时的伤感心境。

综观李金发、戴望舒的诗歌，前者的朦胧带着神秘诡异的色彩，后者的朦胧要相对弱些，常与含蓄相联系。他们彼此间的优缺点及产生的背景、对待中西诗艺的态度及诗美追求，正启示着中国现代主义诗歌应走的古今中西诗艺合理融合的道路。

第二十一章

卞国福、朱文根、沈天鸿诗歌论

一、热烈奋进的人生情怀

卞国福的诗，很早就读过不少，他的名字和诗都给我留下很深的印象。以往读卞国福的诗是在报刊上，比较零散。现在案头有了他的一本诗集《朝霞满天》，不胜欣喜，可以较完整地了解诗人的创作风貌了。《朝霞满天》“以情真意切、朗朗上口的诗句，歌唱了作者钟情眷恋的故乡人民和朝霞满天的热土”①，引起我的关注和共鸣。它是“一组绵长的乡土的恋歌”，我从诗作中深切地感受到诗人热烈、奋进的人生情怀。

卞国福的社会工作繁忙，长期担任领导职务，他是坚持利用业余时间进行诗歌创作活动的。这一点令我敬佩，甚至惊讶，保持一颗不衰老不磨钝的诗心的确不易。在喧嚣渐弱的城市之夜，卞国福窗前的灯光常常坚持到很晚很晚。他不是专业诗人，却有着一些专业诗人所无法比拟的创作收获。他写作的范围涉及诗歌、散文、歌曲、文艺评论等，且多有著作问世。在诗歌方面，他用力最多，至今已有《热土地的歌》、《青春的旋律》、《一树春天》、《拥抱明天》以及《朝霞满天》等五本集子出版。此时，我想到“人类诗意地栖居着”这句话，卞国福的诗歌创作，似乎是为这句意义深刻的话作着很好的例证。

近些年来，诗歌在中国的传播遇到巨大的困难，市场化的经济浪潮和薄弱的经济基础驱使人们把目光集中到挣钱和物质消费上。1998 年 3 月，北京零点调查集团有关“你喜欢什么文体”的调查结果显示，诗歌只被 3.7% 的人表示喜欢，成为最不受欢迎的文体。我国有几千年诗歌传统，流传于世的名诗不计其数，已成为中华民族对人类贡献的重要部分之一。如今，泱泱诗歌大国，诗之命运却如此惨烈，着实让人震惊、痛心。诗歌在以电视为中心的文化消费格局中，和其他文学样式一样退居到中心之外，但我们相信这种挤压绝不会让诗歌生命断绝。在市场经济条件下，诗歌也将改进自己的生存方式，培育出自己的读者市场。在流光溢彩的大街，诗的触角也在延伸。它应该深深切入大众的现代生活，以其独特的艺术内涵感染人，让世俗的奔波和烦恼得到净化。

---

① 卞国福：《朝霞满天·序》，解放军出版社 1997 年版。

对诗的关怀和以诗关怀人类，是两个同样重要的命题。卞国福对于诗的关怀颇深，而他的诗对于生于这个大地上的人的关怀，同样是深切的。在诗歌被冷落的时代，关怀诗是崇高的行为。值得注意的是，现在一些诗对某一个个体（常常是诗人自己的心灵）的关怀太深，而缺乏对大众生活的深切关注。情感和音乐一样是没有国界的，这就启示诗人注意人类共同情感的表达，不仅仅是为自己写作。卞国福的诗“字里行间流溢着革命传统和民族道德传统的异彩，它既是劳动者的放歌，也是为家乡、为人民歌唱的抒情曲”。这就是在当前诗歌背景下，他的诗歌价值之所在。

对于故乡和故乡人民的赞美和怀念是《朝霞满天》的重要主题之一。开篇之作《故乡的路》写得精致、朴实，与余光中的《乡愁》有异曲同工之妙。“故乡的路/一定是老父手上的青筋/那么曲折那么艰辛/我是一辈子也不会忘记的/犹如农具/总摸在父亲手里。”家乡的泥土是质朴而庄重的，它浸透了诗人的心灵和血脉，无论在城市的哪个角落，故乡总是遥遥地让人难忘，“如果皮鞋隔开泥土/如果高楼挡住视线/无论酷暑严冬千山万水/我要驾梦回到故土”（《啊！家乡的泥土》）。

故乡的“霞”给诗人留下异常深刻的印象。诗集取名《朝霞满天》，我想，一方面是表达诗人对故乡朝霞的惦念，另一方面也表达了诗人步入中年以后壮怀依旧激烈的心境。诗人的胸膛里仍然跳着一颗年轻的心，血管里仍然流着青春的热血。在城市，由于空气透明度的降低和不断长高的楼房的遮挡，霞彩缤纷的景象是很难见到的，特别是蜗居在办公楼时，视线的权利更是被限制。卞国福专写霞的诗有多篇。《故乡的晚霞》染红西天，鸟儿、油菜花、麦苗儿、蝴蝶、河水、乡亲们等充满自然和泥土气息的意象贯穿全篇，组成清新旖旎的田园图画，这时“采野菜的小姐妹/笑嘻嘻地结伴回/沉甸甸的竹篮/装不下晚霞的光辉”。结尾一段，“小姐妹”与霞的映衬，意境优美，对美的赞颂溢于言表。《朝霞满天》一诗则抒发了奋斗者朝霞一般的心胸，全诗激荡着诗人热烈乐观、积极向上的情怀，“成功者的心灵/多像不死的松子/落地萌发生根繁衍”，“生活有苦更有甜/奋斗者自有乐趣/拥抱朝霞满天”。《霞光的祈望》一诗，霞光是理想和人生目标的象征，劳动者“挖掘”太阳，“从他虔敬地等待的泪水里/终于传来霞光的消息”。霞光如此具有号召力，是生命价值的凝聚，劳动者“他愿离开断裂的山崖/飞身为天边新生活的霞光”。

《朝霞满天》另一类引起我注目的诗是政治抒情诗，这类诗大多写得思想鲜明、铿锵有力、催人警醒；也有写得深沉的，让人进一步思索人生的真谛和难题。《谈论》是一次谈话后的感想，诗人用直抒胸臆的手法表达了个人的人生信念："手提乌纱帽/大胆干事情"，"走荆棘之路更来劲/为人民办事就开心"。在《呼唤真诚》一诗中，诗人写道："人生失去真诚就失去一切/骗人的人终归将要骗倒自己"，可以看出作者对真诚的境界的充分肯定和热烈向往，他对真诚的力量认识得非常透彻，"真诚震撼心灵/一种巨大的爆发力/它是一个人生命正直的雷电"。《小憩》则表达了诗人对奋斗人生的赞美，"雷雨再大狂风再猛/绝不能停止奋飞的双翼/小憩毕竟是小憩/奋斗方显示人生的价值"。卞国福这类诗的数量还有很多，这些诗是成功者的坚定方向，是奋斗者的激扬姿态，是劳动者的人生履历，读来使人在消沉中奋起，在失望中重获信心，不断前行。

统观卞国福的诗歌创作，可以看出与他的人生经历和兴趣有很大关系。不间断地担任各种领导职务，使他的诗对工作、劳动、为人、处事等题材的处理有着自己独特的视角，并且他认为诗"这种形象思维的方式，成为我防止惰性滋生的良方，往往又促进自己更加努力地为人民工作"①。可以说诗正是诗人生活方式的有机组成部分。卞国福 1957 年就开始在国内报刊上发表诗歌作品，他的诗歌美学的形成始于青年时代，后又不断有新探索、新发展，他从民歌和古典诗歌中汲取营养，因而不像 80 年代成名的诗人那般追求诗意朦胧和意象繁密，而是讲究格律的变体运用，节奏明快，声韵顿挫。卞国福还创作了不少歌曲，他认为"音乐和诗歌，是天生的姐妹，很自然地使我在作曲时，想到歌词的文学形象，作词作诗时往往又想到旋律的艺术"②。他的这种艺术涉猎使得他的诗作融入音乐的特质，可以咏，可以唱，使他的现代诗别具特色。

二、生活的颂诗

中国现代诗歌走向在 20 世纪 70 年代末发生巨大变革。以北岛、舒婷

① 卞国福：《青春的旋律·后记》，安徽文艺出版社 1997 年版。
② 卞国福：《一树春天·后记》，安徽文艺出版社 1990 年版。

为领头雁的朦胧诗派逐渐从纷繁的诗歌万象中突显出来，影响波及整个诗坛，并使诗歌主潮完成由现实主义向现代主义的嬗变。可以说，1979 年至 1985 年是中国朦胧诗充满生机和光辉的鼎盛时期。但是作为有深厚传统的现实主义诗歌并没有呈颓败之势，而是坚忍地向前发展。它对现实生活给予了深切的关注，以主题鲜明、诗风健朗为特色，从而赢得了当代读者的喜爱。朱文根的诗歌创作可以说属于后一种。

第一，从婉约诗风到刚健诗风的转变。朱文根 70 年代就开始诗歌创作。1978 年考入大学中文系，使他有更多的机会接触中外名家的诗歌作品，接受系统的中国语言文学专业的训练。此后，他的诗歌创作异常活跃，诗情勃发，灵感泉涌，不断有佳作问世，并发表于《诗刊》、《飞天》、《星星》、《安徽文学》等文学刊物及报纸副刊。朱文根的诗歌创作主要结集为《太阳吟》。正如作者在“自序”中所说的，这些诗作从一些侧面反映了他“对人生的追求”和“所走过的道路”。

这本诗集题名《太阳吟》是有其独特寓意的。对太阳这一明朗、热烈意象的喜爱表明了作者对生活的积极态度。诗集中收有两首同题诗作《太阳吟》，第一首作于 1981 年，这首诗带有他此前诗歌的所有母题和风格特征，表达了作者对水乡太阳及在太阳下生活的水乡人的赞美，以及对美好未来的憧憬。在诗中，初升的太阳像含羞笑着的水乡新娘，阳光透进农家的小木窗，年轻的姑娘干完活正在梳妆，并“抿着嘴唇望着窗外，心上有儿郎”。太阳普照肥沃的田野和喧闹的街道，水乡的男女正为农桑、自己的生活而奔忙。这首诗对水乡生活的深情赞美，是源于作者对水乡的认同心理。“我是水乡的孩子/我没有到过大地方/我在水乡的土地上奔跑的时候/我最喜欢太阳。”这首诗除风格婉约、深情、朴素外，其形式极其自由，诗句长短参差，此外，在抒情诗中融入叙事诗的成分，也是它的明显特色。

在此诗之后，朱文根的诗风渐渐由婉约走向刚健，诗句形式也趋于严谨。1988 年，朱文根写作第二首《太阳吟》。其诗风格豪放，诗情澎湃。作者在这首诗中抒发了对光耀寰宇的太阳的由衷赞美，对太阳的慷慨、慈爱、慰勉的由衷感恩，并把太阳引为知己，从此诗也可见出作者远大的抱负。

第二，乡土诗创作。韦君琳先生在对《太阳吟》的评论中指出：“是家乡的父老乡亲和山川草木表现出来的宽厚与仁慈及风格乡情启蒙了他对文学的感知力，才致使一个农村的孩子从小就梦想当一名作家。”朱文根的大量诗作有一个共同母题，就是对家乡和家乡人民的赞美，我们称之为乡土诗。世间万物，皆可入诗。朱文根诗的灵感来自于他对家乡生活的熟悉，他的心灵深处燃烧着一团对生活、对自然、对生命浓烈的爱火，这是他的乡土诗的显著特色。从题材看，主要有两类，一类是写水乡，另一类是写山乡。

这本诗集收入直接写水乡的诗就有二十多首，而且多为组诗，写得较早的是《水乡春歌》（组诗，载于《诗刊》1980 年 8 月号）。这是一组咏物诗，以雨、渠、柳为吟咏对象，不像赵树理写农村小说那样俚俗，而是诗境清新，语言优美典雅，表达了在外求学的学子对家乡的一草一木的深厚情感。作者在诗中大量运用比拟手法，从而使所写之物具备人性人情。雨：“猛见家园被践踏得一片狼藉 /心头一酸，你扑进了大地的胸膛。”渠：“只要春一开始重整故里/你就会深情地养育她的骄子。”柳：“当寻春的姑娘从身旁走过/你总要轻抚一下那耸动的双眉。”这类写于文学复苏时期的诗作，作者既能贴切设喻，又能撷取细节，整首诗意境动静结合，虚实结合，诗意盎然。

与《水乡春歌》这类咏物诗不同的是《农家吟》（组诗）这样的诗作，它们主要写水乡人的劳作和生活。不仅写出了家乡景色的美丽，充满田园气息，而且反映了家乡生活的艰辛和贫困。组诗中《刈草的小丫》节奏前缓后急，最后的画面定格在“刀刃划破小小的指头/她赶紧按住伤口，眼角挂两串泪花”。《牧牛少年》先写少年“安闲”地望着来往的渔帆，看似平淡叙述，笔锋陡然一转，“牛儿啃不尽绿草/却噬去了你金子般的年华”，从而使“安闲”成为令人痛心的生活心态。《采苇叶》写“苇叶好采，可糯米哪来呀/瞧着孩子归来，妈妈转身呜咽”。这些诗读起来令人心灵震撼，作者在诗中倾注了对家乡生活的深情体验，在反映家乡贫困的同时表达了对富裕、美好生活的向往。

朱文根另一类乡土诗是写山乡的，数量也不少，譬如《山乡三首》、《杂咏五题》、《山中行吟》等组诗。这类诗有哲理的揭示，“懦夫在这儿会心惊胆战/小路如丝连着大地和蓝天”（《路》）。有对生活的思索，“你是一位伟大的行者/历涉无数急流湍川/总是带着送行者担忧的心/踏上波翻浪涌的征程”（《帆》）。有对山景绘声绘色的描写，“从山坡上冲下来/从山谷中拥上来/拿下所有的山头/一鼓作气地进军”（《年轻的松林》）。内容是多方面的，写山乡的这类诗一般都很朴实。

第三，古诗的营养。朱文根的诗歌营养成分是怎样的？这是进一步分析其诗歌思想艺术价值所不应回避的问题。作者在“自序”中称，大学四年，在所读过的书中，以诗歌类为最多，国内外不少著名诗人的作品都找来读一遍，其中“最喜欢读的还是俄国著名诗人涅克拉索夫、智利著名诗人聂鲁达的诗和我国著名诗人艾青、郭小川、流沙河的诗”①。朱文根这里所提的几位诗人有共同特点，如这些诗人都善于写政治抒情诗，诗内容关注现实、关心人民，把生动的生活现实大胆地写进诗里，诗风真实、健康、硬朗。这些中外诗人的作品对朱文根诗歌创作的影响清晰可见，影响了作者提炼诗主题、寻找诗体裁及具体写作的艺术方式。正如作者在“自序”中所说的，他追求的诗歌艺术是“节奏跌宕明快，语言优美流畅，形式活泼多样，风格平淡天然”。

这是问题的一方面，问题的另一方面是朱文根诗有明显的来自古诗的营养成分。这在诗集自序中虽然只字未提，却可以从诗行中体味出来。朱文根诗来自古诗的营养表现在三个方面：一是在诗题和诗句上。朱文根最初写的是古诗，这类古诗营养一直保留着，而且不论是写形式极其活泼的自由诗，还是形式相对严谨的自由诗都是如此。诗题有古诗题的直接借用或化用，如《水乡纪事》、《杂咏五题》、《屯溪三江口》。诗题常为一个词或一个短语，不像现代派的诗常有句子形式的诗题。在语言上同样有很深的影响，有些是对古诗的化用，如“春柳向太阳扭动纤腰/春水向闲云凝眸微笑”（《春光》）。二是在诗意上。与诗语言紧密联系的是对古诗诗意的自觉吸收。如“哦，还有海内奇观/猛抬头，满眼八月江南/云绕茶山/太湖渔帆来自水与天”。这里既有“江南好，风景旧曾谙”，也有“孤帆远影碧空尽”之类古诗的诗意飘荡其间。三是在写作手法上，多用赋比兴等传统诗歌手法。早期诗更多缘情，后期诗更多言志。不像朦胧诗，人们喜欢用象征、意象、超现实等现代派手法表现个人对梦幻、潜意识、荒诞、神秘等的心理感受。

---

① 朱文根：《太阳吟·自序》，香港文学报社出版公司1992年版。

三、关注世界和哲学精神

当今中国诗歌向何处去？这是每个诗人都在思考和实践的命题。沈天鸿是一位坚韧的实践者，其诗和诗论在诗坛上都很有影响。这里只就几首诗探讨沈天鸿诗歌的美学品格和艺术特色。这些诗是《1991 年安徽水灾》，载《诗刊》1991 年第 10 期；《远离水源的地方》（组诗），载《长江文艺》1991 年第 11 期，包括《拾棉花》、《秋天》和《面对秋野》三首；《塔影》（外二首），载《诗潮》1991 年 11、12 月号，包括《塔影》、《看草》和《深处》三首。

诗歌是诗人对世界独特的说话方式。对世界的关注可以说是沈天鸿诗歌的一大特色。“你是离我最近的一个秋天/晚稻和玉米/几乎让我厕身其间”（《秋天》）。这里，“秋天”取得人格的独立，与诗人处于平等而亲近的对话位置。沈天鸿对世界的关注极少是远距离的观照，即使是采取宏观俯视的角度，主体与客体之间的距离也是拉近了的。如《1991 年安徽水灾》，对安徽地区发生水灾这件大事的抒写是俯视角度的，但这样一些诗行：“泥土加入的水，如此金黄！/夜色加深它/令我仇恨的光”，可以说是近距离的叙说。这首诗其他诗行同样表达了对人民生存的深厚关切。

沈天鸿诗歌善于通过轻松而有点平淡的语气传递对世界的关注。“我打小时就开始看草/草比泥土稍高一些”（《看草》）。纯似叙述往事一般，但诗意不在字面，而是这种叙述方式所传递出来的那种亲近感和对美好事物的关心与怀念。“在这些远离水源的旱地中/妹妹你拾棉花”（《拾棉花》），以及“早晨没有人走回家去/秋天/请你教我以生活”（《面对秋野》），这两处造成的艺术效果和上例具有异曲同工之妙。

对世界的关注，在沈天鸿诗歌中被处理为一种智性的也是一种哲理的关注。智性，在沈天鸿诗歌中表现为意象和诗行深处的隐藏，同时又通过丰富的意象和深远的意境暗示出来。例如，“此时秋天俯下身去/变清的浅水里能否看见石头/原野正和秋霜直接接触/……有人在这黎明踏霜耕种/犁铧白光一闪/触及我遥遥的模糊痛楚”。这里每种意象都在原来的词义基础上升华，都带着智性的色彩，耕种已经开始，是对生存和劳作的深沉赞颂，也透露出诗人对发达文明的隐隐渴望。

沈天鸿诗歌在表达智慧性感思的同时，常有鲜亮的意象出现，这种意象反差使诗显得灵动，获得一种美质。如“吆喝声在又一代人头顶断续响起/如一支不断落叶的/无词的古歌/有多少次播种就有多少次砍伐”之后，出现这样亮丽的意象（群）：“太阳开始静静照耀/身边金黄的草垛。”

与智性紧密相连，沈天鸿的诗歌表达了一种哲学精神。这种哲学精神融汇到整首诗的内部，是意象内部对世界的哲学把握，也是艺术把握。哲学精神使沈天鸿诗歌显得凝重，具有丰厚的意蕴。“塔影里铃声冷如一株寒菊”，在塔影这个具有浓重文化意味的背景下，历史在不断地演变，悄悄地深入，而怡人的“静”和寒菊的“开放”与“凋落”形成鲜明对照（《塔影》）。这里诗人平实地说出对人类历史的感受。

沈天鸿诗歌的哲学精神还表现在通过平常的话说出来，乍看没有什么，但仔细体味你会发现诗人确实在暗示着什么，“看见草我总要回一回头/已经消失的草/正在生长的草/没有谁能像我这样/对一叶草刻骨铭心”。“棉花从没有看到过自己/妹妹你也从没看见过/自己拾棉花的形象。”这样，诗人通过平静的叙述，将人们对人生的默默而执著的精神表达了出来。

沈天鸿的诗歌风格凝重而渊深，沉静中又带有热情。这种美学风格的形成，还与意象和语气的选择有关：凝重的意象与轻巧的意象对立而统一，干脆的语气与舒缓的语气协调，富有生气。这都使我想到：一首诗就是一个生命，诗歌在整体和谐时便射出绚丽的光芒。

第二十二章

中间代：命名的有效性及其持续发展

“中间代”在2001年命名之后，现已出版《诗歌与人：中国大陆中间代诗人诗选》（2001）、《第三说：中间代诗论》（2002）、《中间代诗全集》（2004）、《诗歌月刊·下半月·中间代特大号》（2006）等有影响的书刊，它们既是中间代诗歌作品的大汇展，也是中间代诗论文章的大集合。对于诗歌理论和批评的高度重视，是中间代命名以来的一大特色，也是其不断扩大社会影响并确立文学地位的重要手段。以上书刊的理论批评文章就有六十多篇，从各个角度、各个层面对中间代进行了讨论，不少文章的观点和论述很有见地，同时表现出很大的意见分歧。当然，意见分歧是正常的，但若要继续“上升”、“前行”，意见整合也是必需的，这是中间代命名十年后不能不面对的一个重要问题。①

一、中间代命名的有效性

关于中间代的命名，这里不谈合法性和正当性，也不谈合理性，不是这些问题不重要，而是人们常常把它们过于复杂化了，反而纠缠不清，以至于耽误了更为重要的问题讨论。我把它们暂且悬置，只想究问：中间代这个命名对于当代诗歌的言说是否有效？是否适用？如果达到了这样的基本要求，中间代命名就是可以接受的。再说，对于命名，我们应当抱着宽容的建设性的态度，不能苛求面面俱到，就像为孩子取名，不可能把所有的含义和愿望都考虑进去，否则将无法命名。

中间代，按最初命名者安琪的说法，他们“大都出生于60年代，诗歌起步于80年代，诗写成熟于90年代”。到底应该用什么来指称这样一批诗人？其实前后已有多种说法，有人曾经用“60年代出生”、“60后”、“66后一代”、“89后一代”、“新世代”等名称，这些名称的有效性到底如何呢？首先要看它是否明确，会不会造成不必要的混淆。“60年代出生”、“60后”，如果指称诗人，自然就要把不少第三代诗人包括在内。“66后一代”、“89后一代”自然会把70年代出生的诗人包括在内，由于70后已经抢滩注册，而且基本被认可了，没有必要再把他们拉进来。“新

① 本章所引他人的观点，出处详见《中间代诗全集》（海峡文艺出版社2004年版）、《诗歌月刊·下半月·中间代特大号》（2006年第11—12期合刊）。

世代”则语焉不详，“新世代”之“新”注定是暂时的，就像一个孩子刚出生时都有“宝宝”、“毛毛”之类的乳名，上学了则必须有个学名才行。其次，名称的有效性，还要看命名的时机，命名会因为时间不同而不同。朦胧诗，如果一开始允许把《今天》这块阵地做大做强，而且不至于受到当时政治文化背景的干扰，也许现在通行叫它“今天派”了。我们可以设想，中间代这样一批诗人，如果在他们刚刚出场时就对自己命名，他们当然不会使用中间代这个名称。由于第三代诗人在当时诗坛拥有崇高的地位和强大的影响，由于90年代文学失去轰动效应之后，诗坛进入命名疲劳的时代，还由于60年代出生的诗人那时内心都自认为是第三代诗人的一部分，没有必要自矮一截为“第四代诗人”，于是他们消减了自打旗号的冲动，低调而沉潜地写作着。后来他们慢慢发现，他们这批诗人其实并没有包含在第三代诗人之内，相关的诗选不选他们，相关的文学研究、文学批评也不给予他们相应的文学史地位。60年代出生的优秀诗人，除了划归第三代的那些诗人之外，一时出现太多，现在剩下的他们决定自打旗号，寻找文学史定位也在情理之中。

中间代命名的依据是什么？主要依据当然是这群诗人或这种诗歌有足够的文学史地位和诗学价值。下面，我们着重谈的是命名的其他依据。综观中国现当代文学史，我们了解到，由个体诗人组成的“诗歌群落”在命名时具有不同的依据。有些是依据社团和刊物，如“新月派”，依据的是新月社和《新月》刊物，“现代派”依据的是《现代》刊物，“中国诗歌会”依据的是同名社团；有些则是后来追加命名的，如20世纪40年代的“七月派”和“九叶派”，“七月派”因为有胡风主编的《七月》刊物，“九叶派”是由1981年出版的《九叶集》而得名，这个诗派也叫“中国新诗派”，因为他们当时集结的主要刊物就是《中国新诗》。1949年以后的一个时期，由于没有这种圈子性质的刊物和社团，只好按时代来命名了，如“十七年诗歌”、“‘文革’诗歌”，这种命名自然没有文学流派的性质，“90年代诗歌”的说法也是如此。我们再看，不同命名的针对性也是不同的。有些是首先针对诗歌，如“现代派”、“朦胧诗”；有些则首先针对诗人，如“第三代”。20世纪80年代以前的诗歌命名基本上都是首先针对诗歌，然后旁及诗人，而自那以后，由于文学主体性的张扬，尤其是创作主体性的自觉，诗歌命名都是首先为诗人命名了，如“70后”、“80后”。在了解了以上文学史背景之后，我们可以进一步认识到，中间代的命名是追认的，首先是针对诗人而命名的，而命名的依据就是先有第三代命名，而且70后也已登场并被命名，他们沉潜在两代人之间。

为中间代进行命名，有人觉得“困难”（树才）、“尴尬”（余娜）、“略显荒诞”（伊沙）、“多少有点显得滑稽和无奈”（非亚），是“集体无意识的彷徨”（瘦叟），是“一代人的身份焦虑”（马策）；也有人认为是诗人的“权利”（张清华），是“应有的名分”（杨志学），“不致太离谱就得了”（陈仲义）。各种说法都有，仔细想来，这个命名倒是恰到好处的。也有人认为，中间代命名不是从诗本体角度进行的，因而是不恰当的。这种过于强调命名的诗本体依据，其实有些漠视诗歌史。中国新诗有几个命名是按照诗本体进行的？只有少数几个如“象征派”、“朦胧诗”，其他大多都不是，因为命名的依据是多方面的，只要从某一个突出特征进行命名就行了。何况，命名不代表诗歌研究的全部，在一个命名下完全可以从事很多工作。

中间代的外延是指第三代诗人之外的，60年代出生的诗人。他们“诗歌起步于80年代，诗写成熟于90年代，他们中的相当部分与第三代诗人几乎是并肩而行的”（安琪），这是中间代的基本所指。在中间代诗人中，其实有些人也卷入了第三代诗歌潮流，他们后来脱离，并愿意转入中间代的旗下，当然也算是中间代诗人。还有些60年代出生的诗人，在90年代长期中断诗歌写作，而在21世纪网络诗歌兴起之后又继续写作，并走向成熟，这样的诗人何尝不属于中间代呢？中间代与第三代确实有着难以割舍的联系，有人说，中间代是“第三代后院的诗歌哗变”（刘诚），未尝没有道理。不过，第三代诗人既包括一部分50年代出生的，也包括一部分60年代出生的，而不仅仅是60年代出生的。中间代的命名，“对当代诗歌的线性轨迹、代际谱系来说，并没有造成混乱，而且还是一种有益的丰富”（张清华），这种效果是中间代命名恰到好处的一种体现。

中间代的内涵和意义，按照安琪的说法是：“一、积淀在两代人中间；二、是当代中国诗坛最可倚重的中坚力量。它所暗含的第三个意义是：诗歌，作为呈现或披露或征服生活的一种样式，有赖于诗人们从中间团结起来，摒弃狭隘、腐朽、自杀性的围追堵截，实现诗人与诗人的天下大同。”安琪说法的第一层，说出了中间代的基本含义，第二层是对中间代诗人的当今诗坛地位的确认，第三层则是她的命名动机和愿望。她的另一个命名动机是“为沉潜在两代人阴影下的这一代人作证”。对于中间代，黄礼孩则预言它将“掀起新一轮的诗歌浪潮，重新确立诗歌的价值走向”，这种大胆预言建立在中间代的创作成就和社会影响的基础之上。对于中间代，参与讨论的理论家、批评家们赋予它以丰富的内涵和意义。大致有以下观点：第一，中间代的诗歌文本呈兼收并蓄之势，“构成了中间代的中间状态：暧昧”（马步升）；第二，中间代是“具有‘活体’意义的一代诗人”（温远辉）；第三，中间代是“沉默一代”，并“把‘中间代’既理解为诗歌状态，也理解为人格状态”（黄梵）；第四，中间代是“准文化遗民”，具有“反‘革命情绪’的气质特征”（赵思运）；第五，中间代是“交流平台”（林童）；第六，是“成人仪式”（羊霞）；第七，是“中间带”，“实质是对失踪的诗歌写作的某种寻找”（傅元峰）。以上探讨是多种角度、多种观点、多种结论的，丰富了中间代的内涵和意义。

我认为，中间代除了具有“积淀在两代人中间”的基本含义之外，还有一个基本含义就是：中间代实实在在是“历史的中间物”。他们的诗歌理论、诗歌美学是历史的中间物，中外一切古典的、现代的、后现代的诗学、美学都摆在他们面前，等着他们接受和融通；他们的诗歌命运是历史的中间物，他们夹在朦胧诗人、第三代诗人以及70后、80后诗人之间，在他们诗歌成长的最佳年龄却遇上一个文学边缘化的年代；他们本人的人生背景也是历史的中间物，他们童年经历文化大革命，青年经历思想启蒙的80年代，中年又经历市场经济的90年代。他们在人生最为重要的前半生，经历了三个反差太大的时代，注定是历史的中间物，注定承担历史更多的重负。

二、中间代的持续发展

中间代从命名到现在已走到第十个年头，这个说短不短的时间正对中间代形成巨大的精神压迫。朦胧诗从1978年民刊《今天》创刊到80年代中期第三代诗歌全线出击，前后不到十年时间；第三代诗歌从1986年的《诗歌报》和《深圳青年报》“中国现代诗群体大展”登场到90年代前期中间代开始成熟，也不到十年时间。当代两大诗派从兴起到式微的时间基本相同，中国现代文学的诗歌流派也几乎没有超越这个命数。也就是说，一种诗歌美学作为时代主流不会持续很长时间，它总要发生变革并被后来者所取代，尽管一些诗人还在继续写作，但是他们的时代，他们的诗学却已成为历史，谁也无法阻挡。中间代似乎有些特别，它的命名是在它成熟近十年之后追认的，随即又发生了热烈的论争，加上其他各种原因，中间代反而在时间的压迫中激发了坚韧的斗志。

中间代从80—90年代投身诗歌事业以来，已经取得了不俗的成绩，赢得了不小的名声，正是当下中国诗坛最可倚重的中坚力量。与其同时写作的，有少数朦胧诗人、第三代诗人，还有就是70后诗人、80后诗人。通常来说，一个诗人的成长在20岁到30岁之间，诗歌一般被视为“青春写作”，与演艺界类似，成名宜早不宜迟。从年龄上来说，现在中间代诗人最小的已有42岁，最大的则是51岁；70后诗人现在最小的是32岁，最大的则有41岁；80后诗人最小的是22岁，最大的则有31岁。21世纪第一个十年正是80后诗人迅速成长的时代，而中间代诗人和70后诗人都正在或已经跨入“中年写作”的行列。当代诗歌写作主要属于青春写作的类型，并且，先锋性一直被看作是诗歌写作的合法性和正当性的主要依据，因而诗歌平素都是青年人施展文学抱负的重要场所。而在1989年以后，特别是1992年市场经济改革启动以来，文学不再成为全民关注的焦点，也与政治意识形态的关系渐行渐远，这种文化境遇曾让一些人感到失落。从另一个角度来看，未尝不是一件好事，这让诗歌写作成为一种沉潜的、低调的工作，让那些心浮气躁、只想追求轰动的人离开了这块领地，让真正爱诗的人留下来耐心探索。与朦胧诗人和第三代诗人相比，中间代诗人的文学史地位还有待继续确认，特别是他们的诗学还有待进一步总结和提升。因此我认为，与70后诗人、80后诗人同台竞技是不可避免的，那么，中间代持续发展的方向和目标在哪里？写作优势在哪里？又如何丰富诗学特质和提高诗歌史地位？这是每个还在写作的中间代诗人要面对的重要问题。

中间代，如果要持续发展，自然要告别青春写作，而转入中年写作。中年写作是以历史感为主要特质的一种写作，一个诗人如果在他30岁之后还想继续写作，没有历史感是难以想象的。中间代现在的写作与80后诗人的写作显然不同，与70后诗人的写作也有所不同。所谓不同，就是中间代的诗歌写作现在具有中年写作的基本特征，这正是中间代诗歌持续发展的方向和目标所在。中国新诗自诞生以来，中年写作一直是比较缺乏的，要么是诗人们一到中年就停止了诗歌探索，要么是受到时代主题（如战争、政治）等因素的强力影响，无法突显中年写作的文学特质。第三代代表诗人欧阳江河曾提出中年写作的问题，这曾是第三代诗歌持续发展的动力和方向所在，可惜的是，由于市场经济的冲击，很多第三代诗人的诗歌写作停止了，中年写作的诗歌作品也就没有在诗坛上流行开来，现在这个历史使命主要留给中间代诗人来继续担当。当然，我理解的中年写作应该是很多方向、方式、类型的中年写作，不能简单地把中年写作理解成表达中年心态就已经够了。中年人对世界、人生、诗学等一切的看法、体验和感悟，都是有别于青年人的。中间代的诗歌写作，应该站在中年的角度、立场、心态上，对人生、世界进行丰富的表达和言说。与其他代际诗人相比，中间代是历史的中间物，确实具有某种特定优势，这是他们能够承担中年写作的主要理据之一。马知遥、杨四平分别对中间代的“中年写作”、“而立之年”写作的特征作了探讨，这是很有积极意义的。

中间代的优势主要表现在三个方面：

第一，从人员构成上看，中间代诗人数量比较多，他们在80年代开始进入20~30岁的诗人成长年龄段，而整个80年代都是文学受到高度追捧的年代，文学社团遍布全国大中专学校，社会上其他单位也有不少，成为诗人是当时大学生和青年人的梦想，他们中很多人都投入诗歌写作的行列。这些出生于60年代的诗人，诗歌创作起步于80年代，成熟于90年代。90年代中期以来，国家大力发展研究生教育，很多写诗的人后来又受到了系统而严格的文学专业训练，随后在高校、科研、文化、新闻等相关机构从事文学编辑、教学和研究等工作，成为这些行业的中坚力量。这种人员构成是朦胧诗人、第三代诗人所无法比拟的，也是70后、80后暂时无法比拟的，由此可见，中间代在诗歌理论和诗歌批评上具有显在和潜在的巨大优势。

第二，从人生经验、思想、心理等来看，中间代经历了政治挂帅的“文革”时代、思想启蒙的80年代、市场经济的90年代以及全球化的21世纪，这种丰富而多变的人生经历是70后和80后诗人所无法比拟的，现在人生中年到来，将使他们的诗歌写作更加深刻、内敛而蕴藉。

第三，互联网时代使诗歌写作、发表和交流变得异常容易和快捷，博客诗歌、论坛诗歌、网络民刊大量出现。印刷工艺的进步和居民收入的提高，也使得出版变得非常简易，出版物变得非常精美，印制上乘的纸质民刊也大量出现。有人估算，现在诗歌写作一年内达到200万首，是网络挽救了诗歌，诗歌不是面临灭亡，而是更加繁荣了。在互联网和新民刊上发表、交流作品，正是现在的中间代与过去的朦胧诗人和第三代相比所具有的特别优势，是中间代从事诗歌写作，或者在中断多年后再次写作的最大凭借。

中间代，如果要丰富诗学特质和提高诗歌史地位，除了前面所说的发展中年写作、发挥自身优势之外，还要在中间代这个词上做文章。中间代到底是什么？能够成为什么？从现在的认知来看，中间代主要是一个文学史概念，洪子诚、刘登翰撰写的《中国当代新诗史》（修订版）就是这么使用的。它也是一个文学批评的概念，对中间代及其诗歌进行探讨的理论批评文章大多是这样使用的。中间代，作为一代诗人的命名，它可以成为具有更多内涵的概念。

第一，它可以是一场诗歌运动。我们不能对运动一词作过于狭义的理解，一个社会常常都在开展运动，运动不一定就是政治运动，不一定就是暴风骤雨式的运动，不一定就是你死我活的运动。运动可以是平稳开展的，它的特点是有计划、有步骤、有目的。中间代经由安琪等人的热情推动和广大诗人、理论批评家的积极参与，何尝不是在开展一场诗歌运动。有人认为，“中间代不是新一轮的诗歌运动”（叶匡政），“看不出这是一个与‘运动’相关的词”（黄梵）；还有人认为，“互动可以使诗歌获得巨大的生命力”（黄礼孩），或者认为中间代命名是“世纪初一代诗人的联动”。互动也好，联动也好，偏不说是运动。克服运动恐惧症，现在的中间代何尝不是悄悄进行的，没有统一宣言的一场诗歌运动，如果成为诗歌运动，自然会有更多的创作能量和社会影响。

第二，中间代可以是一个诗歌流派。现在人们认可中间代是对一代人诗歌写作的集体命名，认为它是作为群体写作的“群”的概念（远村），是“不属于任何诗歌流派的代际概念”（梁小斌）。蓝棣之则把中间代作为一个诗歌流派来界定，并且认为这种界定是“‘中间代’所能寻找到的进入诗歌史或文学史的唯一方式”。这种说法虽然还不被人们广泛认可，却是预见性的，是中间代的方向和目标所在。中间代可以派中有派，林童把中间代看作是一个交流平台，具有多元共存的诗歌方式，并罗列了中间代写作、神性写作、民间写作、知识分子写作等九种方式。这倒是不错的尝试，也符合当代诗群、社团、流派的成长现状，虽然它们基本上还处在雏形阶段，也许会自生自灭，但是我们应当把它们朝流派方向推进。

第三，中间代可以发展成一种诗学理论和诗歌美学。有人认为中间代“是一种命名，而不是一种理论”（杨志学），不过也有不少人从文化背景、诗学主张、美学特征、诗歌风格等角度、层面对中间代进行总结。其中，潘友强对中间代创作思想、诗学观念的总结，树才对中间代诗学主张的提炼，罗振亚对中间代共同特质的概括，都是很有意义的工作。这种理论提升正是中间代持续发展所必需的工作。

第四，中间代研究要不断加深。现在，群体研究、个体研究、作品研究、诗论建设都已起步，但还得加强和扩大。诗人要“代表化”，多人认为中间代以臧棣、伊沙为两极代表，也有人认为中间代以臧棣、伊沙、周瓒、安琪组成了“平行四边形核心结构”（向卫国）。《诗歌与人：中国大陆中间代诗人诗选》和《中间代诗全集》所选录的诗人，共有近百人之多。诗人阵容如此庞大，还有一些优秀诗人没有被收入，还有未来有特别发展的人也要考虑在内，中间代可谓人才济济，但谁能成为最后的代表诗人，尘埃还未落定，一切都在进行之中。与此同时，诗歌作品也要不断“经典化”。

机不可失，时不我待。中间代如何持续发展，到底能够成为什么，答案在未来十几年内必见分晓！

第二十三章

对话中间代[①]

① 本章是就中间代诗歌问题进行的网络对谈，主持者：杨四平（安徽师范大学文学院），参加者：树才（中国社会科学院外国文学研究所）、刘小平（广东外语外贸大学中文学院）、陈祖君（广西师范学院中文学院）。

杨四平：2001 年下半年，由于安琪深感 20 世纪 60 年代出生的诗人处于业已功成名就的“第三代”和正在声名鹊起的“70 后诗群”之间而无名无分，因而果敢地提出了“中间代”的概念。2001 年 10 月黄礼孩和安琪联合主编的《诗歌与人：中国大陆中间代诗人诗选》面世，前有安琪的序言“中间代，是时候了！”后有黄礼孩的《一场迟来的诗歌命名》。随后，引起了学术界的热情关注，发表了不少这方面的论文。2002 年 7 月由安琪和康城主编的《中间代诗论》作为民刊《第三说》2002 年总第 2 期印了出来，把“朦胧诗—第三代—中间代—70 后”作为“新时期以来中国诗歌的发展流变与经典存证”进行了新诗史意义上的定位。2004 年海峡文艺出版社出版《中间代诗全集》上下两卷后，围绕“中间代”的问题就一直成为一个可以不断言说的话题。在 2006 年《诗歌月刊·下半月》第 10—11 期合刊中，“中间代”的问题又得到了集中的探讨。我也曾为此写了《而立之年：逃离与回忆，生活与生存——倾心于活着状态的“中间代”扫描》，阐述了我的观点。下面，我们就几个具体问题进一步梳理我们对“中间代”的某些看法。我想，话题相对集中，问题提得越具体，就会越切近问题的实质。

一、“中间代”是否具备流派意义

杨四平：“中间代”业已成为一种不可忽视的“诗歌事实”。它们具备流派意义吗？

树才：确实，“中间代”这个名字已经喊响了！全中国，乃至国外，我相信都有人在谈论它，甚至研究它。当然，这是有一个过程的，同安琪坚持不懈的“传播”努力分不开。古人说酒香不怕巷子深，但如今是传媒时代，这句老话恐怕难以成立了。如今是酒香也怕巷子深。广告时代，就是说一切产品（先不论质优质劣），都得广而告之。“中间代”这三个字，这个用来概括复杂的诗歌现象的命名，也类似于某种“产品”，也需要“广而告之”。它需要邀请并激励批评家来“知道”它，并“谈论”它，因为只有这样，这个命名的诗学空间才有可能被打开、被充实。安琪深谙此道，又富于热情，从来不怕左冲右突的艰难险阻，所以她咬住这个“命名”不放，坚持不懈地为之奔走呼号，几年努力下来，终于生成了你所说的“一种不可忽视的诗歌事实”。但话说回来，对诗歌而言，能成为“事实”的，永远只是诗歌本身，也就是被写成文本的那些优秀诗篇；“中间代”毕竟只是一个命名，一个诗歌的代际概念，一种笼而统之的概括，它的生命力还有赖于人们如何从批评的层面去“阐释”它、深化它。我们之间的这次对话其实也构成这样一种努力。

我个人不认为“中间代”具有流派意义。事实倒是，“中间代”里“共存着”好几个诗歌流派，比如第三条道路写作、民间写作、知识分子写作、荒诞派、新死亡派、丑石诗群等等。“中间代”的这种集合法，一方面突出了这些流派，另一方面又隐匿了它们。这里有一个悖论：面对几乎是“同一代人”的这么多流派，人们不禁要问：这些流派是否仅仅只是一些临时组合的、缺乏内聚力的，因而也注定短命的松散写作结盟？说心里话，我认为“流派”时代早已结束！朦胧诗人“成功地”集体出场，也是最后一次有效地集体出场。它的崛起方式证明了诗人集体出场仍然有效，但同时又宣布了在它之后的“必然失效”：因为时代很快就转向了，“诗人集体出场”所需要的土壤和条件（某种对抗性）也随之流失。我个人更相信每一个诗人的写作本身，他（她）的诗歌本身。举个例子，即便是侯马、伊沙、徐江这样的“三驾马车”，依我的阅读判断，他们也完全是各有各的“马车”，各有各的“车速”，一句话，各有各的诗质。因为很明显，任何“流派”都无法给一个诗人的写作提供持久的内驱力。如果“第三条道路写作”也是一个流派的话，那它就是一个以“不结盟”为理念的流派，一个“反流派”的流派，从一开始到今天，它都在强调诗歌写作的相异性和个人性。别忘了，诗人永远是“这一个”，而不是“这一些”。诗歌写作的可能性只能基于每一个诗人的个性，因为只有在个性里面，才能凸显出每一个诗人的人性、悟性和灵性。

杨四平：受正统文学史观的影响，许多人不愿意承认，乃至反感于对90年代以来的文学进行群体的、风格意义上的命名；而对自封的“中间代”就更不以为然了。好像我们的文学史有了朦胧诗派、第三代、后朦胧诗派就足够了，不必硬扯出个“中间代”来以自表异！而“中间代”的出场正是不满意于此种文学史述的暴力对“60后”诗人的遮蔽。他们不得不站出来自言自语，尽管显得有些悲壮，但是对于文学史的重构，“重新洗牌”，呈现诗歌写作的丰富样态，深化人们对诗歌的认识，无疑有积极的建设性意义。“中间代”常自觉表现出身份与时间的双重焦虑。尽管每个人都可能要经历“而立之年”，尽管“而立之年”的人都有许多共同感受，尽管它真实地讲出了一代人的共性，但是，作为一种历史性的叙述，显然又缺乏自足。然而，在阅读了上下两大卷《中间代诗全集》后，我的确发现“60后”的诗歌和生活具有可通约性。没有哪一代人像“中间代”那样强烈地感受到时间的紧迫以及由此而产生的困惑。这同欧阳江河当年所说的“中年写作”不同。“中年写作”是指摆脱了模仿的、青春的、感性的幼稚写作而进入成熟写作，是“作为一种写作的诗歌”。

树才其实在提醒我们要警惕文学史述的暴力倾向。我曾经在我的专书《二十世纪中国新诗主流》里开宗明义地说“写以诗歌英雄为主体的主流史”。质言之，“中间代”这一集合性的诗学概念的提出并不能遮蔽其内里的丰富性、复杂性，乃至冲突性。

陈祖君：“中间代”的命名以一种加括号和“重绘诗歌版图”的方式，取得了其在场的有效性，成为一种诗歌景观或事实，这已毋庸置疑。我认为，作为一种时间性的代际命名的“中间代”，对于将“被遮蔽的一群（代）”带进诗歌的展台并使其重新成为聚焦点和现场的“被看者”，具有不可低估的贡献。但它尚缺乏共同的“流派”意义上的诗学特征与理论肌理，所以并不具备流派意义。

然而问题恰恰出现在这里，我们为什么如此孜孜不倦于追加所谓的“流派性”？“中间代”概念的提出，恰恰就是反流派而为之的诗歌行动，具有逆主流文学史的重构或还原意味，我们是否有必要重新钻入文学史所设定的老套的“流派叙述”之中？另外，流派意味着一定程度的“共同”或“趋同”，我们在谈一个“流派”时，往往会注重其艺术的共性而忽略诗人个体活生生的创造。“中间代”是一个复归诗歌创作“此在”真实的命名，并不需要为迎合“流派”的趋同性而颠覆自身。我们想必都知道诸子百家被归纳在“十家九流”的框架之后给后世一个怎么样的知识版图，孔子、孟子、荀子等人的学说在合称“孔孟”之后又遭受怎样的一种遮蔽？类似的还有“三曹”、“三苏”甚至“温李”、“苏辛”等等。“中间代”本来就没有共同的艺术主张和诗学特征，只是后来“追认”的一个命名，如前所说，它业已达到使被遮蔽的一群重新登台（虽然是与另外几“代”同时占据诗歌舞台）的功效。若要言及“流派意义”，恐怕还需在诗学建设方面进行一种具有一定向心力的努力。但这种“向心”是否必要？文学史惯性书写中的“流派”一词，往往表现为一种冒着牺牲“个体”之危险的“史记”情结的在场及变异。在这种集体无意识的深处，一方面是对于文学史家往往以流派、集团来描述文学历史而忽略甚至否定个人独特创造的焦虑，另一方面其实也暗示着诗人个体对于历史承担的恐惧。

刘小平：中间代起初是对“一代诗人”的命名，如70后、80后一样，是个代际概念，但从诗歌发展规律来看，我相信中间代将会蜕化为一个“诗歌流派”的命名。在《中间代：命名的有效性及其持续发展》（刊于《诗歌月刊·下半月》2007年第1—2期）一文中，我曾提出“中间代可以是一个诗歌流派”的主张，现在我还是坚持这个主张。

从中国现代诗歌传播来看，能让大家现在更多提起的主要是诗歌流派和社团，如象征派、新月派、现代派、中国诗歌会、七月派、九叶派等，而每个流派和社团让人传颂的诗人诗作也并不多。显然，那个年代写诗的人，比后来诗歌史记载的要多得多，但诗歌史叙述就是如此优胜劣汰和不留情面，年代越是久远，人们记住的就越少，只有那些创造力特强的诗人能名垂青史。这里，我不是鼓励大家只为诗歌史写作，只是想从诗歌史角度厘清问题的未来变化。而作为诗人，既要为当下写作，也要为历史写作，这是必然的。所谓为历史写作，也就是为未来的读者写作，这是诗人应该有的权利和责任。

中间代从一个代际概念演变为一个流派概念，即具有诗歌流派的意义，这在当前可能还有不少争议，有人不认同这个预言。但我相信历史会朝这个方面发展，就像朦胧诗和第三代诗一样，起初都是一代诗人（即所谓的第二代诗人、第三代诗人）所共同拥有的，后来却发生了所指变迁。请问：在80年代写诗的，60年代出生的诗歌作者有谁会把自己排除在“第三代诗人”这个概念之外呢？然而“第三代诗”事实上后来就被那些参加“1986年现代诗群大展”的诗人据为己有了，从而在诗歌史上获得了流派的意义。中间代最终成为诗歌流派，还有一个不短不长的过程，因为中间代是派中有派，还在竞争，代表诗人和经典作品还在进一步阐释和确认中。我相信，只有作为一个流派来界定，中间代才会更好地进入诗歌史叙述中。

二、“中间代”的知识背景、图景与前景

杨四平：如何辨明“中间代”的知识背景、知识图景与知识前景?

树才：“中间代”的内部必然是复杂的、纷争的，因为它是好些“板块”的组合，它是介于“第三代”和“70后”之间的一幅形态各异、地貌多变的诗歌版图。但不管怎么说，这些“中间代”诗人是“同一代”。既然是“同一代”，那么在时空、历史、教育等方面，他们就拥有相近的生存背景和共通的知识背景，也就是说他们有着相似的“知识结构”。他们大多数考取了大学，有机会接受高等教育，他们的诗歌意识应该是萌动于20世纪80年代，并且是在阅读“朦胧诗”的过程中发育壮大起来的。所以我认为，“中间代”是靠吃“朦胧诗”的奶汁长大的。没有“朦胧诗”，就没有“第三代”，这是明摆着的。当然，说没有“朦胧诗”就没有“中间代”，也是成立的。但我们绝不会说，没有“第三代”就没有“中间代”，因为说到底，“第三代”与“中间代”是“同一代”，只是“出场”早晚不同而已。像莫非和车前子，他们被划入“第三代”，但他们是我写作上最心气相通的密友和诤友，我们似乎命中注定要在1999年的诗歌“混战”中一起提出“第三条道路写作”……总不能活生生地把我们三个人拆散，然后分别搿进“第三代”和“中间代”吧?!我们必须看到，每一个代际命名都有其局限性。而所谓“出场”，也无非是指“出道”。正是因为出场早晚不同，“第三代”和“中间代”的出场方式就有很大的不同。简单地说，“第三代”的出场方式还是某种“集体出场”（至少他们有意识地这么做了），因为他们在“86大展”中各有“旗号”，因为他们紧随“朦胧诗”一代（“朦胧诗人”正是在受争议甚至遭批判的社会大背景下“集体出场”的！只不过，星星之火不仅未能扑灭，反成燎原之势），企图仿效老大哥的“成功经验”，所以选择（甚至不惜炮制）“集体出场”的方式，而这种方式本身就包含了与当时官方诗坛进行“对抗”的企图。要对抗，集体总是更有力量。这也可以理解为“时代决定出场方式”。我一直认为，“朦胧诗人”是“愤怒”的一代。愤怒成了他们毕生的事业。“第三代”呢，是“左冲右突”的一代，本质上仍属浪漫激烈的一代。从现在的角度来看，“第三代”从整体上被卷入“狂怒”的先锋旋涡之中，

他们以前所未有的“狂欢式”的先锋姿态，招摇了各种诗歌旗帜，也尝试了各种诗歌花样。也许是命中注定，“中间代”只能以“默默写作”的方式出场。这些诗人似乎更加务实，也更加低调，甚至比先行者更加深思熟虑和少年老成。我猜想，他们一定是窥见了某种未来，拐过弯去之后的未来。在“89 事件”的悲剧中，他们一定是体验到理想破碎和内心撕裂的双重挤压，所以才不得不变得更加沉潜、有耐心，而在 20 世纪 90 年代，他们也肯定闻到了社会生活向“物质化”倾斜、生活方式向“消费化”转向的享乐气味！现在看来，恰恰是“中间代”诗人，顶住了社会生活转向的压力，顶住了跨世纪的精神断裂！精神和物质同时诱惑着他们，也撕扯着他们。他们是矛盾的一代，也是多元的一代。如果说，是“出国热”冲散了“朦胧诗人”，他们如今散落在世界各地，那么，肯定是“89 事件”使“第三代”诗人入狱的入狱，经商的经商，做官的做官，他们变得入世、消沉、虚无；相比较而言，晚一步“出场”，反倒使“中间代”诗人对诗歌写作抱有更长远的打算，并且各自走上一条“立足个性、多元共生”的综合之路。

陈祖君：对于“中间代”的知识背景，我想是可以乐观的，他们历经中国从农业社会到工业社会及后工业社会的转型，从封闭的农业文明时代一步步走进以都市文化为主体的全球化时代，四十岁上下，应该说是思想意识、社会阅历和生理年龄的黄金阶段。关于其可能的知识图景与知识前景，或与我们对所有时代的诗人和诗评家的“企望”一致，这种企望简而言之就是整个人类历史至今已有的知识版图（无论是古典主义、现代主义、后现代主义还是殖民主义、后殖民主义、女性主义等等）及其将来的趋势。幸运的是我们所生活的这个信息时代给“中间代”提供了足够的知识资源优势，对此我充满信心。

刘小平：这个问题比较复杂，我还没有好好研究，不便发表意见。

杨四平：这就要注意 60 年代出生、七八十年代成长的总体语境了。

三、“中间代”里谁主沉浮

杨四平：“中间代”里谁主沉浮？

树才：“中间代”里，没有“谁”主沉浮！主沉浮的，是每一个诗人自己，因为沉浮都是自己。是自己在沉浮，而不是任何别的。我还想强调的是，在“中间代”里每一个诗人都是自己的主人，每一个诗人都探索“自己的”道路。当然每一代诗人的压力是不同的，对“朦胧诗人”而言，意识形态是他们的主要压力，所以他们抗争，为了争取“表达”权；到“第三代”诗人，已经开始改革开放了，意识形态能容忍一些“个性”了，于是压力也就变成了“怎么去张扬这些个性”。为此，他们一方面要 pass 北岛，另一方面则狂热地试验各种“先锋”文本，殊不知，最终这只是一场不知暴风雨即将来临的“青春期狂欢”……轮到该“中间代”诗人出场了，后起的一代竟已扯出“70 后”这杆大旗！也许可以这么说，“中间代”诗人的出场，其实远远早于“中间代”这个代际概念，因为“第三代”诗人出场时，“中间代”诗人已经同时出场了，只不过表现为某种“隐出场”罢了！无论从写作的起始，还是写作的深入转折，“中间代”诗人和“第三代”诗人都有着某种同时性。早出场早退。这对“第三代”诗人几乎是一句谶言。翻一翻《后朦胧诗全集》，我们就会明白，仅仅十余年时间，好些当年显赫的诗人如今已不知身在何处。但晚出场就晚退吗？不见得。安琪选编《中间代诗全集》时，中间变故颇多，好事多磨，可以说这两大册书是硬“磨”出来的（磨难的磨）！我记得，有一次我跟她说，等你这套《中间代诗全集》真的做成时，又会有一批诗人将在里面“沉没”！所以说，出场早晚，对一个真正的诗人，从来就不是问题。重要的是，诗要出场，诗要在场，并且始终在场。传媒时代，诗人喜欢跑到自己的诗歌前面去，出个头，露个面，热闹一场，其实只是满足一下虚荣心而已。应该永远让诗歌跑在诗人前面，而不是诗人那张脸！说到底，是诗篇证明诗人的存在，而不是倒过来。诗也不欠谁什么。你热爱诗，你就该全身心地投身于写诗。只有写出好诗来，才能证明诗的仍然存在。对“中间代”诗人来说，写出好诗来，就是他们的最大压力！这也必然是所有活着的诗人的最大压力。我说“中间代”里没有“谁”主沉浮，而是各主各的沉浮，这话的另一层意思是，面对“写出好诗来”这个命令式，每一个诗人的压力都是一样的，谁也不可能比谁更轻松。至于究竟怎样才能写出好诗来，我想，这只能求证于每一个诗人活泼的生命过程。在诗上不劳而获，那是天大的笑话！与相信天才相比，我更相信语言运用和个体生命之间的独特关系。

陈祖君：在一个艺术的多极时代，真理不仅仅掌握在某一个或某几个甚至某一代人手中。“谁主沉浮”这一“文革”时代的话语显然已经不适于今天的现实。虽然“中间代”里有不少诗人写出了较为杰出的作品（在这里我不打算列出一个长名单，详见《中间代诗全集》和《中间代诗人21家》），但就个人的欣赏趣味和创作旨趣而言，我比较赞同以下两种探索趋向（二者并不排斥或绝缘）：一是“诗之为诗”的纯诗倾向，或可以臧棣为代表，其充满警觉的精确叙述将这个物化的世界敲打出繁复深邃的诗意；一是面对今天的时代状况作哲学拷问并带有终极关怀意味的“思之诗”倾向，在“中间代”暂时找不到典型的代表性诗人，但觉得已故的台湾“新世代”诗人林耀德（1962年出生）或可以担当，理由是他超越前人，对都市社会的后工业性及其符征化有极为深刻的思考与表现。

刘小平：对于这个问题，我们可以从两个方面去理解：第一，在诗歌组织、活动上，是哪些人倾力推动中间代诗歌的发展？没有这些人的推动，中间代在中国诗坛上很难产生广泛的影响，进入诗歌史叙述也会延迟，诗坛地位也有些尴尬。正是有了“中间代”的命名和对它的大力推动，中间代诗人才有了集体亮相，并得到文学界、批评界的广泛认可。第二，在诗作、诗论成就上，哪些诗人对现代诗歌发展作出了开拓性贡献？哪些诗论家在诗歌理论批评上作出了特别的建树？第二方面更为重要，它是中间代进入诗歌史叙述的根本保证。正是上述两方面的人共同主宰了中间代“沉浮”，他们是中间代的主要代表人物。

在第一方面，我觉得老巢、安琪出力最多，是最活跃的。他们编辑出版的《诗歌月刊·下半月》是中间代诗人、理论家集结的重要阵地，是中间代发展的主要支撑力量。创刊两年多来，这个刊物有中间代特大号，有中间代研究专栏，并发表了中间代大量的诗作诗论。在其他诗歌刊物上，中间代诗人同样是活跃的，只是不以中间代的公开名义出场而已。还有如《诗歌与人：中国大陆中间代诗人诗选》、《第三说：中间代诗论》、《中间代诗全集》等编辑出版，也都倾注了安琪、远村等人的心血，当然有些是70后诗人（如黄礼孩、康城）的友情呼应，应该感谢他们。

至于第二方面，回答起来比较困难。上述几个诗集都收了不少诗人的作品，“中间代诗选”收了50家，“诗全集”收了82家，不计重复的共有90多家，诗人数量可谓多矣！那么，谁主沉浮呢？谁最能代表中间代？比较常提到的有臧棣、伊沙、安琪等十几人。前面我已说过，中间代现在是“一代诗人”的集体命名，但它将会被作为一个“诗歌流派”来对待。如果是一代诗人，优秀或比较优秀的诗人有90多人，甚至更多，也不为多。但是作为诗歌流派，可能就容纳不了这么多诗人了。在中间代诗歌流派中，我比较看好的是安琪等几人。到底哪些诗人能够作为这个流派的代表诗人，这还要看诗人以后的发展，以及批评界的研究和发掘。这方面的工作还没有完成。

四、“中间代”的“评价史”

杨四平：请从《诗歌月刊·下半月》及其他诗刊、诗歌选本、诗歌史述等方面来谈谈“中间代”的“评价史”。

树才：“中间代”的“评价史”，我认为，现在谈它，为时尚早。你上面谈到——“中间代”业已成为一种不可忽视的“诗歌事实”——这已经是一句很有分量的话了！尤其是，它由你这个批评家说出口。这个话题还是留待批评家来谈为好。我只说一点：“评价史”总是取决于谁来评价，从哪个角度评价。评价总是回头看的事情，但诗人该做的事情是，向前看。我相信，诗歌在于“未来”，好诗在于“下一首”。

陈祖君：《诗歌月刊·下半月》、《诗歌与人》及诗歌选本（如《中间代诗全集》）对于“中间代”的出演可谓功不可没，但目前对于“中间代”的评论和研究才刚刚开始。虽然我们常可见到一些出色的对于个体诗人的评论，而对整个“中间代”的具有哲学深度的观照仍然匮乏，一些最基本的理论肌理尚没有得到令人信服的梳理。比如，“介于第三代与70后之间”的“中间代”在文化思想、诗学观念及艺术技巧等方面进行了怎样的异质性探索，这种探索在“承上启下”、“兼具两代人的诗写优势和实验意志”（安琪语）之外，到底具有怎样实质性的诗歌史贡献？“中间代”具有怎样的与“第三代”、“70后”不同的时代感性和艺术理念，它们又在怎样的诗歌主流话语中被遮蔽，被遮蔽的那些探索对于中国新诗的未来发展具有什么意义，等等。中国新诗的发展还不到一百年，而“中间代”的存在（且不说这一概念的提出）也不过二十年。诗人痖弦在《联副三十年文学大系·史料卷》里有一篇文章的标题说得好——“还不是回忆的时候”！

刘小平：对“中间代”的最初评价来自命名者。“中间代”是指出生于60年代，创作起步于80年代，成熟于90年代的这批诗人。在命名之前就已存在，并取得了相当大的成绩，是当时诗坛的中坚力量。这种命名方式有些特别，不同于有些诗歌社团、流派、代际在形成之初就有了自己的名称，它是后来被追认的。“中间代”概念，最早由安琪在《诗歌与人：中国大陆中间代诗人诗选》中提出，“希望借这本书的编选与出版为沉潜在两代人阴影下的这一代人作证”。说中间代处在两代人阴影之下，我倒不这样认为，这种说法其实源于对中间代影响和地位的焦虑，而与诗歌艺术成就无关。虽然中间代不曾像朦胧诗和第三代诗歌的代表诗人那样有名气，但我们知道进入诗歌史叙述是要靠作品实力的，而不是靠他在世的名气，有些诗人虽然“著名”却如过眼烟云。所以我相信，中间代只要写出出色作品，就不会被历史淹没。当然有了中间代这个统称后，就更能引起人们的关注和谈论了。

在诗选出版之后，中间代开展了较多的理论建设，这是非常必要的，也是中间代走向深化的必要条件。这些理论文章收入《第三说：中间代诗论》、《中间代诗全集》和《诗歌月刊·下半月·中间代特大号》。其中，不少文章对中间代命名的合法性和正当性进行了阐释和辩护，有些则提出了质疑，正是这种争鸣扩大了中间代在诗坛的实际影响。现在看来，这些讨论大多各说各话，相互论争比较少，但却从多个角度阐释了中间代的内涵，这种多元化言说也正是中间代作为诗歌代际的一大特点。有些文章则对中间代的文化背景、诗学主张、美学特征、诗歌风格、创作技巧、诗人创作等进行了分析和评价。这类文章相对少了点，但这类研究却显得更为可贵，为我们广泛地了解中间代和建设中间代提供了理论支持。当今诗坛和批评界相当多的人士都参与了这场诗歌大讨论，提出了自己的看法和见解，这批人从50年代出生到80年代出生的都有，可喜可贺！据不完全考察，研究比较深入的大致有这么一些人：燎原、树才、陈仲义、杨志学、黄梵、罗振亚、张德明、向卫国、马策、吴投文、张桃洲、牧野、杨四平、赵思运、林童、潘友强等。其他一些人也都做得不错。近年来，中间代更多地在《诗歌月刊·下半月》上公开集结，不时发表对中间代的评价文章，对中间代的研究已在逐渐深化中。

杨四平：诗歌界通常从比较的角度历时性地评说“中间代”，并以此确立它的意义。比如，梁小斌认为，中间代是不属于任何诗歌流派的代际概念，它跳出了一代反对一代的怪圈；严格地讲，它应该属于诗歌群体，即“出生于60年代没有参加第三代诗歌运动的优秀诗人”。又如，臧棣认为，同朦胧诗和第三代诗歌写作比较，“中间代命名”恰恰是对他们个人非常沉静的、非常独立的一种个人写作状态的归纳，或者是一种概括。尽管他们“为了隐蔽地呈现”而不得不“尴尬人说尴尬事”，但是他们的确为“参与了一个时代的诗歌建设”而自豪。

五、“中间代”与新诗教育动向

杨四平：请谈一谈“中间代”与新诗教育动向之间的关系。

树才：“中间代”诗人确实有不少在大学、中学里教书的，他们也许会影响新诗的教育动向，因为他们读什么样的诗、写什么样的诗、怎么写诗等都会被带到各自的教育实践中去。新诗九十年，兴盛时短，败落时长，起起伏伏，多灾多难，如今虽然已从历史老人手里取得了“合法生存权”这张证书，但其生存处境仍不容乐观。人们至今对新诗贬多扬少，这固然跟新诗缺乏“教育”有关，但深层原因恐怕还在于：新诗缺乏真正有分量的作品，也就是说，新诗还在生成之中。什么大师，什么经典，依我看，都只是自己嘴里吹出来的一连串肥皂泡罢了！我敢说，有这种幻觉的诗人注定走不了多远！因为在从古典诗到白话诗的过渡中，汉语本身承受了一种历史性的断裂，那是一种“暴力”，那是一种“激变”！如何让濒于枯竭的古诗血液在现代诗人的脉管里重新奔涌起来？这是一个真正的挑战。再不能从欧化的翻译体诗歌里急功近利地、消化不良地去采撷所谓的“语言技艺”了！必须强调母语，必须强调汉语本身！新诗的唯一出路就是汉语，就在汉语身上。为现代汉语的表现力作贡献，这是每一个诗人的天职。而怎样才能“重新擦亮”在古代如此精练、到如今却如此松散的一个个汉字？这需要每一个诗人向自己的生命活力索要答案。对我而言，我宁愿到人们天天在说的“话语”（那才叫元语言）里去辨认、鉴别和提炼那些富于表达力的诗性“话语”，而不愿到各种各样的书面文本中去寻求多少已是现成的“隐喻”。真正有表现力的“隐喻”，直接就活在有声有色、无影无形的“话语”里面，诗人必须做的，就是倾听、倾听，再倾听……直到像听到自己的呼吸那样听到“声音”中的节奏，“声音”中的形式……新诗还缺乏对“形式”的敏感性！可以说，“自由诗”真的是上了“自由的当”！人们天真地以为，作为精神的“自由”就可以直接泼洒到“诗句”中去，而忘了作为语言艺术的诗篇，从来都是“在语言中”生成！这种生成从来就是不自由的。随心所欲是指一种精神境界，而不是对语言的胡作非为。新诗的写作困难，如今已可悲地降到了历史上的最低俗处（一种无门槛的写作正在泛滥），这真是令人痛心的诗的末路。当代生活充斥着肉欲、享受和无节制的娱乐，人的整个精神活力衰败了，精神信念缺席了！而诗，一首真正的诗，总是活生生的，它要求诗人将热切或沉郁的呼吸作为节奏，它要求诗人用眼睛、用耳朵、用心灵去发现事物的形象和生命力，它要求诗人有生命力本身的激情、梦想和光芒……教育，也许可以提高人们对新诗的接受程度，但仍然解答不了新诗本身所面临的种种难题。这些难题只能靠诗人的创造力来解答：写出好诗来！

陈祖君：“中间代”的一些理念和探索无疑会影响到新诗教育的美学结构，其中的成功作品将会给新诗教育造成新的影响，使之得到新的补充。因为新诗的教育动向不仅与新诗近百年来的哲学、美学、社会学、诗学的发展与积累相关，而且与整个时代的风尚、政治、经济甚至文化抗争与世界和平等因素相关。“中间代”是现时代最活跃的诗人群体之一，其诗学观念与艺术探索甚至会直接影响到今日诗坛的发展方向，这势必会在新诗教育上有所体现。“中间代”应进一步建设自身的诗学并使之成熟，因为诗歌和教育都是极其庄严的事业，甚至不能容忍丝毫有意或无意的误导。正是近百年来的诗人和诗论家以一种对艺术道德的虔诚与敬畏来从事这一崇高的事业，才使“诗的国度”在西风欧雨中不至于荒芜。在这个意义上，诗歌标准的确立显得尤为重要，没有标准和典范，诗歌教育将所本无依和难以为继。居伊·德波在《景观社会》一书中不无深意地警告道：“当不存在任何一个立得住脚的行为准则时，文化的每一个结果都推动文化走向它的解体。”我一直认为，艺术探索的“无中心”、“多极化”（并不是参差不齐的所谓“多层次”）和其艺术品位并不矛盾，而后者与艺术教育的一定程度的恒定性密切相关。就饱受西方文化殖民的中国新诗而言，“中国性”的迷失与寻找至关重要，新诗教育或应以此作为其主要动向。

刘小平：中国比较重视诗歌教育，古代有“以诗取士”的传统，把诗歌列为科举考试的内容。20 世纪不少年代，“诗人”的称谓依然是令人羡慕的。到了 90 年代以后，诗人头衔就光辉不起来了，诗人大多只是在圈内相互认可了。在当前不太有利于诗歌发展的文化背景下，我们更应该有所作为，抓好新诗教育，让新诗在我们这个时代继续实践它特有的美学价值。

抓好新诗教育，首先要解决场所问题，即在什么地方开展新诗教育。我们高兴地看到，新诗教育在中小学教学大纲中比以往得到了更多重视，语文教材的新诗选篇有所增加，有的成套教材已达到二十多首，新时期诗人的作品也被收入。这说明编写者和审订者对新诗的认可态度，也代表官方的一种肯定态度。中小学学习新诗，这种新诗启蒙对一个人、一个社会的诗歌素养提高会产生积极的作用。新诗教育的另一个场所是高等院校，这是绝大多数诗人真正起步的地方，也是诗人发挥创造力的地方。在高等院校，我们更应该抓好新诗教育，以影响整个社会对诗歌的态度和看法。新诗教育还有一个场所就是社会，社会可以营造对新诗教育有利的文化环境，让更多的人爱诗、读诗。

有些人对官方总是抱着一种不假思索的反抗心理，这其实不好，也没有必要。诗歌发展不仅是诗人们的事情，也是整个民族的事情，当然也是国家和官方的事情。在新诗教育上，官方要有所作为，通过文化政策、诗歌节、研讨会、诗赛、评奖、资助出版等方式来提高诗歌地位，提升诗歌形象，扩大诗歌影响。这些都需要民间人士积极参与，甚至可由官方出资，民间承办。

相对 70 后、80 后的人来说，中间代虽然都相继进入中年，但写诗的人却比较多，这与新诗教育有关，它给我们一个重要启示。那些在 80 年代开始写诗的中间代诗人，恰逢文学受到社会重视的时代，他们在大学阶段读诗、写诗是自然不过的事情，也是一件让个人觉得光荣的事情。当 70 后、80 后进入大学的时候，文学包括诗歌在内，在大学生的兴趣结构中已经边缘化了。现在大学读诗和写诗的人少了，甚至在一些中文专业“新诗研究”这样的课程选修人数也达不到开课标准，这是令人遗憾的。所以说，我们要营造新诗教育的有利社会环境，经过官方和民间的共同推动，把新诗教育事业推向欣欣向荣的局面。

参考文献

1. 王　瑶：《中国现代文学史论集》，北京：北京大学出版社 1998 年版。

2. 王晓明：《二十世纪中国文学史论》（1—3），上海：东方出版中心 1997 年版。

3. 陈思和：《中国新文学整体观》，上海：上海文艺出版社 1987 年版。

4. 孔范今：《二十世纪中国文学史》（上、下），济南：山东人民出版社 1997 年版。

5. 钱理群、温儒敏、吴福辉：《中国现代文学三十年》（修订版），北京：北京大学出版社 1998 年版。

6. 洪子诚：《中国当代文学史》，北京：北京大学出版社 1999 年版。

7. 陈思和：《中国当代文学史教程》，上海：复旦大学出版社 1999 年版。

8. 宋耀良：《十年文学主潮》，上海：上海文艺出版社 1988 年版。

9. 曹文轩：《中国八十年代文学现象研究》，北京：北京大学出版社 1988 年版。

10. 曹文轩：《20 世纪末中国文学现象研究》，北京：北京大学出版社 2002 年版。

11. 吴宏聪：《中国现代文学与民族文化》，北京：首都师范大学出版社 1994 年版。

12. 张卫中：《新时期小说的流变与中国传统文化》，上海：学林出版社 2000 年版。

13. 樊　星：《当代文学与地域文化》，武汉：华中师范大学出版社 1997 年版。

14. 王　确：《使命的自觉——儒家传统与中国现代文学的文化品格》，

长春：东北师范大学出版社2000年版。

15. 费振钟：《江南士风与江苏文学》，长沙：湖南教育出版社1995年版。

16. 李继凯：《秦地小说与“三秦文化”》，长沙：湖南教育出版社1997年版。

17. 程文超：《意义的诱惑》，长春：时代文艺出版社1993年版。

18. 程文超：《反叛之路》，广州：中山大学出版社1999年版。

19. 陈晓明：《无边的挑战——中国先锋文学的后现代性》，长春：时代文艺出版社1993年版。

20. 陈晓明：《表意的焦虑——历史祛魅与当代文学变革》，北京：中央编译出版社2003年版。

21. 尹国均：《先锋试验——八九十年代的中国先锋文化》，北京：东方出版社1998年版。

22. 邓晓芒：《灵魂之旅——九十年代文学的生存境界》，武汉：湖北人民出版社1998年版。

23. 南　帆：《文学的维度》，上海：上海三联书店1998年版。

24. 洪子诚、孟繁华：《当代文学关键词》，桂林：广西师范大学出版社2002年版。

25. 陈继会等：《中国乡土文学史》，合肥：安徽教育出版社1999年版。

26. 温儒敏：《新现实主义的流变》，北京：北京大学出版社1988年版。

27. 张德祥：《现实主义当代流变史》，北京：社会科学文献出版社1997年版。

28. 林大中、孟繁华：《九十年代文存》（上、下），北京：中国社会科学出版社2001年版。

29. 王家新等：《中国诗歌：90年代备忘录》，北京：人民文学出版社2000年版。

30. 许子东：《为了忘却的集体记忆——解读50篇文革小说》，北京：生活·读书·新知三联书店2000年版。

31. 董德新等：《新时期小说流派新论》，上海：上海社会科学院出版社 1999 年版。

32. 杨　健：《文化大革命中的地下文学》，北京：朝华出版社 1993 年版。

33. 王又平：《新时期文学转型中的小说创作潮流》，武汉：华中师范大学出版社 2001 年版。

34. 赵毅衡：《礼教下延之后——中国文化批判诸问题》，上海：上海文艺出版社 2001 年版。

35. 唐小兵：《英雄与凡人的时代——解读 20 世纪》，上海：上海文艺出版社 2001 年版。

36. 黄子平：《"灰阑"中的叙述》，上海：上海文艺出版社 2001 年版。

37. 安　琪、远村、黄礼孩：《中间代诗全集》，福州：海峡文艺出版社 2004 年版。

38. 胡　适：《中国哲学史大纲》，上海：上海古籍出版社 1997 年版。

39. 胡　适：《中国中古思想史长编》，上海：华东师范大学出版社 1996 年版。

40. 郭沫若：《十批判书》，北京：东方出版社 1996 年版。

41. 冯友兰：《中国哲学简史》，北京：北京大学出版社 1996 年版。

42. 冯友兰：《中国哲学史》（上、下），上海：华东师范大学出版社 2000 年版。

43. 张岱年：《中国哲学大纲》，北京：中国社会科学出版社 1982 年版。

44. 李泽厚：《中国古代思想史论》，北京：人民出版社 1985 年版。

45. 刘宗贤、谢祥皓：《中国儒学》，成都：四川人民出版社 1998 年版。

46. 吴龙辉：《原始儒家考述》，北京：中国社会科学出版社 1996 年版。

47. 方克立：《现代新儒学与中国现代化》，天津：天津人民出版社 1997 年版。

48. 宋仲福等：《儒学在现代中国》，郑州：中州古籍出版社 1991 年版。

49. 余英时：《士与中国文化》，上海：上海人民出版社 1987 年版。

50. 杜维明：《论儒学的宗教性》，武汉：武汉大学出版社 1999 年版。

51.《诸子集成》（1—8），北京：中华书局 2001 年版。

52. 王世舜：《尚书译注》，成都：四川人民出版社 1982 年版。

53. 朱　熹：《四书章句集注》，北京：中华书局 1983 年版。

54. 杨伯峻：《论语译注》，北京：中华书局 1980 年版。

55. 程树德：《论语集释》，北京：中华书局 1990 年版。

56. 杨伯峻：《孟子译注》，北京：中华书局 1962 年版。

57. 焦　循：《孟子正义》，北京：中华书局 1987 年版。

58. 梁启雄：《荀子简释》，北京：中华书局 1983 年版。

59. 李炳海：《道家与道家文学》，长春：东北师范大学出版社 1992 年版。

60. 李生龙：《道家及其对文学的影响》，长沙：岳麓书社 1998 年版。

61. 赵明、谢敏珠：《道家文化及其艺术精神》，长春：吉林文史出版社 1991 年版。

62. 陈鼓应：《老子注译和评价》，北京：中华书局 1984 年版。

63. 林语堂：《老子的智慧》，长春：时代文艺出版社 1988 年版。

64. 南怀瑾：《老子他说》，上海：复旦大学出版社 1996 年版。

65. 袁步佳：《老子与基督》，北京：中国社会科学出版社 1997 年版。

66. 张智彦：《老子与中国文化》，贵阳：贵州人民出版社 1996 年版。

67.（晋）郭象注，（唐）成玄英疏：《南华真经注疏》，北京：中华书局 1998 年版。

68. 陈鼓应：《庄子今注今译》（上、中、下），北京：中华书局 1983 年版。

69. 崔宜明：《生存与智慧——庄子哲学的现代阐释》，上海：上海人民出版社 1996 年版。

70. 杨伯峻：《列子集释》，北京：中华书局 1979 年版。

71. 刘康德：《淮南子直解》，上海：复旦大学出版社 2001 年版。

72. 周翰光等：《管子直解》，上海：复旦大学出版社 2000 年版。

73. 牟钟鉴等：《道教通论——兼论道家学说》，济南：齐鲁书社 1991 年版。

74. 王德有：《道旨论》，济南：齐鲁书社 1987 年版。

75. 张立文等：《道》，北京：中国人民大学出版社 1989 年版。

76. 朱　哲：《先秦道家哲学研究》，上海：上海人民出版社 2000 年版。

77. 汤用彤：《魏晋玄学论稿》，上海：上海古籍出版社 2001 年版。

78. 刘大杰：《魏晋思想论》，上海：上海古籍出版社 1998 年版。

79. 徐　斌：《魏晋思想新论》，上海：上海古籍出版社 2000 年版。

80. 葛晋荣：《道家文化与现代文明》，北京：中国人民大学出版社 1991 年版。

81. 许地山：《道教史》，上海：上海古籍出版社 1999 年版。

82. 孙昌武：《道教与唐代文学》，北京：人民文学出版社 2001 年版。

83. 任继愈：《中国道教史》，北京：中国社会科学出版社 2001 年版。

84. 葛兆光：《道教与中国文化》，上海：上海人民出版社 1987 年版。

85. 任继愈：《中国佛教史》（一、二、三），北京：中国社会科学出版社 1985—1988 年版。

86. 陈兵、邓子美：《二十世纪中国佛教史》，北京：民族出版社 2000 年版。

87. 邓子美：《传统佛教与中国近代化》，上海：华东师范大学出版社 1994 年版。

88. 葛兆光：《禅宗与中国文化》，上海：上海人民出版社 1986 年版。

89. 葛兆光：《中国禅宗思想史——从 6 世纪到 9 世纪》，北京：北京大学出版社 1995 年版。

90. 吕　澂：《中国佛学源流略讲》，北京：中华书局 1979 年版。

91. 南怀瑾：《南怀瑾选集》，上海：复旦大学出版社 2009 年版。

92. ［德］尼采著，徐梵澄译：《苏鲁支语录》，北京：商务印书馆 1992 年版。

93. 成　芳：《尼采在中国》，南京：南京出版社 1993 年版。

94. 陈鼓应：《悲剧哲学家尼采》，北京：生活·读书·新知三联书店 1987 年版。

95. ［德］海德格尔著，陈嘉映、王庆节译：《存在与时间》（修订版），北京：生活·读书·新知三联书店 1999 年版。

96. 张祥龙：《海德格尔思想与中国天道》，北京：生活·读书·新知三联书店 1996 年版。

97. ［德］萨特著，陈宣良等译：《存在与虚无》，北京：生活·读书·新知三联书店 1987 年版。

98. 林毓生：《中国传统的创造性转化》，北京：生活·读书·新知三联书店 1988 年版。

99. 刘　禾：《语际书写——现代思想史写作批判纲要》，上海：上海三联书店 1999 年版。

100. 许纪霖：《二十世纪中国思想史论》，上海：东方出版中心 2000 年版。

101. 李泽厚：《中国现代思想史论》，北京：东方出版社 1987 年版。

102. 王晓明：《人文精神寻思录》，上海：文汇出版社 1996 年版。

后记

本人的看书习惯是先看目录、前言和后记，之后再看具体章节。这样做，在没有通读全书正文时，倒先有了一些收获，如掌握了全书的写作背景、主要内容等。有些书的作者还请来不少名家或朋友为其作序，既显得其书已被有影响之人看重，又显示出了作者在学界的人缘与地位。其实先读前言和后记，是一种省事的取巧做法，免去读了正文才能把握全书要旨的麻烦。不过，也让作者先入为主地向我们灌输了他的写作意图，我们暂时成为作者的思想俘虏。我的这部拙作收入人文学丛书，按丛书体例也是要有这些的，所以只能服从总体安排了。后记要把一本书没有交代的东西交代完，再就是写些感谢的话，这两者都很重要，对于后来有兴趣的读者、研究者很有帮助，常常能推测一些东西出来，如作者的什么思想、动机、背景之类的。现在书籍出版得非常多，国家每年都有很多科研立项，而这不少也是要出书的，项目一般要求在三年左右完成，所以我们的学术出版也就繁荣起来了。

本人读书有一个不好的习惯，常常是一本书读到中间就读不下去了，因为后面部分的大意自觉是基本了解了，特别是那些大部头书，更是无法仔细读完。对于善于写大部头的作者，我是很佩服的，说是五体投地可能有些夸张，但至少对之仰慕有加了。这要消耗多少脑细胞呀，写书不仅是脑力劳动，也是体力劳动，没有非凡的体力是难以完成的，除非有超乎常人的毅力，对自己下手够狠。我的拙作字数才二十多万，只能算作小册子了。写作不是一气呵成的，是有关问题论文的结集。现在学界出书有个习惯，就是绝大多数要按章节方式来编排，整本书必有一个有机的逻辑框架。整本书好像是把一篇万字论文扩展到了几十万字，逻辑严密得不得了。只是现在学界真正达到这样条件的书其实很少，大多数书的章节在逻辑上是很松散的，但为了不成文的规定，大家都这样做了，我的这本书也没有免俗，只能表示遗憾了。

从我 1991 年入四川大学读研究生开始接近学术研究，迄今已有二十年，人生真如白驹过隙。一路走来，得到不少老师的教诲、不少朋友的帮助，在此深表感谢，尤其要感谢尹在勤教授、程文超教授、蒋述卓教授，他们在我攻读硕士、博士、博士后阶段给予了我无私的教诲和指导。我还要特别感谢人文学丛书主编栾栋教授，在广东外语外贸大学工作的我得到过他很多的帮助和提携。此外，我还要感谢暨南大学出版社总编辑史小军教授和本书责任编辑侯丽庆老师，他们认真、细致、严谨的编辑工作为本书增色不少。

刘小平

2011 年 11 月 28 日

于广州白云山麓